Lia Haycraft

Doppelt verlobt hält besser

W0306663

Die Autorin

Lia Haycraft, geboren 1980, lebt im Bergischen Land. Nachdem sie mehrere Jahre in England gewohnt hat, besucht sie ihre Heimat so oft wie möglich und siedelt gerne zumindest Teile ihrer Geschichten dort an, so spielen ihre Reihe *Die Nacht der Elemente* und die Bücher *Feuerküsse* und *Flammenseele*, die sie als Eileen Raven Scott veröffentlicht hat, in London und weiteren schönen Landschaften Englands. Sie schreibt Liebesromane mit und ohne Fantasy und liest selbst sehr gern und viel. Sie liebt die Natur, Hunde und Chamäleons. Sie ist Mitglied bei *DELIA – Vereinigung deutscher Liebesromanautorinnen und -autoren.*

Das Buch

Eine Liebe an der Côte d'Azur

Isobel Rain liebt ihren Job als Geschäftsführerin der exklusiven Dating-Agentur Diamond Love. Sie liebt auch ihr Leben im französischen Küstenstädtchen Antibes. Doch dann macht ihr ausgerechnet ihr geliebter Onkel einen Strich durch die Rechnung. Und das aus dem Grab heraus: In seinem Testament verfügt er, dass Isobel Diamond Love nur weiterführen darf, wenn Sie innerhalb von sechs Monaten heiratet. Ein Verlobter muss also her. Und dabei hat Isobel zur Zeit nicht mal einen Freund. Vielleicht ist es Schicksal, dass sie kurz darauf Jean-Luc trifft und es zwischen den beiden heftig funkt. Nur dass der smarte Immobilienmakler nichts von Isobels Erbe weiß und auch nicht vorhat in nächster Zeit jemandem das Ja-Wort zu geben. Aber dann kommt sowieso alles ganz anders …

Lia Haycraft

Doppelt verlobt hält besser

Roman

FOREVER

MIX
Papier aus verantwortungsvollen Quellen
FSC® C083411
www.fsc.org

Originalausgabe bei Forever
Forever ist ein Digitalverlag
der Ullstein Buchverlage GmbH, Berlin Februar 2018
© Ullstein Buchverlage GmbH, Berlin 2018
Umschlaggestaltung: zero-media.net, München
Titelabbildung: © FinePic®
Satz: Pinkuin Satz und Datentechnik, Berlin
Druck- und Bindearbeiten: CPI books GmbH, Leck
ISBN 978-3-95818-949-2

Kapitel 1

Isobel

Über den leuchtend blauen Himmel zog ein Muster aus fliegenden Schwalben, und nicht zum ersten Mal verwandelten sich die fliegenden Pünktchen in Isobels Kopf in einen einzigen Satz. *Die Dating-Agentur Diamond Love darf nur von einer verheirateten Frau geleitet werden.* Darüber konnte Isobel denken, wie sie wollte. Es stand trotzdem in Onkel Bernards Testament. Er war einfach der Meinung, dass es einen schlechten Eindruck machte, wenn eine alleinstehende Frau anderen Leuten dazu verhalf, den Partner fürs Leben zu finden. Das gehörte sich nicht für so eine altehrwürdige Agentur.

Dass die Welt sich mittlerweile weitergedreht hatte, schien Onkel Bernard nicht bemerkt zu haben. Dumm daran war, dass Isobel gerade das nicht war: verheiratet. Und jetzt hatte sie noch exakt ein halbes Jahr Zeit, den Einen zu finden, den sie heiraten konnte. Sonst würde auch alles Festkrallen an diesem Stuhl nichts nützen. Vermutlich würden genau an dem Tag, der auf ihrem Kalender rot eingekringelt war, der Notar und dieser widerliche Anwalt in ihr Büro stürmen und sie von ihrem Bürostuhl zerren.

Natürlich wollte sie nicht die ganze Zeit daran denken, und es brachte schließlich auch nichts. Aber aufgeben wollte Isobel noch nicht. Den Mann fürs Leben finden, inklusive Hochzeit. Das klappte doch nie und nimmer in einem halben Jahr!

Da half auch der Artikel über Clara Johns Trennung von ihrem langjährigen Ehemann gerade so gar nicht. Isobel legte die Zeitschrift vor sich auf den Schreibtisch. Obwohl Isobel nur einen einzigen Film mit der zierlichen Brünetten gesehen hatte, machte sie diese Nachricht traurig. Aber vielleicht stimmte es ja gar nicht. Bei den beiden hatte sie wirklich gedacht, dass sie zueinander passten. Ein Foto dieses Glamourpaars hätte gut im Lexikon neben dem Eintrag »Wahre Liebe« abgebildet werden können. Das hatte jeder gedacht. Andererseits war Clara John eine Schauspielerin, und zudem noch eine gute.

Um sich noch einmal vor Augen zu führen, dass es so etwas wie den *Richtigen* gab, warf Isobel einen Blick auf die riesige Magnetwand zu ihrer Linken. Dort hingen dicht an dicht Hochzeitsfotos, Urlaubsfotos und Postkarten von glücklichen Liebespaaren. Menschen, die sie zusammengebracht hatte. Oder besser gesagt, ihr Onkel, dem die Agentur gehört hatte.

Es grenzte schon an Ironie, dass ausgerechnet Isobel noch nicht die Liebe ihres Lebens gefunden hatte. Trotz allem wollte sie die Hoffnung nicht aufgeben, dass sie den Einen erkennen würde.

Das Telefon klingelte und Isobel zuckte zusammen.

»Ja?«, fragte sie.

»Ich habe Ihre Tante für Sie«, sagte Monique und stellte sofort durch, bevor Isobel etwas dagegen sagen konnte.

»Tante Vivienne, wie schön«, sagte Isobel. Zu mehr kam sie nicht, weil ihre Tante sofort zu sprechen begann.

»Es ist gleich Mittagspause, Schätzchen, bist du mit einem Mann verabredet? Du solltest dich einmal mit einem der Anwälte aus der Kanzlei gegenüber treffen. Ein Anwalt wäre eine geeignete Partie für dich. Hohes Ansehen, gutes Einkommen und du hast noch genug Zeit, um arbeiten zu gehen, weil er selbst den ganzen Tag weg sein wird. Natürlich solltest du nicht den ersten Schritt machen, das gehört sich nicht, aber wozu hat man als Frau andere Möglichkeiten? Ich sage nur: die Waffen der Frauen. Zieh dich hübsch an und zeige dich. Ich kann das einfach nicht verstehen, wieso du es nicht einmal versuchst.«

»Ich gehe nicht einfach mit irgendwem essen, Tante Vivienne«, warf Isobel dazwischen, aber sie war sich nicht sicher, ob ihre Tante es gehört hatte.

»Du hast viel zu lange gewartet. Wie willst du so schnell den Mann fürs Leben zu finden? Aber unrecht hatte Bernard natürlich nicht, Gott hab ihn selig. Er hat es sich so gewünscht, das weiß ich. Und schriftlich haben wir es schließlich auch ...«

Tante Vivienne sprach so, als würde sie über das Wetter reden, über steigende Temperaturen am Wochenende. Aber natürlich musste sie Onkel Bernard erwähnen. Und sein Testament, als ob Isobel nicht ohnehin ständig daran denken musste. Jeden Morgen, wenn sie sich für die Arbeit schminkte, jedes Mal, wenn sie durch ihre Bürotür trat, jedes Mal, wenn sie ihre Sekretärin Monique grüßte. Isobel schielte zu ihrem Wandkalender, wo das Datum rot markiert war. Tante Viviennes Werk, bei einem ihrer letzten Treffen in Isobels Büro. Wie immer ging es um ihr Streitthema Nummer eins: Isobels Liebesleben. Oder eben um ihr nicht existierendes Liebesleben und den fehlenden Ehemann. Als ob das Glück der Welt mit einer Ehe zusammenhing. Aber durch das Testament hatte der Bund fürs Leben tatsächlich für Isobel rasant an Bedeutung gewonnen.

»Du hast den Job jetzt seit zweieinhalb Jahren, Kindchen. Wie viele Männer sind da mittlerweile in deinem Computer? Ich hoffe, du guckst regelmäßig durch, ob auch etwas für dich dabei ist! Du weißt, was passiert, wenn du nicht rechtzeitig verheiratet bist. Oder liebst du deinen Job nicht? Jemand, der den Job nicht liebt, kann einfach keine Dating-Agentur leiten.«

»Natürlich liebe ich meinen Job, Tante Vivienne. Aber ein halbes Jahr ist nun wirklich keine angemessene Zeit, um den Mann fürs Leben zu finden. Das musst du doch zugeben.«

»Du hattest drei Jahre Zeit, vergiss das nicht. Oh, wieso müssen wir schon wieder darüber reden?« Tante Vivienne seufzte theatralisch. »Also, zurück zu deiner Datenbank. Da gibt es doch hunderte von gut situierten Männern, die bestimmt größtenteils gut aussehen, und du kannst doch einfach nach einem suchen, der die gleichen Interessen hat wie du. Oder schau nach, was sie verdienen und wer genügend Sport macht. Dann gehst du das geringste Risiko ein. Er wird eine Augenweide sein und dich verwöhnen können …«

Isobel hätte sie gerne unterbrochen, ihr erzählt, warum das alles nicht funktionieren würde, und ihr zu bedenken gegeben, dass es sehr merkwürdig aussehen würde, wenn sie einen ihrer Kunden anrufen würde, um ihn zu einem Date mit ihr, der Geschäftsführerin der Dating-Agentur höchstpersönlich, einzuladen. Aber es war sinnlos. Tante Vivienne redete und redete, und Isobel fand es schwierig zuzuhören.

»Ich sage dir, wenn Diamond Love noch in französischer Hand wäre …« Dieses Mal brach Tante Vivienne ab. Sie schnappte kurz nach Luft. »Es tut mir leid, Liebes. Das Thema regt mich einfach immer so auf. Nimm es nicht persönlich, du kannst schließlich nichts dafür, dass du nicht hier geboren wurdest. Aber gerade deshalb solltest du dich darum kümmern, dass du einen guten Eindruck bei unseren Kunden machst.«

Lustlos blätterte Isobel in ihrem Adressbuch, dann klappte sie es zu.

»Tante Vivienne? Ich muss aufhören, ich habe gleich eine Kundin hier und muss mich noch kurz vorbereiten. Wir könnten essen gehen, heute Mittag?«

»Gut, ich hole dich ab«, sagte Tante Vivienne. »Und, Isobel?«

»Ja?«

»Gib dir nur mal ein bisschen Mühe. So schwer kann das ja nicht sein. Was ihr jungen Leute heutzutage für hohe Ansprüche habt, also zu meiner Zeit … Gut. Dann bis später. Küsschen, Küsschen!«

»Bis später, Tante Vivienne.«

Isobel legte auf und lehnte sich erschöpft zurück. Natürlich liebte sie ihren Job und ihr Leben hier. Sie stand auf und stellte sich ans Fenster. Antibes, ihre Heimat seit vier Jahren, war ein malerisches Städtchen mit kleinen Gassen voller Geschäfte, Cafés und Restaurants. Und irgendwo da unten war ihr Lieblingsladen: die englische Buchhandlung. Ein Stück Zuhause zwischen den hübschen Häusern und Straßen mit den französischen Namen. Isobel ging einmal in der Woche dorthin und kaufte jedes Mal mindestens ein Buch, auch wenn sie gar nicht mit dem Lesen hinterherkam. Sie liebte jede Art von Geschichten, kaufte mal einen Krimi, mal einen aktuellen Roman und manchmal auch Liebesromane. Aber diese stellte sie einfach nur in ihr Buchregal. Sie mochte die Titel, die Schriftarten und die Namen der Hauptfiguren. Lesen wollte sie die Bücher nicht. Liebesgeschichten machten Isobel traurig. Besonders, wenn sie gut ausgingen. Anders als ihre eigene.

Es klopfte leise an die Tür. »Mademoiselle Rain?«, fragte Monique und trat zögernd ein. »*Pardon.* Post für Sie.«

Isobel lächelte, stand auf und nahm Monique drei Briefumschläge ab. Noch bevor sie sich bedanken konnte, huschte ihre Sekretärin wieder aus dem Zimmer. Isobel holte sich eine Flasche Wasser aus dem kleinen Kühlschrank in der Ecke und setzte sich erneut an ihren Schreibtisch. Der erste Brief war ganz sicher eine Rechnung, die legte sie erst mal zur Seite. Der zweite und der dritte enthielten bestimmt wieder Fotos, die dokumentierten, dass sie den richtigen Riecher gehabt hatte. Zwei Menschen gefunden, die zusammenpassten. Sie zog den Brieföffner durch den oberen Rand des Umschlags und überflog die Zeilen. An diese Frau konnte sie sich sogar noch erinnern, sie hatte sich mit dem von Isobel vermittelten Mann zum ersten Mal unten im Restaurant getroffen. Schon auf den ersten Blick hatte Isobel gesehen, dass es passte. Und sie hatte recht behalten. Isobel lächelte, als sie das Foto betrachtete, welches die beiden vor einem hübschen Natursteinhaus zeigte. Arm in Arm lächelten sie in die Kamera.

Isobel pinnte das Foto neben die anderen und drehte sich um, als das Telefon erneut klingelte.

* * *

Jean-Luc

Während die Espressomaschine überlaut gurgelte, betrachtete Jean-Luc die edle schneeweiße Karte, die er an seinem Wandkalender befestigt hatte. Bis zu Benoîts Hochzeit waren es noch knapp vierzehn Tage. *Wie konnte er nur heiraten?*, dachte Jean-Luc. Dass die meisten Ehen nicht hielten, wusste schließlich jeder. Nicht umsonst gab es so viele Häuser, die er wieder verkaufen konnte. Die große Liebe gab es nur in Filmen und Geschichten, weil es ein unerreichbarer Traum war. Genau wie es dort eben auch Magier, Drachen und Lebkuchenhäuser gab.

Trotzdem konnte Jean-Luc es nicht lassen, die Karte zu betrachten. Ihre geprägten Blütenranken hatten etwas Märchenhaftes, die Namen von Marie-Claire und Benoît beinahe ineinander verschnörkelt darauf zu lesen, etwas Romantisches. Vielleicht würden die beiden es schaffen. Realistisch war es jedoch nicht, denn statistisch gesehen hielt nur jede dritte Ehe, das hatte Jean-Luc neulich erst gelesen.

Der letzte duftende Tropfen Kaffee fiel durch den Milchschaum in Jean-Lucs Glas, und er setzte sich damit auf die Terrasse. Für ihn war es gut, wenn Ehen nicht hielten. Sonst hätte er bei weitem nicht so viel zu tun in seinem Job, und genau das ermöglichte ihm seinen Lebensstil. Er hatte schließlich nicht schon immer in so einem großen, repräsentativen Haus mit Blick aufs Meer gewohnt. Seitdem er die von seinem Vater gegen die Wand gefahrene Immobilienfirma komplett neu aufgebaut hatte, hatte sie einen hervorragenden Ruf. Sogar die Reichen und Berühmten kamen zuerst zu ihm. Jean-Luc stellte sein Glas auf den Teaktisch und ließ seinen Blick einen Moment über den blauen Horizont schweifen. Von hier aus konnte man das Meer nicht hören, aber wenn der Wind günstig stand, brachte er sogar bis hier oben einen Duft von Salzwasser und Seetang.

Jean-Luc zückte sein Smartphone und rief den Kalender auf. Heute würde er persönlich zwei Hausbesichtigungen übernehmen, beide in Antibes. Er liebte einfach dieses Flair am Hafen, beobachtete gerne die Yachten, zwischen denen seine eigene stand, und schlenderte durch die schmalen Gassen. In Antibes wimmelte es nur so vor Kunst, Museen, Galerien und kleinen Boutiquen.

Ein leises Pfeifen riss Jean-Luc aus seinen Gedanken. Er warf einen Blick auf sein Handydisplay. Francine, seiner Assistentin, war zu Ohren gekommen, dass die Schauspielerin Clara John und ihr Mann sich getrennt hatten. Die beiden besaßen hier in der Nähe ein Sommerhaus, die Villa Rouge. Vielleicht würden sie es verkaufen? Ein paarmal war er schon dort vorbeigefahren und hatte einen sehnsüchtigen Blick auf die Mauer geworfen, über die Bougainvillea und Wein rankte. Und diese Schauspieler nutzten es lediglich als Sommerhaus, als Feriendomizil für ein paar Wochen im Jahr. Dabei war die Villa Rouge größer als Jean-Lucs Haus, und genau genommen war das schon viel zu groß für einen alleine.

Es kam Jean-Luc manchmal wie Verschwendung vor, dass er alleine hier wohnte, aber trotzdem hatte er nie einer Frau erlaubt, bei ihm einzuziehen. Nach dem Einzug kam doch irgendwann eine Hochzeit, und das wollte er sich und ihr ersparen. An die Streitereien zwischen seinen Eltern vor der Scheidung konnte er sich nur zu gut erinnern. Wie oft hatte er damals nur schlafen können, wenn er sich Kopfhörer aufgesetzt hatte, um Musik zu hören?

Ein erneutes Piepsen der Erinnerungsfunktion ertönte. Es

war höchste Zeit, aufzubrechen. Vor der nächsten Besichtigung musste er noch einige Dinge im Büro regeln. In Windeseile suchte Jean-Luc die Unterlagen für die Rue Parisienne 23 heraus, die er am Nachmittag einem jungen Ehepaar zeigen sollte, steckte sein Smartphone ein und verriegelte die Balkontür.

Jean-Luc parkte seinen Wagen am Hafen, schnappte sich seine Unterlagen und tauchte in die Gassen der hübschen Stadt ein. Er warf einen Blick auf die Uhr und stellte fest, dass er doch noch früh dran war. Der Duft von frischem Brot lockte ihn in eine kleine Bäckerei, und er kaufte sich für den Abend ein *baguette d'epi* und ein Glas Oliven.

Es blieb sogar noch Zeit, kurz in die englische Buchhandlung zu gehen. Jean-Luc atmete tief durch, als er das Geschäft betrat. Es roch nach Büchern, nach Gemütlichkeit und nach einem betörenden, blumigen Parfum. Jean-Luc warf einen Blick zu der einzigen Kundin, die gerade an der Kasse stand und sich mit Andrew, dem Besitzer der Buchhandlung, unterhielt. Andrew bemerkte Jean-Luc und winkte ihm zu, die Kundin drehte sich ebenfalls kurz um.

Jean-Luc verschlug es den Atem. Die Augen der Fremden waren unglaublich. Beinahe so grün wie die ersten Blätter im Frühling, ihr Gesicht eingerahmt von roten Locken, die ihr bis auf die Schultern fielen. Sie trug ein weißes Kleid mit hellgrünem Blumenmuster und hatte eine wirklich tolle Figur. Um ihre Nasenspitze verteilte sich ein Meer aus Sommersprossen. Sie sah aus wie der Frühling persönlich. Und ihr Lächeln berührte irgendetwas tief in seinem Inneren. Vielleicht sollte er sie einladen. Einfach so.

Kapitel 2

Isobel

Isobel stand da und sah den fremden Mann an, der soeben ins Geschäft gekommen war. Er hatte tiefblaue Augen, ein kantiges Gesicht und dichtes, schokoladenbraunes Haar, das modisch geschnitten war. Er trug keinen Bart, aber ganz leicht zeichnete sich ein feiner Schatten von Stoppeln auf seinen Wangen und seinem Kinn ab. Das Faszinierendste an ihm war aber mit Sicherheit sein Lächeln.

Isobels Herz stolperte, als er sie nicht aus den Augen ließ und ein paar Schritte auf sie zukam. Der Blick des Fremden glitt nicht wie bei anderen Männern über ihren Körper, sondern ruhte auf ihrem Gesicht. Sein Lächeln schien von ganz alleine noch strahlender und herzlicher zu werden.

In diesem Moment fühlte sich Isobel wie verzaubert, ihre Beine wollten tanzen, ihr Herz wollte singen und sie wollte nichts lieber, als die Stimme dieses Fremden hören. Dann klingelte ein Telefon. Der Mann zuckte zusammen und sah sich suchend um, als hätte er vergessen, wo er war. Mit einer geübten Bewegung holte er sein Handy aus der Tasche, warf einen Blick aufs Display und verließ fluchtartig das Geschäft.

»Was war denn das?«, fragte Andrew. Als sich Isobel zu ihm umdrehte, grinste er breit.

»Vielleicht kommt er später noch mal wieder«, murmelte Isobel.

»Ganz sicher. Er wird dich suchen.«

Isobel nickte erst, dann schüttelte sie irritiert den Kopf. Warum sollte dieser fremde Mann sie suchen?

Wenig später saß Isobel Tante Vivienne gegenüber, die sie zum späten Lunch in das Restaurant Jacques entführt hatte. Ihr Parfum ließ Isobels Augen tränen.

»Du siehst anders aus«, sagte Tante Vivienne plötzlich und begutachtete sie noch eine Weile. Isobel versuchte verzweifelt, das glückliche Lächeln zu verbergen, welches sie seit der merkwürdigen Begegnung mit diesem Fremden in der Buchhandlung begleitete. Isobel konnte das Bild einfach nicht loswerden. Vielleicht kam er öfter in den Laden.

»Hast du eine neue Gesichtscreme?«, fragte Tante Vivienne, nachdem sie ihre Begutachtung beendet hatte.

»Nein.« Isobel lachte. »Es ist einfach ein schöner Tag, und ich habe wieder zwei Postkarten von verliebten Paaren erhalten, die wir zusammengebracht haben.«

Tante Vivienne winkte ab. »Diese Post gibt es doch ständig, normalerweise beflügelt dich das nicht so. Ach, was soll's. Du glaubst nicht, was Antoinette heute Vormittag erlebt hat …«

Zum Glück kam in diesem Moment ein Kellner und brachte die Vorspeisen. Tante Vivienne lächelte ihn an und wünschte Isobel einen guten Appetit, dann begann sie zu essen und eine wohltuende Stille senkte sich über den Tisch mit der weißen Tischdecke. Isobels Gedanken wanderten wieder in den Buchladen. Zu schade, dass sie seine Stimme nicht richtig gehört hatte. Um das Gespräch anzunehmen, war er sofort aus dem Laden geeilt. Er hatte mit Sicherheit eine wunderbare Stimme. Es war das erste Mal, dass sie ihn in diesem Geschäft gesehen hatte, dabei ging sie regelmäßig dorthin. Am Ende war es doch Schicksal, wer wusste das schon?

Als Isobel die letzte Kirschtomate auf ihre Gabel spießte, schnipste Tante Vivienne mit den Fingern. »Du hast jemanden kennengelernt!«, rief sie triumphierend.

Isobel verschluckte sich beinahe. »Was?«, fragte sie erschrocken.

»Du strahlst so. Das liegt an einem Mann! Sag mir, dass ich recht habe!«

Es hatte keinen Sinn, es zu verheimlichen. Tante Vivienne würde das Thema nicht ruhen lassen, und vielleicht würde sie dann endlich aufhören, ständig irgendwelche Vorschläge zu machen, mit wem Isobel sich treffen sollte. Aber von kennenlernen konnte natürlich keine Rede sein. »Ich habe einen Mann gesehen, der mir sehr gut gefiel«, korrigierte Isobel.

»Oh, wie wunderbar! Wie heißt er denn? Was macht er beruflich? Wie alt ist er? Welches Sternzeichen …«

Isobel legte das Besteck auf ihren Teller und lehnte sich zurück, um einen Schluck Wein zu trinken. Als ihrer Tante endlich keine Fragen mehr einfielen, lächelte sie höflich. »Ich habe nicht mit ihm gesprochen.«

Insgeheim war Isobel sogar ein wenig froh darüber, weil sie ihren Gefühlen in jenem Moment dort in ihrem Lieblingsbuchladen überhaupt nicht mehr getraut hatte. Ihr merkwürdiges Verhalten war sogar Andrew aufgefallen. Aber Isobel hatte so getan, als wäre nichts gewesen, und hatte sich von Andrew ein Buch empfehlen lassen, in dem es um möglichst wenig Liebe ging, stattdessen um ein mysteriöses Familiengeheimnis an der stürmischen Küste Irlands.

»Warum nicht, um Himmels willen? Natürlich sollte er den ersten Schritt tun, aber dazu wirst du ihn doch bringen können. Du wirst doch auch nicht jünger, meine Liebe! In deinem Alter waren Bernard und ich schon längst verheiratet. Ich war schon mit Marie schwanger, meine Güte, ist das lange her.« Tante Vivienne fächelte sich ein wenig Luft zu und nahm einen Schluck Wasser.

»Er musste weg, bevor ich die Gelegenheit hatte.« Isobel senkte die Stimme. »Aber du glaubst nicht, wer vorhin in der Agentur angerufen hat: Clara John.«

»Was? Oh, das ist ja aufregend! Ich hatte schon gelesen, dass sie sich von ihrem Mann getrennt hat. Aber ist das nicht ein wenig früh, schon nach einem neuen Partner zu suchen?«

»Du weißt doch, wie das ist. Die beiden sind schon seit einem Jahr getrennt. Aber erst jetzt kommen sie dazu, ihre Ferienhäuser zu verkaufen. Das ist der Grund, warum es überhaupt an die Presse gelangt ist. Dieses Mal möchte sie kein Risiko eingehen und jemanden kennenlernen, der zu ihr passt. Wir wurden ihr empfohlen.«

Isobel gratulierte sich zu diesem gekonnten Themenwechsel. Dass Tante Vivienne Klatsch und Tratsch nicht widerstehen konnte, kam ihr immer wieder zugute. Für den Rest des Mittagessens war die geheimnisvolle Begegnung vergessen. Zumindest Tante Vivienne hatte sie vergessen, Isobel nicht. Später würde sie alles mit ihrer besten Freundin Sophie besprechen. Die wusste meist Rat und war weniger neugierig als ihre Tante.

Kapitel 3

Jean-Luc

Sogar jetzt, als Jean-Luc vor der Rue Parisienne stand und auf die jungen Blätter des Oleanders sah, musste er noch einmal an die Augen der geheimnisvollen Fremden denken. Leider hatte sich die Gelegenheit für ein Gespräch nicht ergeben wegen des Anrufs von Clara Johns Agentin. Zu schade, vielleicht sollte er später noch einmal zu der Buchhandlung gehen, um zu sehen, ob sie öfter dort hinkam?

Jean-Luc korrigierte den Sitz seiner Krawatte und strich sein Jackett glatt. Er überprüfte sein Äußeres im Seitenspiegel von Francines kleinem Fiat 500 und sah sich um. Das zweite Auto in der Auffahrt der Rue Parisienne 23 war ein silberner Mercedes. Jean-Luc kannte das Haus nur vom Exposé, die Abnahme hatte damals ein Kollege gemacht.

Er schirmte seine Augen mit einer Hand ab und sah an der natursteinernen Fassade empor. Beinahe erinnerte ihn das Haus an eins der urgemütlichen Urlaubscottages in Cornwall. Dort war er früher einige Male mit Jeanette hingefahren, bevor sie auf die aberwitzige Idee gekommen war, ihm einen Heiratsantrag zu machen. Sie waren noch nicht einmal fünfundzwanzig gewesen, aber selbst da hatte Jean-Luc schon bemerkt, dass es beinahe so viele Scheidungen in dem Bekanntenkreis seiner Eltern gab, wie

Hochzeitseinladungen ins Haus trudelten. Letztere stapelten sich im Laufe des Jahres auf dem kleinen Beistelltischchen im Arbeitszimmer, schließlich waren sowohl seine Mutter als auch deren dritter Ehemann nicht gerade unbekannt in Paris. Natürlich hätte er Jeanette heiraten können, aber wozu? Er hatte keine Lust, sein ganzes Geld für eine Scheidung auszugeben. Jeanette hatte ihm vorgeworfen, unromantisch zu sein, und nach seinem deutlichen Nein hatte sie sich von ihm getrennt. Was wohl bewies, dass die Ehe ebenso wenig gehalten hätte. Bei dem kleinsten Problem alles hinschmeißen, das war wohl heutzutage die Art, mit so etwas umzugehen. Mittlerweile war Jeanette schon zwei Jahre verheiratet. Ein paar Jahre als Ehefrau hatte sie sicher noch vor sich. Schließlich dauerte die durchschnittliche Ehe neuneinhalb Jahre, laut Jean-Lucs Mutter.

Ein leises Lachen erklang aus dem Garten, und Jean-Luc ging zielstrebig darauf zu. Francine war wirklich die beste Assistentin, die man haben konnte. Sie verstand es, jeden mit ihrem Charme einzulullen, wusste immer wieder neue Geschichten über die Gegend zu erzählen, und über die Häuser, die sie vermittelten. Nie hatte Jean-Luc gefragt, ob die Geschichten der Wahrheit entsprachen, aber vielleicht war das ohnehin egal. Erst als Jean-Luc den kleinen schmiedeeisernen Tisch beinahe erreicht hatte, bemerkte Francine ihn und nickte ihm zu.

»Entschuldigen Sie bitte die Verspätung.« Jean-Luc lächelte sein Gewinnerlächeln und stutzte kurz. Er hatte vermutet, dass sich ein Ehepaar für das Haus interessieren würde. Doch neben Francine standen zwei Frauen. Und eine davon war … die schöne Unbekannte aus dem Buchladen!

Francine stellte ihm zuerst die elegant gekleidete Frau mit angesagtem Kurzhaarschnitt als Madame Toulouse vor. Jean-Luc musste sich zusammenreißen, sie auch wirklich anzusehen und seine Hand nicht allzu schnell wieder wegzuziehen, denn ihre Begleitung interessierte ihn natürlich viel mehr.

»Und dies ist Mademoiselle Rain«, sagte Francine. Endlich

konnte sich Jean-Luc ihr widmen, der Frau, die vor wenigen Stunden seinen Kopf verdreht hatte.

»Guten Tag. Isobel Rain«, sagte sie, und ein feines Lächeln umspielte ihre vollen Lippen. Dieser Akzent! Jean-Luc war hingerissen, ihr Händedruck war fest und trotzdem spürte er, wie zart ihre Hände waren. Was machte sie wohl beruflich? Mademoiselle Rain.

Jean-Luc lächelte. »*Enchanté.* Jean-Luc Chevalier, wir hatten bereits kurz das Vergnügen. Ziehen Sie gemeinsam ein?«

Isobel lachte ein perlendes, herzliches Lachen. »O nein, ich begleite Sophie nur, da ihr Mann leider verhindert ist. Ihr Name, *pardon.* Hat Ihre Familie etwas mit Pferdezucht zu tun?«

»O nein!« Jean-Luc hob abwehrend die Hände. »Soweit ich weiß, war meine Familie immer schon in der Immobilienbranche tätig. Und Häuser mit angebauten Stallungen haben wir nur sehr selten im Programm. Selbst dann bekäme ich die zukünftigen Bewohner der Ställe vermutlich nicht zu sehen.« Er lächelte. »Mögen Sie Pferde?«

Isobel nickte und machte einen verwirrten Eindruck. Er redete zu viel. »Am liebsten freilaufende«, sagte sie dann und fand ihr Lächeln wieder.

»Ah, Sie müssen unbedingt in die Camargue. Darf ich fragen, woher Sie stammen? Sie haben so einen entzückenden Akzent. England?«

Isobel nickte. »London«, sagte sie zeitgleich mit ihm.

»Ich war ein paarmal dort«, erklärte er. »Eine schöne Stadt in einem hübschen Land, auch wenn man im Allgemeinen ja nicht behaupten kann, dass Franzosen und Engländer die besten Freunde sind, aber ich halte nichts von Vorurteilen.«

Erst als Francine sich räusperte, fiel Jean-Luc auf, dass er Isobels Hand noch immer festhielt, obwohl er eigentlich etwas anderes zu tun hatte. Nämlich ein Haus zeigen. Jean-Luc seufzte innerlich über sein leicht entflammbares Herz, ließ Isobels Hand los, konnte sich aber nicht davon abhalten, ihr zuzuzwinkern. Das ging ja gut los. *Mon Dieu*, er war doch sonst nicht so anfällig für den Charme schöner Frauen. Nicht so, dass er nicht mehr klar denken konnte.

Er war froh um Francines Begleitung und bat Madame Toulouse und Isobel endlich ins Haus. Jean-Luc fielen bei weitem nicht so viele Verkaufsargumente ein wie sonst, aber das schien egal zu sein, wenn er die leuchtenden Augen von Madame Toulouse betrachtete. Sie erzählte bereits von ihren Plänen für einen Rosengarten und beschrieb ihre neuen Gardinen. Jean-Luc erkannte mit einem Blick, dass sie sich bereits in das Haus verliebt hatte. Ein Wunder war es nicht, selbst Jean-Luc bezauberten Francines Erzählungen jedes Mal. Man begann in den Räumen die früheren Bewohner zu sehen, wie sie miteinander scherzten, ein neues Bild aufhängten oder ein duftendes Abendessen in der Küche zubereiteten.

Wie beinahe alle Häuser, die sie verkauften, war auch die Rue Parisienne 23 von ihrem Immobilienbüro mit Möbeln eingerichtet worden. Die Verkaufsquote von eingerichteten Häusern war einfach viel höher als die von leeren Häusern. Da lohnten sich die Kosten für den Umzugswagen allemal, der die Möbel von einem Haus zum anderen brachte.

Isobel stand ein paar Schritte entfernt und bewunderte ebenfalls den Ausblick aus den Fenstern. Vom Schlafzimmer aus sah man sogar einen schmalen Streifen dunkelblaues Meer und darüber den blauen Himmel. Aus den anderen Fenstern konnte man über die Dächer der Stadt sehen oder direkt in den Garten, mitten auf eine üppig blühende Bougainvillea. Jean-Luc war beinahe traurig, dass Isobel so versunken schien. Ihre Blicke trafen sich mehrere Male, aber die meiste Zeit bewunderte sie einfach nur das Haus und half ihrer Freundin bei den Entscheidungen. Ob der große Esstisch möglicherweise in das Esszimmer passen könnte, wenn gleichzeitig noch die Anrichte darin stünde?

Jean-Luc biss sich auf die Zunge, bevor er Isobel ansprach. Es gehörte sich nicht, auf einem Geschäftstermin eine private Verabredung zu treffen, aber Jean-Luc wollte diese Frau unbedingt noch einmal wiedersehen, sich in Ruhe mit ihr unterhalten. Er würde einfach wieder in die Buchhandlung gehen müssen. So lange, bis Isobel dort wieder auftauchte. Sie war doch Engländerin, vielleicht kam sie wirklich öfter vorbei. Er hoffte nur, dass sie keine Touristin war und nächste Woche wieder abfahren würde. Danach hatte er dummerweise nicht gefragt, aber jetzt ging es nicht mehr. Madame Toulouse stellte viele wohlüberlegte Fragen, und Jean-Luc musste hin und wieder in seinen Unterlagen nachsehen, um sie zu beantworten.

»Vielen Dank«, sagte Madame Toulouse, als sie wieder im Garten standen. »Es hat mir wirklich gut gefallen. Ich werde meinem Mann alles haarklein berichten, und dann melden wir uns bei Ihnen.«

»Sehr gerne, melden Sie sich jederzeit. Aber zögern Sie nicht zu lange, wir haben noch weitere Interessenten.« Jean-Luc und Francine verabschiedeten sich von Madame Toulouse und Isobel mit einem Handschlag.

»Ein wirklich schönes Haus«, sagte Isobel und sah Jean-Luc einen Moment tief in die Augen, dann schaute sie weg.

Jean-Luc und Francine brachten die beiden noch vors Haus. Leider sagte auch Isobel nichts dazu, ob sie sich noch einmal wiedersehen würden. Sie warf ihm einen letzten Blick zu und stieg dann auf der Beifahrerseite in den silbernen Mercedes. Die beiden waren um die nächste Kurve verschwunden, bevor Jean-Luc blinzeln konnte.

»Und?«, fragte Francine.

Jean-Luc zuckte zusammen. »Nett«, sagte er.

»Was? Ich meine, was denkst du? Nimmt sie das Haus? Ich würde meine neuen Schuhe darauf verwetten.«

»Ach so. Ja, doch, ich glaube auch.« Jean-Lucs Wangen wurden immer heißer unter Francines prüfendem Blick, aber sie sagte nichts weiter.

Abends schlug Jean-Luc wieder den Weg ein, der an Andrews Buchladen vorbeiführte. Er ging kurz hinein, um einen Reiseführer über Cornwall zu erstehen, den er angeblich für seine Kollegin besorgen sollte, und sah sich verstohlen um. Isobel war nicht im Laden. Natürlich nicht. Warum sollte sie auch mehrmals am Tag hierher kommen? Sie hatten sich bereits zweimal heute getroffen, das war mehr, als man erwarten konnte.

»Sie ist öfter hier. Meistens mittags.« Andrew zwinkerte ihm zu und steckte den Reiseführer in eine kleine Papiertüte.

Normalerweise hätte Jean-Luc sich verteidigt und gesagt, dass Isobel ihn nicht interessiere, aber es wäre eine zu große Lüge gewesen. Und was war schon dabei? Er wollte sie lediglich wiedersehen und mit ihr ausgehen. Er musste sie ja nicht gleich heiraten.

Kapitel 4

Isobel

Erst am dritten Tag hatte Isobel Glück. Sie sagte sich mehrmals, dass es nur daran lag, dass sie dringend noch ein Buch brauchte und sich das Buch ansehen wollte, das ihr Sophie neulich empfohlen hatte. Doch eigentlich wusste sie ganz genau, was sie hoffte, in dem Buchladen zu finden oder genauer gesagt, wen: Jean-Luc. Nur, um noch einmal seine Stimme zu hören. Das war alles. Vielleicht würden sie auf einen Drink ausgehen. Isobel war nicht einsam, jedenfalls eigentlich nicht. Aber seitdem sie ihn gesehen hatte, galoppierten ihre Gedanken viel zu oft zu romantischen Sonnenuntergängen am Strand, zu gemeinsam erlebten Kinofilmen, zu Plauderstunden im Café. Ja, manchmal fehlte Isobel all das doch. Natürlich konnte sie auch mit Sophie ins Kino gehen, aber seitdem ihre Freundin nach einem Haus suchte und ständig nach neuen Möbeln Ausschau hielt, hatte sie kaum noch Zeit.

Und wenn Isobel ganz ehrlich war, war da noch etwas anderes. Sie sehnte sich schon ein wenig danach, ihre weibliche Seite mehr auszuleben, wollte nicht ständig nur von Fremden wegen ihres gegenüber den Französinnen exotischen Aussehens angeflirtet werden, sondern um ihretwillen. Ja, vermutlich war es genau das. Sie wollte nur ein bisschen Bestätigung, ein bisschen Zweisamkeit, um manche Dinge gemütlich gemeinsam zu genießen. Ein Bad im Meer, einen Spaziergang durch einen Pinienwald, einen abendlichen Stadtbummel. Das Testament von Onkel Bernard schob Isobel wie so oft in Gedanken beiseite. Es reichte schon, dass Tante Vivienne sie ständig daran erinnerte.

»*Bonsoir*, Mademoiselle Rain.« Die Stimme jagte Isobel einen Schauer Glück über den Rücken, und bevor sie sich umdrehte, wusste sie, dass es Jean-Luc war. Sie klappte das Buch zu, in dem sie gerade gelesen hatte, und sah auf. Er trat neben sie, hatte ebenfalls ein Buch in den Händen.

»Sie sind exzentrisch«, sagte sie mit einem Lächeln. »Das mag ich bei Menschen.«

Als er sie verständnislos ansah, deutete sie auf das Buch. »Sie lesen gerne auf dem Kopf. Damit die grauen Zellen nicht verrosten, *n'est-ce pas*?«

Nun musste er auch lachen. »Erwischt. Sie sollten es auch einmal probieren!«

Isobel lachte und drehte ihr Buch ebenfalls falsch herum. »Das ist gar nicht so leicht, ich sehe schon den Charme daran.« Sie stellte das Buch zurück ins Regal und ergriff seine Hand.

»*Enchanté*. Es ist schön, Sie wiederzusehen, Miss Rain.«

»Isobel reicht, Monsieur Chevalier.«

»Jean-Luc reicht auch.« Er zwinkerte ihr ganz leicht zu, so dass Isobel sich nicht sicher war, ob sie sich nicht verguckt hatte. »Machen Sie Urlaub hier?«

»Nein, ich wohne hier in Antibes, schon seit drei Jahren. Es ist wunderschön, und man kann nicht abstreiten, dass das Wetter besser ist als in London.« Isobel wunderte sich, dass sie vernünftige Sätze zustande brachte. Jean-Luc verwirrte sie irgendwie, und das kannte sie von sich überhaupt nicht. Wenn er sich bewegte, roch sie sein Aftershave, und sogar das gefiel ihr. Als sie beide bemerkten, dass der andere nichts mehr sagte, und sie sich einfach nur ansahen, mussten sie lachen.

Kapitel 5

Isobel

Sie unterhielten sich über Bücher und das Wetter, die hübschen Häuser in der Stadt, bis sich Andrew räusperte.

»Oh, ist es schon so spät?«, fragte Isobel erschrocken.

»*Oui.* Die Zeit ist viel zu schnell vergangen«, sagte Jean-Luc mit einem charmanten Lächeln, bei dem seine Augen ein bisschen schelmisch glitzerten. »Wir dürfen Andrew nicht länger von seinem wohlverdienten Feierabend abhalten.«

Isobel nickte, aber sie war ein wenig traurig, dass sich ihre Wege nun trennen würden. An der Tür verbeugte sich Jean-Luc leicht und ließ ihr den Vortritt. Fast meinte Isobel, seinen warmen Blick auf ihrem Rücken zu spüren. Sie lächelte, aber sie drehte sich nicht um. »Gute Nacht, Andrew, entschuldige, dass wir dich so lange aufgehalten haben.«

»*Bonne nuit*«, sagte auch Jean-Luc und hielt ihr die Tür auf.

Draußen standen sie einen Moment nebeneinander, als ob sie den Abschied nicht wahrhaben wollten.

»Würden Sie mich noch auf ein Glas Wein begleiten? Ins Le Café Jardin?«, fragte Jean-Luc in die Stille hinein und lächelte ein so umwerfendes Lächeln, dass Isobel kaum darüber nachdachte und sofort ja sagte.

Was war schon dabei? Sie musste sich wirklich langsam von

dem Traum lösen, dass es den Einen irgendwo da draußen für sie gab. Vielleicht würde sie ihn gar nicht rechtzeitig erkennen oder er war längst mit einer anderen verheiratet. Jean-Luc gefiel ihr, er war charmant und es machte Spaß, sich mit ihm zu unterhalten. Auch jetzt, wo sie nebeneinanderher schlenderten, fanden sie leicht wieder in ein Gespräch, die Befangenheit des Moments war vergessen. Jean-Luc erzählte ein paar amüsante Anekdoten von seinen Hausbesichtigungen.

»Verkaufen Sie auch Häuser von den Reichen und Schönen?«, fragte Isobel interessiert. Sie las selten die Klatschzeitschriften, die ihre Tante so liebte, aber Isobel hatte eine Schwäche für Filme.

»Oh, *bien sûr*!«, sagte Jean-Luc und erzählte von seiner ersten Begegnung mit einer berühmten Schauspielerin, die eine Sommervilla kaufen wollte. »Vermutlich schon ihre zweite oder dritte, sie erwähnte so etwas. Kennen Sie diesen Liebesfilm? Er spielt in London und ist, glaube ich, nach einem Stadtteil benannt. Sie spielt eine berühmte Schauspielerin, und er besitzt einen Buchladen, so einen wie unser Andrew.«

»*Notting Hill!*«, rief Isobel aus. »Sie haben eine Villa an Julia Roberts verkauft? Wie aufregend! Wie ist sie denn so?«

»Wirklich sehr charmant, ihr Lächeln ist beinahe so ansteckend wie das von Ihnen.« Er lächelte für einen Moment etwas unsicher, aber Isobel strahlte ihn einfach an.

Heute Abend würde sie die Zeit mit diesem interessanten Mann genießen, der selbst mit seinen Blicken ständig Komplimente machte. Normalerweise fiel es ihr schwer, Komplimente zu glauben, aber bei Jean-Luc war es anders. Er wirkte so aufrichtig, dass es einfach keine Masche sein konnte.

»*Voilà*«, sagte er. »Wir sind da. Kennen Sie dieses Restaurant?«

»Nein, bisher nicht.« Isobel sah sich um. In dem Restaurant war es ein wenig düster, aber Jean-Luc führte sie durch die Reihen von kleinen Tischen. Seine Hand lag warm auf ihrem Rücken, und Isobel konnte gar nicht mehr aufhören zu lächeln. *Du alte Romantikerin*!, schalt sie sich, aber sie fühlte sich einfach wunderbar.

Nach ein paar Schritten kamen sie in einen kleinen Innenhof, der über und über mit Blätterranken überspannt war. Ein paar der Zweige blühten sogar. Die Holztische waren größtenteils besetzt, aber hinten an einer Natursteinmauer war noch ein Tisch frei. Jean-Luc deutete darauf, und Isobel nickte. Ihre Schritte knirschten auf hellem Kies, und während sich die beiden durch die besetzten Tische schlängelten, entdeckte Isobel immer mehr kleine Details. An den Wänden standen Blumentöpfe mit blühenden und immergrünen Pflanzen, ein leichter Duft nach Rosmarin und Lavendel lag in der Luft, denn auf jedem Tisch stand eine kleine Vase mit genau diesen Blumen darin. In einer Ecke entdeckte Isobel ein Aquarium mit Fröschen. Dieser Innenhof war ein kleines, grünes Paradies.

»Wie in einem verwunschenen Garten, oder?«, fragte Jean-Luc dicht neben ihr.

»Ja, wirklich. Ich kann gut verstehen, dass es zu Ihren Lieblingsrestaurants zählt«, antwortete Isobel.

Am Tisch zog Jean-Luc ihren zierlichen Metallstuhl zurück, damit sie sich setzen konnte. Sogar das Sitzkissen passte zum Ambiente des Restaurants, es war grün und geblümt. Jean-Luc nahm gegenüber Platz und ließ sie nicht eine Sekunde aus den Augen. Sein Blick war warm und irgendwie schon fast vertraut. Es war wirklich verrückt. Eine schlanke Kellnerin mit einer grünen, beinahe bodenlangen Schürze brachte die Speisekarten, und Isobel las sich die Gerichte durch. Eins klang besser als das andere. Am Ende entschied sie sich für ein Fischfilet mit Kräuterkruste zu hausgemachten Tagliatelle. Dazu ein schönes Glas Chardonnay. Jean-Luc nahm ein Fleischgericht, das Isobel ebenfalls das Wasser im Munde zusammenlaufen ließ. Als er es der Kellnerin vorlas, glaubte Isobel den Geschmack bereits auf der Zunge zu spüren.

Wenig später brachte die Kellnerin einen Korb mit frischem Baguette und eine hausgemachte Kräuterbutter.

»Isobel Rain«, sagte Jean-Luc und sprach ihren Namen so genüsslich aus, dass Isobel eine Gänsehaut bekam. Sie musste über sich selbst lächeln.

»Ja?«

»Ich möchte mit Ihnen auf diesen wunderschönen Abend anstoßen und auf unsere Begegnung. Ich bin sehr froh, dass ich Sie wiedergefunden habe.« Er sagte es mit ernster Stimme und hob sein Weinglas.

»Da kann ich mich nur anschließen«, sagte Isobel und berührte sein Weinglas sachte mit ihrem.

Als Jean-Luc trank, schloss er kurz die Augen, danach sah er wieder in ihre. »Seit drei Jahren wohnen Sie schon hier?«, fragte er und stellte das Glas ab.

»Ja, es fing tatsächlich als Urlaub an. Ein Verwandtenbesuch, meine Tante wohnt hier in der Nähe. Als ihr Mann in den Ruhestand gegangen ist, habe ich vorübergehend seinen Job übernommen. Leider ist er vor zweieinhalb Jahren an einem Herzinfarkt gestorben.«

Sie nahm noch einen Schluck. An die Zeit, in der ihr Onkel krank gewesen war, erinnerte sie sich nicht gerne. »Und dann bin ich einfach geblieben.«

»Das tut mir leid. Zu viel Arbeit ist bei manchen Menschen einfach schlecht fürs Herz. Ist es ein sehr stressiger Job?«, fragte er, und es lag eine leichte Sorge in seiner Stimme.

»Oh nein«, wehrte Isobel ab. »Ein wunderschöner Job, ich könnte mir keinen besseren vorstellen! Ich bin Geschäftsführerin in einer kleinen Dating-Agentur hier in der Stadt.«

»Dating-Agentur?«, fragte Jean-Luc. Es klang beinahe, als wolle er noch etwas dazu sagen, aber er hielt sich offenbar zurück. »Es freut mich, dass Sie Ihren Job so lieben. Man sieht es an Ihren glänzenden Augen.«

»Und Sie? Mögen Sie es, Häuser zu verkaufen?«

»Unbedingt. Für Häuser konnte ich mich schon als kleiner Junge erwärmen. Ich hatte sie in allen Größen und Formen, aus Lego, aus Pappe, gemalt an der Wand und fertige Spielhäuser von Playmobil und anderen Herstellern. Meine Mutter hat irgendwann ein Einsehen gehabt und eine Reihe leerer Regale an der Wand angebracht, damit ich abends die Häuser hochstellen konnte. Es war gefährlich, im Dunkeln nach mir zu sehen.« Er lachte warm, aber kurz war es Isobel, als legte sich ein Schatten auf sein unbeschwertes Gesicht.

»Bei mir war es ähnlich. Ich habe als kleines Mädchen am liebsten mit Puppen gespielt. Natürlich haben sie geheiratet. Ich habe auf jede Wunschliste einen Ken geschrieben, bis meine Eltern ihn mir endlich geschenkt haben. Vorher mussten eben zwei Barbies heiraten. Einer davon habe ich einen Schnurrbart gemalt und ihr irgendwann sogar einen Frack genäht.«

»Und was machen Sie heute, wenn Sie nicht arbeiten? Spielen Sie noch immer mit Barbie und Ken?« Wenn er lächelte, bekam Jean-Luc an einem Mundwinkel ein kleines Grübchen.

»Natürlich nicht!« Isobel tat entrüstet. »Am liebsten schwimme ich im Meer. Oder ich male.«

»Ja? Vielleicht könnten Sie mir einmal ein Bild zeigen?«, fragte Jean-Luc.

Ihre Teller wurden gebracht, und für eine Weile aßen sie schweigend, weil das Essen so gut war. Doch schon bald nahmen sie ihre Unterhaltung wieder auf. Jean-Luc erzählte von seinem Lieblingsstrand, von seinen Lieblingsstädten und seiner Lieblingsmusik. Isobel beschrieb das Dorf, in dem sie aufgewachsen war, dann erzählte sie von Orten, die sie gerne noch bereisen wollte. Sie war so entspannt wie lange nicht. Und es war gut, dass sie mit Jean-Luc nicht übers Heiraten sprechen musste. In letzter Zeit hatte dieses Thema einen negativen Beigeschmack bekommen. Dabei hatte Isobel es sich früher so sehnlichst gewünscht, den einen Richtigen zu finden und ihn zu heiraten. Glücklich für die Ewigkeit.

»Mögen Sie Theater?«, fragte Jean-Luc mitten in ihre Gedanken hinein.

»Ich war ewig nicht«, sagte sie. »Aber ja. Und Sie?«

»Würden Sie mich morgen begleiten? Dann besorge ich Karten für uns. Ich habe vorhin ein Plakat gesehen. Im Antéa spielen sie *Dracula.*«

Isobel lachte. »Oh, wie romantisch! Doch, doch, ich würde sehr gerne.«

»Oder doch lieber ein Konzert? Am Samstag gibt es eins mit Juliette Binoche, der Schauspielerin.«

»Nein, Dracula hört sich wunderbar spannend an. Auch wenn ich gerne Juliette Binoche singen hören würde.«

»Warum sehen wir uns nicht beides an?«, fragte er und lächelte erleichtert. Für einen kurzen Moment hatte er fast unsicher ausgesehen, was Isobel merkwürdig rührend fand.

»Einverstanden.«

Nach dem Dessert und einer weiteren Stunde fröhlichen Plauderns über alles Mögliche verließen sie das Restaurant. Es war bereits dunkel, und dieses besondere Flair, das Isobel so liebte, senkte sich über die Stadt. Die Luft war noch warm, der Duft nach Blüten und Gebäck scheinbar sogar noch intensiver geworden. Überall lachten und unterhielten sich Menschen, die Fenster der Restaurants und Cafés waren hell erleuchtet und die Straßenlaternen tauchten alles in ein romantisches Licht.

Jean-Luc sah sie ernst an. »Darf ich Sie zu Ihrem Wagen begleiten?«, fragte er.

»Oh, ich wohne hier gleich um die Ecke, vielen Dank!«

»Darf ich Sie zu Ihrer Haustür begleiten?«, fragte er nun. »Ich muss wissen, dass Sie gut nach Hause kommen.«

Isobel fühlte ein warmes Kribbeln im Bauch, und das kam sicherlich nicht mehr von dem kleinen Gläschen Cointreau, zu dem sie Jean-Luc nach dem Essen überredet hatte.

»Vielen Dank«, sagte Isobel. Sie gingen die Straße hinunter.

* * *

Jean-Luc

Jean-Luc fühlte sich so unbeschwert wie lange nicht. Es war einfach schön mit Isobel. Sie war so eine fröhliche Frau. Er hatte sich schon ein paarmal dabei ertappt, dass er beinahe ihre Hand genommen hätte. Dabei verstand er sich selbst nicht. So schnell hatte noch keine Frau sein Herz berührt, aber Isobel hatte ihn sogar dazu gebracht, sie für den nächsten Tag sofort wieder einzuladen. Ins Theater! Er war Jahre nicht im Theater gewesen. Die Sache mit Dracula war vielleicht doch eine gute Idee, dann würde der Abend nicht gleich wieder so romantisch werden wie heute.

Im Licht der kleinen Kerze auf ihrem Tisch hatte Isobel noch zauberhafter ausgesehen als am Nachmittag. Sie war elegant und gleichzeitig so lebendig.

»Wir sind da«, sagte Isobel und deutete auf ein Fenster im zweiten Stock. »Hier wohne ich. Vielen Dank für die charmante Begleitung.« Sie machte einen winzigen Knicks und lachte wieder ihr perlendes Lachen.

Ohne nachzudenken, griff Jean-Luc nach ihrer Hand. »Nennen Sie mich Jean-Luc.«

»Das tue ich doch«, erwiderte sie, und ihr ganzes Gesicht schien zu strahlen.

»Lassen wir doch das förmliche Sie.«

»Gut. Einverstanden«, sagte sie. Sie lehnte sich vor und hauchte ihm zwei Küsschen auf die Wangen. Eins links, eins rechts. »Gute Nacht, Jean-Luc.«

»Schlaf gut«, murmelte er, während er ihr nachsah, bis die Tür hinter ihr ins Schloss fiel. Für einen kurzen Moment wollte er einfach stehen bleiben und ihr Fenster im Auge behalten, sehen, wann das Licht anging, ihr noch einmal zuwinken, wenn sie die Fensterläden schloss. Nein. Er schüttelte den Kopf. Was war nur mit ihm los?

Ein zauberhafter Abend sollte ein bisschen Magie behalten. Langsam schlenderte Jean-Luc die Straße entlang bis zum Hafen. Er ging zu seinem Auto und spürte noch immer Isobels Lippen warm auf seinen Wangen. Es war sicherlich das erste Mal, dass jemand ihn dermaßen überrumpelt hatte. Dabei war es ganz normal, sich so zu verabschieden, und er tat es normalerweise auch bei seinen Freunden. Aber bei Isobel hatte er nicht einmal daran gedacht, es ihr gleichzutun, so sehr hatte er ihre Nähe genossen. Dabei hätte er ihre Wange so gerne mit seinen Lippen berührt.

Die Sterne standen am klaren Himmel, keine einzige Wolke versperrte den Blick und Jean-Luc hörte nur das leise Geräusch des Wassers, wie es an die Boote und die Kaimauern schwappte, als eine weitere Yacht in den Hafen steuerte. Auf dem Boot riefen sich zwei Menschen etwas zu.

Doch Jean-Luc hörte nur Isobels Stimme. Die ganze Zeit. Wie sie auf dem Nachhauseweg diese Melodie gesummt hatte. Er kam bis zu dieser Sekunde nicht darauf, welches Lied es war.

»Happy«, murmelte er schließlich.

Ja. So fühlte er sich auch.

Kapitel 6

Isobel

Nach dem Theaterstück hatte Isobel eine Gänsehaut am ganzen Körper. Die Musik hatte sie völlig mitgerissen, auch wenn die Handlung des Stücks für sie nicht neu war. Isobel hatte vor einigen Jahren den Roman *Dracula* gelesen. Nun lief sie neben Jean-Luc über das glänzende Kopfsteinpflaster unter dem Sternenhimmel und erlebte die besten Szenen noch einmal in Gedanken.

»Beeindruckend, oder?«, fragte Jean-Luc.

»Ja, wirklich.« Isobel hakte sich bei ihm ein, als er ihr seinen Arm anbot. Die fröhlichen Stimmen der anderen Theaterbesucher traten langsam in den Hintergrund, nur noch ein leises Gemurmel schwebte durch die laue Abendluft.

Viel zu schnell kamen sie an Isobels Haustür an, auch wenn sie den Eindruck hatte, dass Jean-Luc ein paar Umwege gegangen war. Vielleicht wollte er genauso wenig wie sie, dass der schöne Abend endete? Seufzend ließ sie seinen Arm los und gab ihm die obligatorischen zwei Küsschen auf die Wangen. Sein markantes Aftershave umspielte ihre Sinne. Er roch einfach viel zu gut, sie hätte ewig so stehen bleiben können. Vielleicht war sie ihm tatsächlich ein wenig zu lange so nah geblieben, denn sie spürte, wie Jean-Lucs Hände langsam über ihren Rücken wanderten und sie sanft festhielten.

Er gab ihr einen weiteren Kuss auf die Wange, zärtlich und warm. »Darf ich dich noch mit auf einen Kaffee zu mir nehmen?«, fragte er.

Isobel wusste natürlich, was diese Frage eigentlich bedeutete. Sofort meldete sich ein inneres Glühen tief in ihrem Bauch, und sie nickte bloß.

Jean-Luc löste sich ein kleines Stück von ihr. »Mein Wagen steht am Hafen. Ich bringe dich auch nachher wieder nach Hause.«

Wenn du möchtest, dachte Isobel. Der Nachsatz fehlte, aber sie wusste, dass er es so meinte. Er würde sie nicht zwingen, über Nacht zu bleiben, dafür war er viel zu sehr Gentleman. Sie würde es auf sich zukommen lassen, aber ihr Gefühl sagte ihr, dass er sie erst morgen nach Hause fahren würde.

»Okay«, sagte sie in betont lockerem Ton, um ihre Nervosität zu überspielen. Sie kannte diesen Mann gerade mal seit ein paar Tagen und hatte sich erst zweimal mit ihm getroffen. Doch die Gespräche, die sie geführt hatten, und die gemeinsamen Abendstunden erzählten eine ganz andere Geschichte. Jean-Luc war ein wunderbarer Mann, und wenn sie ganz ehrlich war, konnte sie es kaum erwarten zu sehen, wie er wohnte. Und ihm die ganze Nacht so nah zu sein wie nur irgend möglich.

Auf dem Weg zum Hafen bot Jean-Luc ihr wieder seinen Arm an, und sie hakte sich ein. Mit ihren hohen Absätzen war das Laufen auf dem Kopfsteinpflaster nicht ganz einfach, und sie klammerte sich hin und wieder an seinen Arm, wenn sie umzuknicken drohte. Isobel spürte eine glückliche Leichtigkeit in ihrem Herzen und fühlte sich beinahe ein wenig beschwipst, dabei hatte sie außer einem Mineralwasser nichts getrunken.

Jean-Lucs Wagen war ein blitzsauberer, mittelblauer Mercedes. »Wie ein Sommerhimmel«, seufzte Isobel, und Jean-Luc lachte.

»Es ist eine Speziallackierung, meine absolute Lieblingsfarbe. Sommerhimmel über Antibes habe ich sie genannt.« Er gab ihr spontan einen kleinen Kuss auf die Wange, bevor er die Beifahrertür für sie öffnete und wartete, bis sie eingestiegen war.

Isobel holte tief Luft, schnallte sich an und wartete darauf, dass Jean-Luc neben ihr einstieg. Es dauerte, und Isobel machte sich fast Sorgen, dass er es sich anders überlegt hatte, aber dann öffnete sich endlich die Fahrertür und Jean-Luc reichte Isobel eine blass rosafarbene Geranie. »Für die schönste Frau des Abends«, sagte er und räusperte sich.

»Oh, vielen Dank.« Isobel lachte und schnupperte an der Blüte. Sie duftete ganz zart. Jean-Luc gefiel ihr wirklich immer besser. Er war der perfekte Gentleman und so aufmerksam. Es machte einfach Spaß, Zeit mit ihm zu verbringen. Sie fuhren los, und Isobel sah hinaus in die Nacht, sah die letzten Lichter der Häuser verschwinden und zu ihrer Linken die Lichtpünktchen des Vollmondes auf dem Meer tanzen.

Klassische Musik spielte im Radio, Isobel kannte das Stück nicht. »Wie weit ist es?«, fragte sie.

»Eine Viertelstunde Fahrt nur«, sagte Jean-Luc, ohne den Blick von der Straße zu nehmen. So konnte Isobel ihn eine Weile von der Seite betrachten. Er hatte eine wunderschöne Nase, fand sie und musste lächeln. Sie hatte noch nie bewusst eine schöne Nase gesehen. Das Grübchen dicht neben seinen vollen Lippen war auf dieser Seite, und erst jetzt entdeckte sie eine kleine Narbe am Rand seiner rechten Augenbraue. Er war vielleicht nicht klassisch schön, aber Isobel gefiel Jean-Luc so gut wie lange kein Mann. Jean-Luc beugte sich vor und drückte eine Taste am Autoradio, die Musik wechselte zu Norah Jones.

»Come away with me«, sang Jean-Luc leise mit. Seine Stimme trieb Isobel schon wieder eine Gänsehaut über die Arme. Das Lied war eins ihrer Lieblingslieder. Wieder etwas, was sie gemeinsam hatten. Und das Lied passte natürlich gerade. Isobel war dabei, mit Jean-Luc zu einem kleinen Abenteuer aufzubrechen.

Sie sah aus dem Fenster und entdeckte an der Küste die Lichter einer anderen Stadt, das restliche Land lag wie ein dunkles Geheimnis unter dem Sternenhimmel. Erst jetzt sah Isobel, dass unzählige Sterne im samtig blauen Himmel blinkten.

Die Straße wand sich den Berg hinauf, vorbei an Pinienbäumen und Felswänden. Es dauerte wirklich nicht lange, bis der Wagen langsamer wurde und Jean-Luc auf eine schmale, sandige Einfahrt einbog. Isobel sah angestrengt in die Dunkelheit, um sein Haus zu entdecken. Da war es. Als Jean-Luc den Wagen parkte, gingen mehrere Lichter an und erhellten einen gepflegten Rasen, gesäumt von großen Terrakottatöpfen mit Oleander. Mitten auf dem Rasen wuchs ein knorriger Olivenbaum. Vor einer Mauer wurzelten einige Kakteen und Agaven. Auch wenn Schatten auf dem Haus lagen, bekam Isobel doch einen recht guten Eindruck davon. Es war aus Naturstein gebaut und hatte helle Fensterläden, vielleicht hellblau? An der Ecke rankte Wein empor. Das Haus war groß, so viel konnte man sofort erkennen. Zwei Stockwerke und ein rötliches Dach.

»Wow«, sagte Isobel, als sie ausstieg. Jean-Luc trat neben sie, drehte sie sacht um und legte seinen Arm um ihre Schultern.

»Der Ausblick ist noch besser.«

Damit hatte er natürlich recht. Tief unten lag das endlose Meer, darüber spannte sich der Himmel mit seinen Sternen und dem runden, silbrig-weißen Mond. Die Grillen zirpten und der leichte Wind fuhr durch die Blätter der Oleanderbüsche.

»Es ist wirklich wunderschön«, sagte Isobel andächtig. »Ich könnte ewig hier stehen bleiben.«

Jean-Luc lachte. »Darüber würden sich auch die Mücken sehr freuen. Darf ich dir mein Haus zeigen?«

»Oh, du hast recht.« Isobel schlug sich auf den Arm, wo sie eine Bewegung gesehen hatte. Sie drehten sich um und Jean-Luc legte seine Hand nun wieder ganz leicht auf Isobels Rücken, etwas oberhalb ihres Steißbeins. Glühende Funken stoben durch ihren Bauch. Wenn diese leichte Berührung sie schon dermaßen aus der Fassung brachte, wie würde es erst sein, wenn Jean-Luc sie küsste?

Kaum hatten sie die große Diele betreten, drehte sich Jean-Luc zu ihr um. Da Isobel nicht zur Seite trat, standen sie sich genau gegenüber. Sehr nah. Eine verheißungsvolle Hitze schien zwischen ihnen zu flimmern. Jean-Luc lächelte, schloss die Tür und beugte sich noch näher zu Isobel. Sein Lächeln verzauberte sie, und sie konnte sich noch immer nicht rühren. Die Tür war geschlossen, aber Jean-Luc blieb genau so stehen. Nur wenige Zentimeter trennten sie voneinander. Ganz langsam streckte Jean-Luc seine Hand nach Isobels Wange aus. Er strich eine Haarsträhne hinter ihr Ohr und streichelte mit den Fingerspitzen über ihre Ohrmuschel und dann ihren Hals hinunter bis zu ihrem Schlüsselbein. Dort ließ Jean-Luc seine Hand liegen. Sie brannte auf Isobels Haut.

Eine Weile sahen sich beide an, ertranken beinah im Anblick des anderen, bis Isobel leicht auf die Zehenspitzen ging, ihre Hände in Jean-Lucs Nacken verschränkte und ihm einen zarten Kuss auf den Mund gab. Seine Lippen schmeckten süß nach Pfefferminz und dem einen Glas Wein, das er vorhin getrunken hatte. Sein Duft war aus dieser Nähe noch verführerischer. Isobel löste ihre Lippen von seinen und sah ihm in die Augen. Sie waren dunkel vor Verlangen, und sogleich fiel Jean-Lucs Blick wieder auf ihren Mund.

Dieses Mal küsste er sie zuerst. Etwas länger als zuvor. Seine Hand wanderte über ihre Schulter und weiter über ihren Rücken. Mit einem kleinen Ruck zog er sie noch näher an sich heran, und wieder berührten sich ihre Lippen. Isobel schloss seufzend die Augen und ließ sich fallen. Der Kuss riss sie mit sich in eine glühende Hitze, die in ihr und um sie herum knisterte. Jean-Luc hielt sie mit beiden Händen eng an sich gedrückt, und als er vorsichtig seine Zunge zwischen ihre Lippen schob, stöhnte Isobel leise. Der Kuss machte sie schon jetzt süchtig und hungrig nach mehr. Viel mehr.

Ganz langsam bewegte sich Jean-Luc rückwärts und zog Isobel mit sich. Er führte sie in einen anderen Raum, und kurz öffnete Isobel die Augen, damit sie nicht irgendwo anstieß. Sie nahm wahr, dass Jean-Luc ein langes Ledersofa ansteuerte. Er zog sie hinunter, so dass sie dicht nebeneinandersaßen, und löste allmählich den Kuss. Schwer atmend sahen sie sich an.

»Bist du dir sicher?«

»Ob ich dich will?«, fragte Isobel flüsternd.

Jean-Luc nickte. »Oder möchtest du zuerst einen Kaffee?«

Sie lachten atemlos, und sein Lachen war so tief und rau, dass Isobel sich wieder zu ihm vorbeugte und ihn erneut küsste. »Später«, flüsterte sie an seinen Lippen.

»Wie Magie«, flüsterte Jean-Luc, als Isobel ihre Hände unter sein Hemd schob. Seine Haut war heiß und glatt, und unter ihren Fingern spürte sie, wie sich seine Bauchmuskeln anspannten. Ihre Hände wanderten um seine Seiten bis zu seinem Rücken, um ihn noch näher zu ziehen. Die ganze Zeit lösten sie sich nicht aus ihrem Kuss. Man konnte die Grillen durch die geschlossenen Fenster hören, sonst war es im Haus still bis auf ihren Atem und das leise Schnurren von Isobels Reißverschluss am Rücken ihres Kleides. Wie auf ein geheimes Zeichen standen beide auf. Das neue rote Kleid glitt von Isobels Schultern hinab und landete weich zu ihren Füßen.

»Du bist wunderschön«, flüsterte Jean-Luc und küsste eine Spur an Isobels Hals hinunter bis zu ihrer Schulter. Nacheinander schob er Isobels BH-Träger über ihre Schultern und küsste ihre Oberarme, den Ansatz ihrer Brüste und dann ihren Hals. Er knabberte leicht an ihrem Ohrläppchen, und Isobel knöpfte mit fliegenden Fingern sein Hemd auf. Das Gefühl seiner Haut an ihrer war beinahe zu viel. Sie presste sich an ihn, spürte die Hitze seines Körpers.

Während Isobel Jean-Lucs Hosenknopf öffnete, hatte er bereits ihren BH aufgehakt und küsste nun ihre Brüste und fuhr sanft mit der Zunge die Konturen nach. Isobel seufzte und stöhnte abwechselnd und schaffte es endlich, Jean-Lucs Leinenhose über seine Hüften nach unten zu schieben. Sie küssten sich wieder atemlos, und ihre Hände wanderten rastlos über den Körper des anderen, liebkosten, fühlten und streichelten.

Sanft dirigierte Jean-Luc Isobel zu einem wuchtigen Sessel in der Ecke. Mit flinken Bewegungen zog er ihren Slip hinunter und küsste ihre Beine, als er langsam wieder aufstand. Er packte sie an der Hüfte und hob sie auf die Sessellehne. Sofort schlang Isobel ihre Beine um Jean-Luc, so dass er es kaum schaffte, seine Boxershorts hinunterzuziehen. Sie lachten atemlos, als Jean-Luc eine kleine Dose vom Regal nahm und sich ein Kondom überstreifte. Für einen Augenblick wurde er langsamer, sah Isobel tief in die Augen, streichelte dabei über ihre Taille und ihre Oberschenkel. Dann küssten sie sich wieder. Der Kuss wurde feuriger, und im nächsten Moment zog Isobel Jean-Luc so fest an sich, dass sie sofort eins wurden. Beide keuchten auf und küssten sich sogleich weiter.

Jean-Luc bewegte sich langsam, und Isobel kostete jeden Moment aus. Irgendwann drängte sie ihn jedoch, und sein Rhythmus wurde schneller. Jean-Luc schrie kurz nach Isobel auf, die in einem Taumel aus Glück und Feuer versank.

Noch lange blieb Jean-Luc einfach so stehen, seine Arme um Isobels Taille geschlungen. Dann lösten sie sich voneinander und gingen Hand in Hand nach oben. Jean-Luc zeigte Isobel sein Schlafzimmer und das Badezimmer, gab ihr frische Handtücher und eine neue Zahnbürste.

»Bleibst du?«, fragte er und sah sie erwartungsvoll an.

»Sehr gerne.« Isobel gab Jean-Luc einen Kuss, und wieder begann das Prickeln in Isobels Unterleib.

»Kaffee?«, flüsterte Jean-Luc an ihren Lippen.

»Morgen früh?«, fragte Isobel und zog ihn mit sich auf die herrlich weißen Bettlaken. Das Mondlicht fiel durch die geöffneten Fenster und tauchte Jean-Luc in ein weiches, magisches

Licht. Sie liebten sich ein zweites Mal und fielen erst spät in einen tiefen Schlaf.

Die nächsten Tage verbrachten Jean-Luc und Isobel in seinem Haus. Manchmal im Garten, auf der Terrasse, aber keiner der beiden hatte Lust, den anderen mit irgendjemandem zu teilen. Sie bekamen kaum genug voneinander. Isobel war völlig berauscht von Jean-Lucs Duft, seiner Stimme, seinen Berührungen, und ihm schien es ebenso zu gehen. Nicht selten ertappte sie ihn dabei, wie er sie mit einem besonderen Leuchten in den Augen beobachtete, wenn sie an ihrem Glas nippte oder einfach in die Ferne auf das glitzernde Meer sah.

Der Montag kam viel zu schnell.

Kapitel 7

Isobel

Als Isobel in ihr Büro kam, hängte sie ihre Tasche und ihre Jacke wie immer an den Haken hinter der Tür, drehte sich um … und fuhr zusammen.

»Tante Vivienne!«, rief sie, während sich ihr Herzschlag langsam wieder beruhigte. »Was machst du hier?«

Tante Vivienne kam mit einem riesigen Strahlen auf sie zu und schloss Isobel in die Arme. »Oh, ich freue mich so für dich!«, sagte sie. »Endlich hast du ihn gefunden!«

»Wovon redest du?«, fragte Isobel irritiert und trat einen Schritt zurück, sobald Tante Vivienne sie freigab.

»Na, deinen Verlobten!«, sagte Tante Vivienne triumphierend und wedelte mit einem Blatt Papier.

»Wer?« Ein ungutes Gefühl beschlich Isobel, aber zuerst musste sie herausfinden, was Tante Vivienne sich überlegt hatte.

»Dieser schmucke junge Mann. Ich habe schon Nachforschungen angestellt. Er hat ein wahnsinnig gut laufendes Immobiliengeschäft, seine Familie ist richtig reich. Das ist auf jeden Fall ein guter Fang, meine Liebe!« Tante Vivienne kniff Isobel leicht in die Wange. »Hach, wie wunderbar! Habt ihr schon einen Hochzeitstermin ausgemacht? Wo werdet ihr heiraten? Ich habe schon einmal eine Gästeliste entworfen, die müsstest du nur noch abnicken – und natürlich müsste er die Namen seiner Familie und Freunde noch ergänzen. An was für Blumen hattest du gedacht? Rosen! Vielleicht auch kleine Sträußchen Oleander auf die Tische, die duften doch immer so gut. Und …«

»Stopp!«, sagte Isobel und baute sich vor ihrer Tante auf. Sie stützte die Hände in die Hüften, dann ließ sie sie wieder sinken. »Ich weiß nicht, wovon du sprichst.«

»Na, von Jean-Luc Chevalier! Isobel Chevalier, das klingt so wunderbar! Es passt einfach alles. Das hast du gut gemacht, Kindchen.«

»Jean-Luc?« Isobel verstand zwar irgendwie, was ihre Tante sagte, dann aber wiederum auch nicht. Wie kam sie auf die Idee, dass sie und Jean-Luc heiraten würden? Sie kannten sich doch gerade mal fünf Tage! Für einen Augenblick hatte Isobel ein warmes Gefühl im Bauch, wenn sie an sein Lächeln dachte, an seine Stimme, die ihr Guten Morgen wünschte … Nein. »Ich kann Jean-Luc nicht heiraten«, sagte sie fest. »Wie kommst du nur auf diese Idee?«

»Ach, natürlich kannst du. Es ist perfekt. Ich helfe dir natürlich bei der Planung, mach dir keine Sorgen.« Mit diesen Worten kam Tante Vivienne auf Isobel zu, gab ihr zwei parfumbehaftete Küsschen auf die Wangen und rauschte aus dem Büro.

Isobel stand da wie ein Reh im Fernlicht. Wie kam Tante Vivienne nur darauf? Woher wusste sie überhaupt von Jean-Luc? Schwer ließ sie sich auf ihren Stuhl fallen. Und welcher Mensch mit gesundem Menschenverstand würde es in Erwägung ziehen, jemanden zu heiraten, den er gerade erst kennengelernt hatte? Auch wenn Jean-Luc bisher alles hatte, was Isobel an einem Mann mochte. Es hatte wirklich nicht lange gedauert, bis sie sich in ihn verliebte. Verträumt sah sie aus dem Fenster und dachte an ein paar besonders schöne Momente des vergangenen Wochenendes.

Mittags ging Isobel kurz an den Hafen und dann in das kleine Restaurant, in dem sie mit Jean-Luc gewesen war. Sie setzte sich an den gleichen Tisch und aß einen Salat mit Gartengemüse und eine Portion hausgemachter Ravioli, während sie die anderen Gäste betrachtete. Die Worte von Tante Vivienne ließen sie nicht los. Was, wenn Jean-Luc tatsächlich der Mann war, mit dem Isobel glücklich werden würde? Und trotzdem: Für Gedanken an eine Heirat war es noch viel zu früh. Isobel beobachtete einen Mann und eine Frau, die an einem Zweiertisch in der Nähe des Aquariums saßen. Möglicherweise waren sie Kollegen? Aber da war eindeutig etwas zwischen den beiden. Die Art, wie die Frau beim Lachen leicht ihren Kopf nach hinten warf und er sie kaum aus den Augen ließ. Verheiratet waren sie aber bestimmt nicht, dazu wirkte alles zu neu. Egal. Isobel bezahlte und schlenderte zurück zur Agentur.

Sie hängte ihre Tasche an den Wandhaken und erstarrte. Auf ihrem Schreibtisch stand ein riesiger Strauß roter Rosen. Ihr Herz machte einen Hüpfer. Waren die von Jean-Luc?

Sie ging näher und entdeckte einen kleinen Umschlag. Vorsichtig löste sie ihn von einer Rose und schnupperte daran. Sie dufteten himmlisch! Der Umschlag war unbeschriftet, nur ein kleines rotes Herz war darauf gemalt. Isobel holte die Karte heraus. Auf der Vorderseite war ein Foto von einem Strand, heller Sand, das blaue Meer, strahlender Himmel und im Sand ein gedeckter Tisch mit zwei Holzstühlen. Isobel klappte die Karte auf. »Für meine wahre Liebe«, stand da. »Wunderschöner als tausend Rosen.« Und wieder ein gezeichnetes Herz. Keine Unterschrift.

Aber wer sollte ihr sonst Rosen schenken? Es sei denn, sie waren für eine Kundin abgegeben wurden? Mit einem Seufzer stand Isobel auf und steckte ihren Kopf ins Vorzimmer.

»Monique? Weißt du, wer diese Blumen abgegeben hat? Sind sie für mich?«

Ihre Sekretärin sah sie einen Moment verwirrt an. »Natürlich sind die für Sie. Ein Bote war da. Er hat nicht gesagt, von wem sie sind, ich dachte, Sie würden das schon wissen. Es tut mir leid …«

»Ach was, vielen Dank!« Isobel strahlte ihre Sekretärin an und ging zurück zu ihrem Schreibtisch und den wunderschönen Rosen. Der Spruch war vielleicht ein bisschen kitschig, aber sie freute sich trotzdem. So viel Romantik hätte sie Jean-Luc gar nicht zugetraut. Sie las die Karte noch einmal. Er hatte eine hübsche Schrift. Isobel schob die Vase nur ein kleines bisschen zur Seite, so dass sie an ihr Keyboard kam, und während sie sich um ihre Post und die eingegangenen E-Mails kümmerte, wanderte ihr Blick immer wieder zu den Blumen.

Weil sie Angst hatte, dass die Blumen in der Hitze draußen leiden würden, ließ sie sie im Büro stehen und steckte nur die Karte ein, als sie nach Hause ging. Es war ein wunderschöner Abend, die Luft hatte sich ein wenig abgekühlt und der Duft des Meeres wehte sogar bis in die kleine Gasse, in der Isobels Agentur lag. Sie hatte mit Jean-Luc gar nicht ausgemacht, ob sie sich heute treffen wollten, fiel ihr auf. Aber da sie das ganze Wochenende nicht mehr nach Hause gekommen war, war das vielleicht ganz gut.

Sie überprüfte ihr Handy und fand eine SMS von ihm: *Wunderschön war das Wochenende. Wir müssen das wiederholen. Möchtest du mit mir kochen? J.-L.*

Isobel lächelte und schrieb zurück. *Gerne. Danke für die Blumen! I.*

Die Antwort kam sofort. *Darf ich dich übermorgen abholen? Um sieben? Muss heute noch nach Paris fliegen, einige Dinge regeln. Kuss! J.-L.*

Übermorgen ist perfekt! Kuss! I.

Isobel ging beschwingt die Gasse entlang und kaufte sich noch rasch ein Baguette beim Bäcker und etwas frisches Obst und Gemüse nebenan. Jean-Lucs Karte lehnte sie an ihre Nachttischlampe und strich kurz mit dem Finger darüber. Das Wochenende war wirklich wunderschön gewesen, anders konnte man es nicht sagen. Isobel machte sich ihr Abendessen und setzte sich damit auf den Balkon. Nach dem Essen holte sie sich ein Buch, um auf der Terrasse gemütlich zu lesen, aber sie konnte sich nicht recht auf die Sätze konzentrieren. Ihr Herz tanzte, und das wollten auch ihre Füße. Sie suchte ihre Lieblings-CD mit den wunderbarsten Sommerliedern, die sie kannte, legte sie ein und tanzte laut singend durch ihre Wohnung.

Sie schaffte alle fünfzehn Songs, danach fiel sie erschöpft und glücklich auf ihr Bett und lächelte in die Nacht. Es war inzwischen dunkel geworden, aber Isobel machte kein Licht, um keine Mücken anzulocken. Ohnehin fiel etwas Laternenlicht ins Zimmer und malte die Umrisse des verzierten Gitters vor ihrem Fenster an die Wand. Was Jean-Luc wohl gerade machte? Paris … Zu gerne wäre Isobel mitgeflogen. Es war viel zu lange her, dass sie dort gewesen war. Die Stadt der Liebe.

* * *

Jean-Luc

»Ich nehme jetzt beide«, entschied Benoît. »Sicher ist sicher.« Er nickte der Verkäuferin zu, die mit einem seligen Lächeln abrauschte, um die beiden Anzüge zu verpacken.

»Warum zwei?«, fragte Jean-Luc irritiert. »Der erste war doch gut. Oder weiß ich etwas nicht? Hast du noch eine zweite Verlobte irgendwo?« Er zwinkerte seinem besten Freund zu, aber dieser machte ein erschrockenes Gesicht.

»Wo denkst du hin? Nein, aber ich kann mich nicht entscheiden.« Benoît ließ sich auf die dunkelblau gepolsterte Bank fallen und stützte seinen Kopf in die Hände. »Und was wenn ich vor der Trauung ein Loch in eine Tasche reiße, ein Dreieck in den Ärmel oder so?«

Jean-Luc setzte sich neben Benoît und legte ihm den Arm um die Schulter. »Ist alles okay? Gibt es Probleme?«

»Nein. Ja. Nein. Eigentlich nicht. Es ging nur alles so schnell.«

Ja, da hatte er leider recht. »Willst du es dir noch einmal überlegen? Man kann auch glücklich sein, ohne zu heiraten.«

»Was?« Benoît fuhr herum. »Nein, natürlich werde ich Marie-Claire heiraten. Es ist doch schon alles organisiert, und eigentlich weiß ich ja auch, dass ich sie liebe und dass sie die Richtige ist.«

»Aber?«, fragte Jean-Luc vorsichtig und stand auf, als Benoît es ebenfalls tat.

»Nichts aber.« Benoît stellte sein berühmtes Pokerface zur Schau und ging zielstrebig zur Kasse, um die Anzüge zu bezahlen. »Gehen wir noch einen Kaffee trinken?«, fragte Benoît draußen.

Jean-Luc sah auf seine Armbanduhr.

»Verstehe … du hast Termine?« Benoît grinste. »Heißt der Termin vielleicht Isobel?«

Vielleicht hätte Jean-Luc ihm doch nicht so früh von ihr erzählen sollen. Jetzt würde er ihn die ganze Zeit aufziehen.

»Du könntest sie als deine Begleitung mitbringen.« Kurz sah es so aus, als würde Benoît etwas blass um die Nase, aber dann hatte er sich wieder unter Kontrolle.

»Mal sehen«, entschied Jean-Luc.

Nach dem schnellen Kaffee im Café an der Ecke stieg Jean-Luc endlich ins Taxi zum Flughafen. Jetzt hatte er noch mehrere Stunden Reise vor sich, während der er die romantischste CD, die er besaß, auf Dauerschleife hörte.

Er dachte noch einmal über Benoîts merkwürdigen Kauf nach. Zwei Anzüge, irgendwie gab das Jean-Luc zu denken. Müde schüttelte er den Kopf. Hoffentlich lief Benoît nicht geradewegs in sein Unglück. Vielleicht war er deswegen so nervös, weil er es ahnte. Aber wer war Jean-Luc, um so etwas zu beurteilen?

Als es längst dunkel war, parkte Jean-Luc seinen Wagen endlich vor seinem Haus und rannte zur Haustür. Im Briefkasten lag ein kleines Päckchen. Jean-Luc zog es erstaunt heraus. Es war eine kleine, flache Schachtel, die der Postbote in das eigens dafür vorgesehene Zeitungsfach gesteckt hatte. Eingewickelt in goldenes Papier mit einem einzigen kleinen Herzchenaufkleber. Jean-Lucs Herz machte einen Sprung. War das etwa von Isobel? Er schloss die Haustür auf, brachte sein Reisegepäck in den Wäschekeller und setzte sich mit dem kleinen Päckchen auf den Barhocker in der Küche. Er drehte das Päckchen in den Händen und erkannte jetzt, dass auf der Rückseite eine Karte darin steckte. Vorsichtig zog er sie heraus.

Für meinen Traummann. Auf eine wunderschöne Zeit! Isobel, stand dort. Jean-Luc lächelte, auch wenn Isobel etwas zu dick aufgetragen hatte. Aber eine schöne Zeit wünschte er sich ebenfalls mit ihr, das konnte er nicht leugnen. Unter dem goldenen Papier kam eine Schachtel von einer der besten Chocolaterien in Antibes zum Vorschein, Jean-Luc pfiff leise und öffnete sie. Sieben erlesene Pralinen lagen auf zartem, rotem Papier. Isobel hatte nur diejenigen ausgewählt, die etwas mit Liebe zu tun hatten, das konnte er auf dem kleinen Zettel sehen, der im Deckel der Schachtel eingesteckt war. Einige besaßen sicherlich aphrodisierende Wirkung und waren aus besonderem Kakao, andere hatten Herzchen aus heller oder dunkler Schokolade auf ihren glänzenden Schokoladenoberflächen. Jean-Luc nahm eine der Pralinen heraus und schnupperte daran. Diese war auf jeden Fall eine mit Champagner.

Genüsslich biss er hinein, ließ sich die champagnerhaltige Füllung über die Zunge rinnen und lutschte dann die Schokoladenhülle Stück für Stück auf. Sorgfältig verschloss er die Dose wieder und stellte sie auf eins seiner Küchenregale. Isobel. Es würde mit Sicherheit ebenso aus kulinarischer Sicht eine phantastische Zeit mit ihr werden. Jean-Luc lächelte. Wie wunderbar, dass sie seine Liebe für Schokolade teilte. Eine ähnliche Mischung könnte er auch Benoît und seiner Marie-Claire zur Hochzeit mitbringen. Die Pralinen passten jedenfalls zu einer solchen Feier.

Es war bereits halb elf. Zu spät, um noch bei ihr anzurufen, aber er würde ihr einfach eine SMS schicken.

Du bist auch süß! Beinahe geschmolzen vor Genuss. J.-L., schrieb er und legte sein Handy lächelnd zur Seite. Er setzte sich mit einem Glas Rotwein auf die Terrasse und genoss den lauen Abend.

Kapitel 8

Isobel

Um Viertel vor sieben war Isobel fertig. Sie drehte sich noch einmal vor ihrem bodenlangen Spiegel im Flur und warf sich eine Kusshand zu. Dann musste sie lachen. Das Telefon klingelte, und Isobel lief in die Küche, wo es auf der Arbeitsplatte lag.

»Hallo?«, sagte sie atemlos.

»Oh, wo habe ich dich denn jetzt hergeholt?«, fragte Sophie und lachte.

»Ich bin verabredet«, sagte Isobel.

»Dann standest du also vor dem Kleiderschrank und hast tausend Röcke und Blusen anprobiert?«, neckte sie Sophie.

»Nein, ich bin schon seit einer Weile fertig.« Isobel nahm das Telefon mit und ging langsam durch ihre Wohnung, strich über ihre Orchideen auf dem Fensterbrett, die polierte Tischplatte ihres Küchentisches und schließlich über Jean-Lucs Karte, die jetzt im Wohnzimmer auf dem Couchtisch lag.

»Ein Date mit einem Mann?«, fragte Sophie und tat so, als gäbe es das so gut wie nie bei Isobel.

Sie verdrehte die Augen. »Ja, ein Mann.«

»Oh, dann hoffe ich, dass ihr euch gut versteht. Und dass er nicht wieder so einer ist, der nur von dir eingeladen werden möchte. Lass ihn bezahlen, ja?«

»Sophie!«, sagte Isobel empört. »Das ist genau ein einziges Mal passiert! Du tust ja so, als hätte ich mich noch nie verabredet. Mit Jean-Luc habe ich außerdem bereits gegessen, und wir waren im Theater.«

»Oh là là, da kommt doch noch mehr, *oui*? Ich höre das doch an deiner Stimme! Warum weiß ich nichts davon?« Sophie quietschte vergnügt.

Isobel hatte schon viel zu lange mit niemandem über Jean-Luc gesprochen. Sie warf einen Blick auf die Uhr. Sie hatte noch zwölf Minuten, wenn er pünktlich kam. »Okay«, sagte sie. »Hör zu …« Und sie erzählte von den tausend romantischen und leidenschaftlichen Momenten, die sie mit Jean-Luc bereits erlebt hatte. »Er ist wirklich der witzigste und charmanteste Mann, den ich kenne. Wir können über alles reden. Manchmal beendet er sogar meine Sätze, oder wir sagen etwas gleichzeitig.«

»Romantisch …«, sagte Sophie. »Fast wie Seelenverwandte. Halt ihn fest, ja?«

Es klingelte an der Tür.

»Oh, ich muss Schluss machen, ich melde mich!«

»Ganz bald, ja?« Sophie warf noch ein Luftküsschen durch den Hörer, und sie legten auf.

Seelenverwandte. Ein großes Wort. Aber Isobel bekam bei diesem Gedanken trotzdem ein warmes Kribbeln im Bauch. Sie rannte zur Haustür und riss sie auf. Jean-Luc strahlte über das ganze Gesicht, hielt eine einzelne rote Rose in seiner Hand und küsste sie auf den Mund. »Ich habe dich vermisst«, flüsterte er zwischen zwei Küssen.

»Wir haben uns doch nur ein paar Tage nicht gesehen!« Isobel lachte. Aber sie fühlte es auch. Sie war glücklich gewesen diese paar Tage ohne Jean-Luc, aber nur, weil sie wusste, dass sie ihn bald wiedersehen würde.

»Der Tisch ist für halb acht reserviert«, sagte Jean-Luc.

»Dann haben wir ja noch kurz Zeit. Möchtest du etwas trinken?«, fragte Isobel.

Jean-Luc schüttelte den Kopf und zog sie sanft an sich heran. »Nein, wir müssen los. Es dauert ein kleines Weilchen, bis wir dort sind.«

»Oh? Eine Überraschung? Essen wir nicht in der Stadt?«

»Nein, dieses Mal nicht.« Jean-Luc lächelte geheimnisvoll.

Sie schlenderten zu seinem Wagen, der auch dieses Mal am Hafen stand, und wieder hielt Jean-Luc Isobel die Tür auf. Sie setzte sich und legte ihre Hand auf seinen Oberschenkel, als er einstieg. Jean-Luc beugte sich zu ihr hinüber und küsste sie auf den Hals, unterhalb ihres Ohrläppchens. Ein kleiner Schauer Feuerfünkchen rieselte durch Isobels Körper. Jean-Luc setzte sich wieder aufrecht hin und startete den Wagen. Sie fuhren die Küstenstraße entlang. Isobel überlegte, ob er sie wohl nach Cannes ausführen wollte?

»Bin ich richtig angezogen für das Restaurant?«, fragte sie besorgt. Sie hätte doch ihr kleines Schwarzes nehmen sollen und die größeren Diamantstecker.

»Perfekt«, sagte Jean-Luc und sah sie für einen Moment intensiv an. Dann sah er wieder auf die Straße. Ein Lächeln umspielte seine Lippen und er fing unvermittelt an, ein Lied zu summen. Nach ein paar Noten erkannte Isobel »Stars« von Simply Red, und sie summte mit. Nach ein paar weiteren Takten begann er mitzusingen. Isobel lief eine Gänsehaut den Rücken hinunter. Der Mann hatte eine Wahnsinnsstimme, und er konnte sogar singen! Und dann noch mit seinem hinreißenden französischen Akzent.

Sie vergaß für einen Moment zu summen, dann sang sie ebenfalls mit. Wenig später parkte Jean-Luc den Wagen vor einer Wiese zwischen Olivenbäumen. In den Bäumen hingen bunte Laternen, und auf den Tischen darunter standen Kerzen und kleine Blumenvasen. Es waren einige andere Gäste dort, aber die Tische waren so weit auseinandergestellt, dass man fast den Eindruck haben konnte, man wäre allein.

Jean-Luc öffnete Isobels Tür, und sie zuckte zusammen. Sie

hatte gar nicht mitbekommen, dass er ausgestiegen war, so sehr hatte sie der Anblick bezaubert.

»Es ist wunderschön«, flüsterte sie, als sie ausstieg und sich bei Jean-Luc einhakte. Er lächelte glücklich, und sie gab ihm spontan einen Kuss auf die Wange. Er roch wieder so unverschämt gut. Am liebsten hätte Isobel ihren Kopf auf seine Schulter gelegt, um noch ein wenig länger an seiner Haut zu schnuppern. Sie lächelte über sich selbst. Jean-Luc war wirklich ein Mann für alle Sinne.

Ein junger Kellner kam ihnen entgegen. »Monsieur Chevalier?«, fragte er, und Jean-Luc nickte. »*Bon soir.* Mademoiselle.« Der Kellner machte eine winzige Verbeugung und führte sie dann zu einem runden Tisch unter einem besonders knorrigen Olivenbaum. In den Zweigen hingen bunte Laternen, und es duftete unwiderstehlich nach sonnenwarmer Rinde und einem Eukalyptusbaum, den Isobel in der Nähe entdeckte.

»Es ist wunderschön, Jean-Luc. Du überraschst mich immer wieder.«

Er griff nach ihrer Hand und küsste sanft ihre Finger. »Das freut mich.«

Der Kellner brachte die Speisekarten, und Isobel vertiefte sich in die Liste der kreativ klingenden Köstlichkeiten. Eine klang besser als die andere, aber noch bevor Isobel gewählt hatte, ertönte völlig unvermittelt eine Melodie auf einem Akkordeon. Die Gäste begannen zu tuscheln. Isobel blickte auf, und auch Jean-Luc sah etwas irritiert aus. »Das muss neu sein«, murmelte er. »Davon habe ich noch nie gehört.«

»Klingt doch hübsch«, sagte Isobel, aber wenig später musste sie sich korrigieren. Es gesellte sich ein Musiker mit einem Saxophon dazu und ein weiterer mit Ukulele. Sie spielten ein romantisches Stück, trafen die Töne aber nicht immer.

»Interessante Mischung«, sagte Jean-Luc und beobachtete grinsend, wie drei Kellner auf die Musikanten zuliefen und aufgeregt mit ihnen sprachen.

»Offenbar nicht geplant«, flüsterte Isobel und beobachtete das Schauspiel ebenfalls.

Nach fünf Minuten brach das Musikstück ab, und die Musiker verschwanden in der Dunkelheit. Isobel hörte Autotüren schlagen, dann das Aufheulen eines Motors und durchdrehende Reifen auf Kies. Sie erhaschte noch einen Blick auf den Wagen, aber genau erkennen konnte sie ihn nicht. Trotzdem kam er ihr seltsam bekannt vor. Verwirrt schüttelte sie den Kopf. Fuhr Tante Vivienne nicht auch so einen türkisblauen Mercedes? Davon gab es doch sicherlich nicht viele hier in der Gegend.

»Ist etwas?«, fragte Jean-Luc.

»Nein, ich muss mich vertan haben. Ich dachte, ich kenne das Auto.«

Sie bestellten ihre Gerichte und Wein und genossen den Abend. Jean-Luc berichtete von Paris und von seinem Freund Benoît, der in Kürze heiraten würde. Marie-Claire und Benoît klangen beide nach sehr sympathischen Menschen.

»Ach, warum sollte das nicht gutgehen?«, fragte Isobel. »Manche Leute merken früh, dass sie zueinander passen.« Ihr Herz setzte einen Schlag aus, als Jean-Luc sie sekundenlang musterte.

»Ich kenne keine Ehe, die für immer gehalten hat«, sagte er schließlich.

Sein Ton ließ Isobel ihren nächsten Satz hinunterschlucken. Vielleicht hatte er schlechte Erfahrungen gemacht? War vielleicht selbst bereits verheiratet gewesen?

»Meine Eltern sind noch immer glücklich«, sagte Isobel schließlich. »Sie sind seit dreißig Jahren verheiratet.«

»Wohnen sie in England?«, fragte Jean-Luc. Es klang, als wäre ihm das Thema unangenehm.

»Ja.« Isobel nickte. »In Cornwall. Warst du schon einmal in Cornwall?«

Er schüttelte den Kopf und lächelte etwas entspannter, also begann Isobel von Cornwall zu erzählen, von ihren Urlauben als Kind und auch von ihren ersten Urlauben mit ihrer besten Freundin. »Sobald wir achtzehn waren, sind wir wieder hingefahren. Haben uns gegenseitig unsere Lieblingsstrände gezeigt. Ich habe sogar ganz passabel surfen gelernt.« Sie lachte, als sie sich an die ersten Stunden erinnerte.

»Wenn du es erzählst, klingt es traumhaft«, sagte Jean-Luc. »Ich muss dir etwas gestehen.« Er sah sie so ernst an, dass Isobels Herz in ihren Magen rutschte. Jetzt würde er gleich sagen, dass er bald wegziehen würde oder verheiratet war oder verliebt in einen Mann?

Sein Blick veränderte sich nicht, und er griff nach ihrer Hand. »Ich war noch nie im Ausland«, gestand er dann.

Isobel ließ die angehaltene Luft ausströmen und lachte. »Wirklich nicht?«

Er schüttelte den Kopf. »Aber in Frankreich kenne ich so gut wie jeden Fluss, jeden Strand und jedes Dorf.«

»Dann hast du mir einiges voraus.«

»Du solltest mir die Orte zeigen, die ich verpasst habe, und ich zeige dir meine Lieblingsorte hier.« Er sah plötzlich weg, ließ Isobels Hand los und griff nach seinem Weinglas.

Beinahe hätte Isobel gesagt, dass es sehr viele Orte waren und dass es Jahre, wenn nicht Jahrzehnte, dauern würde, sie alle zu zeigen, aber sie ließ es. Irgendetwas hatte sich gerade zwischen ihnen geändert. Sie wusste nur nicht, was und warum.

Kapitel 9

Jean-Luc

Die Nacht war wieder wie im Traum vergangen, dabei hatten Jean-Luc und Isobel erst in den frühen Morgenstunden in den Schlaf gefunden, erschöpft von den leidenschaftlichen Stunden zuvor. Jean-Luc stützte seinen Kopf auf die Hand und sah sich die schlafende Isobel an, prägte sich jedes Detail ein. Sie war so eine wunderbare Frau. Wenn er es nicht besser wüsste, würde er denken, dass sie seine Traumfrau war. Natürlich gab es so etwas nicht. Aber er würde die Zeit mit ihr genießen, wie lange sie auch immer dauern würde.

Ein vorwitziger Sonnenstrahl streichelte über Isobels Nase, und sie räkelte sich leicht. Als hätte sie geahnt, dass er sie beobachtete, schlug sie langsam ihre Augen auf und sah ihn genau an, ein müdes und absolut hinreißendes Lächeln auf den Lippen. Jean-Luc konnte gar nicht anders: Er beugte sich vor und küsste diese Lippen. Sanft und lange.

Er riss seinen Blick los und sah sich im Zimmer um. Gestern Abend hatte er nicht mehr viel erkennen können und ohnehin nur Augen für Isobel gehabt, nicht für ihre Möbel.

»Dein Schlafzimmer gefällt mir«, sagte er. »Besonders das Bett.« Er schielte auf die gusseiserne Verzierung am Kopfende, wo sich Isobel noch vor ein paar Stunden festgehalten hatte.

Ihre lustvollen Seufzer hatten sich tief in seine Erinnerungen gegraben. Er konnte sich nicht daran erinnern, wann er zuletzt mit einer Frau solche Gefühle erlebt hatte. Die Leidenschaft war wie ein Sturm, eine Lawine aus Glück. Und die stillen, verschmusten Momente kamen ihm vor wie weiche Wolken, die ihn vollkommen einhüllten.

Wieder hatte er sich in ihrem Blick verloren. Erneut sah er sich um. Dieses Mal blieb sein Blick an einem Bild hängen. Ein runder Tisch mit zwei Stühlen, gedeckt mit einem Korb voller Croissants und zwei großen Milchkaffeetassen. Die Sonne malte Muster aus Blättern auf den Tisch, und im Hintergrund sah man ein ähnliches Haus wie dieses hier. Sein Magen knurrte laut, und Isobel lachte.

»Du hast recht. Es ist längst Zeit fürs Frühstück! Warte hier.« Sie küsste seine Nasenspitze, sprang nackt, wie sie war, auf und lief ins Bad. Es dauerte keine Viertelstunde, da kam sie wieder heraus, ihre Haare noch feucht von der Dusche. Um ihren Körper wehte ein apricotfarbenes Kleid, so zart wie ihre Haut.

»Aber ich könnte doch …«, sagte er halbherzig.

»Nein, dieses Mal möchte ich dich verwöhnen.« Sie zwinkerte ihm zu, schlüpfte in goldene Sandalen und schnappte sich ihre Handtasche. Jean-Luc hatte gar keine Zeit, noch einmal zu protestieren, schon machte sie die Tür leise hinter sich zu, und er hörte sie draußen im Treppenhaus fröhlich pfeifen.

Jean-Luc ließ sich noch einmal in die Kissen fallen und verschränkte die Arme hinter dem Kopf. Was für eine Nacht! Was für eine Frau.

Das Telefon klingelte, und Jean-Luc fuhr zusammen. Sollte er rangehen? Nein, das war Isobels Telefon. Vielleicht würde derjenige es einfach später noch einmal versuchen. Jean-Luc machte sich auf den Weg zur Dusche, als der Anrufbeantworter ansprang.

»Isobel? Ach, du bist bestimmt wieder unterwegs. Ich habe eine wunderschöne Kirche entdeckt, da könnte die Trauung stattfinden, und ich habe überlegt, dass du ruhig seinen Namen annehmen könntest. Isobel Chevalier, das klingt richtig gut! Ich habe die Gästeliste durchgesehen und kann dir nachher ein paar Muster für die Blumendekoration vorbeibringen. Ruf mich an!« Piep.

Jean-Luc stand stocksteif im Türrahmen des Badezimmers und starrte auf das blinkende Licht am Anrufbeantworter. Hatte er gerade richtig gehört? Doch. Eindeutig sein Nachname. Aber von was für einer Hochzeit sprach diese Frau? Hatte Isobel etwa erzählt, dass sie ihn heiraten würde? Ohne mit ihm darüber zu sprechen? Und es gab schon eine Gästeliste und eine passende Kirche?

Auf einmal war Jean-Luc kalt. Eisig kalt. Er starrte auf das geblümte Handtuch über dem Badewannenrand. Heiraten. Nein. Das ging nicht. Das war absurd, sie kannten sich doch erst seit ein paar Wochen. Außerdem: Eine Hochzeit verdarb immer alles. Die Liebe würde zerbrechen, der Alltag würde sie überrennen und dann hätte er Isobel verloren. Außerdem, was war das für eine Idee? Jetzt heiraten?

»Ich bin wieder da!«, rief Isobel. Den Geräuschen nach zu urteilen ging sie in die Küche und deckte den Tisch.

Eigentlich hatte Jean-Luc sich auf das Frühstück gefreut. Der Duft nach Kaffee strömte bereits durch den Flur zu ihm ins Badezimmer, wo er endlich unter der Dusche stand. Er drehte das Wasser auf eiskalt, um wach zu werden. Normalerweise stellte er das Wasser danach schnellstmöglich auf lauwarm, aber heute fühlte er sich wie betäubt und merkte die Kälte kaum. Es war natürlich lächerlich, in Isobel plötzlich eine Alptraumfrau zu sehen, die ihn vor den Altar schleifen würde, um so ihre Liebe im Keim zu ersticken. Aber er konnte nicht heiraten und erst recht nicht, wenn er vorher nicht gefragt wurde. Oder gefragt hatte.

Er duschte länger als sonst. Isobels Blumenhandtücher erinnerten ihn schon wieder an die Blumendekoration, die diese Frau bestellt hatte. Wer war das, eine Hochzeitsplanerin? Oder ihre Mutter? Aber die Frau hatte einen französischen Akzent, Isobels Mutter war doch Engländerin, oder nicht? Jean-Luc wurde klar, dass er nicht annähernd genug über Isobel wusste.

Als er endlich seelisch bereit war, in die Küche zu gehen, war Isobel nicht da. Aber er konnte sie hören. Ganz leise hörte er vom Balkon die Melodie des Liedes »Stars« erklingen. Und da saß sie, wunderschön wie immer, aber Jean-Luc fiel es schwer, sich zu entspannen. Er setzte sich auf den Stuhl ihr gegenüber, zwang sich zu einem Lächeln und sah auf den Tisch anstatt in Isobels Gesicht.

»Kaffee?«, fragte sie.

Er nickte mechanisch.

Isobel goss ihm duftenden Kaffee in seine Tasse und erzählte von einer Frau, die auf dem Markt unbedingt eine ganz bestimmte Sorte von Kirsche hatte haben wollen. »Kannst du dir das vorstellen? Die Marktverkäuferin hat ihr andere angeboten, die wunderbar aussahen, so appetitlich, dass ich gleich ein paar mitgenommen habe.«

Sie hielt ihm eine kleine Glasschüssel mit herrlich roten Kirschen unter die Nase. Jean-Luc nahm eine und steckte sie in den Mund. Er kaute, schmeckte aber kaum etwas. Den Kern spuckte er in seine Hand und legte ihn dann auf den Unterteller seiner Kaffeetasse. Er aß ein Croissant mit roter Marmelade, trank seinen Kaffee aus und nahm noch zwei weitere Kirschen.

»Bist du noch müde?«, fragte Isobel irgendwann.

»Ich muss los, es gibt etwas Wichtiges, das ich zu erledigen habe«, sagte er, ohne auf ihre Frage einzugehen, die er auch erst im Nachhinein verstand. Isobels Stimme war neben ihm hergeplätschert, während in seinem Kopf nur Platz für zwei Sätze war. *Sie hat dich hintergangen. Sie will dich zur Hochzeit zwingen.*

»Schade, aber ich werde auch gleich ins Büro gehen. Die Arbeit steht nie still, nicht wahr?« Sie lächelte, aber Jean-Luc konnte die Enttäuschung in ihrem Blick kaum ertragen. Nun, er würde sich daran gewöhnen müssen. Oder auch nicht. Er musste ihr irgendwie zu verstehen geben, dass er sie nicht heiraten würde. Wenn nicht mit Worten, dann mit Taten.

* * *

Isobel

Isobel hatte ein komisches Gefühl. Was war nur mit Jean-Luc los? Bevor sie zum Markt aufgebrochen war, war er so liebevoll gewesen, gut gelaunt. Und jetzt? Wortkarg und abwesend. Vielleicht war etwas Schlimmes passiert? Und sie hatte gar nicht gefragt. Andererseits hätte er es ihr natürlich auch erzählen können. Aber so gut kannten sie sich wohl doch noch nicht. Sie wusste, was er über die Ehe dachte, aber war sie deswegen nur eine Bettgeschichte für ihn? Bisher hatte sie den Eindruck gehabt, er wäre mit ganzem Herzen dabei. Zugegeben, sie kannten sich noch nicht lange, aber so falsch konnte sie doch nicht liegen, oder?

Isobel seufzte und sah die neuen Anmeldungen durch. Auf den ersten Blick entdeckte sie einen jungen Mann und eine hübsche Frau, die wunderbar zusammenpassen würden. Natürlich musste sie sich in einem persönlichen Gespräch davon überzeugen, ob ihr Spürsinn sie nicht im Stich ließ.

»Haben Mademoiselle Perlé und Monsieur Tessier schon einen Termin zum Kennenlernen gemacht?«, fragte sie Monique.

Diese warf einen Blick auf den Bildschirm, klickte ein paarmal und nickte. »Nur Mademoiselle Perlé. Sie kommt nachher um sechzehn Uhr. Monsieur Tessier hat um Rückruf gebeten, ob er irgendwann nach sechzehn Uhr kommen könnte.«

»Perfekt! Setzt du ihn auf sechzehn Uhr dreißig?« Isobel freute sich schon jetzt auf sein Gesicht, wenn er Mademoiselle Perlé sehen würde. Amélie Perlé, was für ein passender Name für diese zarte Frau. Isobel betrachtete ihr Foto, las noch einmal ihre Antworten auf Isobels sorgfältig ausgetüftelten Fragebogen und verglich dann die Antworten von Philippe Tessier. Da schwang etwas zwischen den Zeilen mit, das Isobel bei ihr und bei ihm fand. Sie hatte wirklich ein gutes Gefühl bei diesen beiden.

Isobel nahm ihr Handy vom Tisch, überprüfte es auf neue Nachrichten, fand aber keine. Ob sie Jean-Luc schreiben sollte? Er hatte am Morgen so zerstreut gewirkt. Aber wenn er ihr hätte erzählen wollen, was ihn beschäftigte, hätte er das sicher getan. Nein, besser nicht. Sie würde warten, bis er sich wieder meldete.

Am Nachmittag klappte alles so, wie Isobel es sich gedacht hatte. In dem Moment, als sie mit Amélie Perlé aus ihrem Büro kam, saß Philippe Tessier bereits auf einem der Stühle im Wartebereich, und man brauchte nur einen Blick auf die beiden zu werfen, da stand es eigentlich schon fest. Hier passte es. Es war beinahe wie ein kleines Gewitter mit Blitz und anschließendem Regenbogen. Natürlich verriet sie ihren Verdacht nicht gleich, sondern sprach erst mit Philippe, aber ihr Eindruck bestätigte sich nur noch einmal mehr. Abends rief sie bei beiden an und teilte ihnen mit, dass sie am nächsten Tag ein Date im Restaurant unten im Haus haben könnten. Beide willigten sofort ein.

Isobel lächelte, als ihr Handy piepte. Es war Jean-Luc.

»Hallo«, sagte sie. Es folgte eine Stille, so dass sie ihr Hallo wiederholte.

»Isobel?«

»Ja! Wo steckst du denn?«

»Ich bin zu Hause. Können wir uns treffen?«

»Natürlich, soll ich vorbeikommen? Ich mache gerade Feierabend.«

»Nein, ich komme in die Stadt. Lass uns am Hafen treffen, vielleicht um acht?«

»Sehr gerne. Soll ich Hunger mitbringen?« Sie lachte leise,

als sie daran dachte, wohin Jean-Luc sie das letzte Mal entführt hatte.

»Ich werde vorher gegessen haben. Ein Geschäftsessen«, sagte Jean-Luc. Er verabschiedete sich und legte auf.

Isobel starrte ihr Handy an. So gestresst kannte sie ihn gar nicht. Also kein Abendessen, gut, vielleicht konnten sie noch ein Eis essen oder einfach am Hafen spazieren gehen.

Kapitel 10

Jean-Luc

Jean-Luc fühlte sich, als müsste er auf eine Beerdigung. Und es war ja auch etwas Ähnliches. Etwas würde heute Abend enden. Den ganzen Tag hatte er an die Worte dieser Anruferin gedacht. Und je länger er darüber nachdachte, desto mehr hatte sich sein innerer Widerstand aufgebaut. Es gab wirklich nur eine Lösung. Er musste Isobel ganz klar sagen, dass es nicht ging. Und weil er fürchtete, dass sie die Hochzeit trotzdem plante, wollte er sich und ihr den Schmerz ersparen. Ganz davon abgesehen, dass sie ihn offensichtlich belog.

Als er den Wagen am Hafen parkte, sah er Isobel auf der Kaimauer sitzen. Sie hielt das Gesicht in die Abendsonne und hatte die Augen geschlossen.

Jean-Lucs Herz zog sich zusammen. Sie hatten so wunderschöne Stunden miteinander verbracht, und das sollte jetzt einfach vorbei sein? Nur weil Isobel ihm keine Zeit ließ? Warum konnte man nicht einfach so eine schöne Zeit miteinander haben? Ohne gleich zu heiraten?

Er stand bestimmt fünf Minuten einfach nur da und sah Isobel an. Schließlich ging er auf sie zu.

»*Bon soir*«, sagte er. Er blieb vor ihr stehen und steckte die Hände in die Taschen seiner Leinenhose.

»*Bon soir*«, sagte Isobel und lächelte ihn glücklich an. »Hast du alles erledigt?«

»Was? Ja. Nein. Aber darüber wollte ich nicht mit dir sprechen.« Eigentlich schrie in Jean-Luc alles danach, sich neben sie zu setzen, einen Arm um ihre Schultern zu legen und die untergehende Sonne zu beobachten. Aber es ging nicht. Es würde jeden Tag schwerer werden. Es musste jetzt sein.

»Na dann, raus mit der Sprache«, forderte Isobel ihn auf. Täuschte er sich oder hatte sich ihr Lächeln verändert? War es lauernd geworden? Weniger glücklich?

»Ich fürchte, wir müssen es beenden.«

Ihr Lächeln verschwand, und sie starrte ihn einen Moment an. »Beenden? Was meinst du?«, fragte sie leise.

»Du und ich, das kann nicht so weitergehen. Es geht einfach nicht.« Er musste hart bleiben, es brauchte genau diese Worte. Anders ging es nicht. Jean-Luc redete es sich immer wieder ein und versuchte, nicht zu bemerken, wie etwas aus Isobels Gesicht verschwand und etwas anderes erschien. Lebensfreude machte Traurigkeit Platz. Vielleicht Enttäuschung.

»Warum jetzt?«, flüsterte sie.

»Sonst ist es dafür zu spät.« Das hatte er nicht sagen wollen. »Es tut mir leid, Isobel. Kann ich dich irgendwo hinbringen?«

»Nein, danke.« Sie sah weg, auf das Meer, in die untergehende Sonne. Etwas glitzerte in ihren Augen. Jean-Luc drehte sich rasch zur Seite und ging zurück zum Wagen. Er wollte nicht sehen, wie Isobel weinte, er konnte es ihr nicht erklären. Eine Ehe barg zu viele Schmerzen, wenn sie brach. Erst recht, wenn man alles überstürzte, so wie Isobel es jetzt anscheinend wollte.

Jean-Luc ballte seine Hände zu Fäusten. Ganz leicht wehte eine winzige Wolke aus Parfum vorbei, und er wusste, dass es Isobel war. Isobel, die jetzt ging. Weg vom Hafen und weg von ihm. Aus seinem Leben.

Schnell öffnete Jean-Luc die Autotür und ließ sich auf den

Sitz fallen. Warum fühlte er sich so schlecht? Er hatte es doch rechtzeitig beendet, der Schmerz dürfte nicht so groß sein. Aber er war groß. So tief wie das Meer.

* * *

Isobel

Erst als sie atemlos zu Hause ankam, ihre Haustür hinter sich schloss, sich anlehnte und mit dem Rücken am kühlen Holz hinunterglitt, begann sie zu weinen. Die Tränen liefen lautlos über ihre Wangen, und Isobel fragte sich, was passiert war. Vielleicht war Jean-Luc immer so? Wollte er tatsächlich nur eine kurze Affäre? Aber wieso es jetzt beenden? Isobel sah alle glücklichen Momente noch einmal vor sich, Jean-Lucs Lachen, seine Blicke. Sie spürte seine Hände auf ihrer Haut, und ein Schluchzen durchfuhr ihren Körper wie eine Naturgewalt. Sie weinte lange. Es war bereits dunkel, als sie aufstand und sich ein Glas Wasser holte. Beim Vorbeigehen riss sie den Stecker des Telefons aus der Steckdose. Niemand sollte anrufen, sie konnte so mit niemandem sprechen. Erst recht nicht mit ihrer Tante Vivienne.

Am nächsten Morgen meldete sich Isobel krank. Nur für heute, dachte sie sich. Es war alles noch zu frisch, und heute würde sie dieses neue Pärchen sehen, das viel zu glücklich sein würde, wenn es das Restaurant verließ. Außerdem waren Isobels Augen so dick wie Autoreifen.

Seufzend tapste sie in die Küche, kochte sich einen Tee und holte sich aus dem Badezimmer Wattepads. Sie setzte sich mit zwei Tassen Tee auf den Balkon und lehnte sich in ihrem Liegestuhl zurück. Fröhliche Stimmen wehten von unten herauf, die Hitze des Tages begann sich in der Luft zu sammeln, aber

Isobel fror. Sie nahm einen Schluck Tee, tunkte die Wattepads in die andere Tasse und legte sie auf ihre geschlossenen Augen.

Es war gut, dass morgen Wochenende war. Oder auch nicht, denn das würde bedeuten, dass Isobel zu Hause alleine sein würde. Vermutlich würde sie die Wohnung nicht einmal verlassen. Aber für ein paar Tage würde es wohl gehen. Sie sollte die traurigen Lieder wieder auflegen, die sie bereits durch ihre letzte Trennung begleitet hatten. Und sie würde diesen Film noch einmal sehen, in dem die Frau verlassen wurde und am Ende doch wieder zurück ins Leben fand, wo sie einen neuen Job hatte und einen neuen Mann fand, der noch besser zu ihr passte als je ein anderer zuvor.

Einen neuen Job. Isobel setzte sich so abrupt auf, dass ihr die Wattepads auf die Bluse fielen und dort feuchte Flecken hinterließen. Sie würde ihren Job verlieren. Ganz zart hatte sie doch daran geglaubt, in Jean-Luc den Mann fürs Leben gefunden zu haben. Ihn noch vor Ablauf der Frist zu heiraten war etwas unwahrscheinlich, aber sie hätte es ihm ja erzählen können. Vielleicht wäre er einverstanden gewesen, um ihretwillen. Nun war sie also nicht nur den Mann, sondern auch bald ihren Job los. Sie seufzte und ließ sich resigniert zurück auf den Stuhl sinken.

An dem ersten Tag, an dem Isobel wieder in der Agentur war, kam ihr alles sinnlos vor. Ein kurzes, stakkatoartiges Klopfen riss sie aus ihren trüben Gedanken. Ohne Vorwarnung oder auch nur auf ihre Antwort zu warten, wurde die Tür aufgerissen. Tante Vivienne kam mit ihrer dichten Parfumwolke, die man beinahe sehen konnte, herein.

»Isobel! Du meldest dich ja gar nicht! Geht es dir besser? Ich wäre um ein Haar bei dir vorbeigefahren, aber ich musste doch diesen Termin mit den Blumendekorateuren einhalten, und danach habe ich mir gleich einen schönen Nachmittag in Marseille gemacht. Man gönnt sich ja sonst nichts. Na, Jean-Luc wird sich ja um dich gekümmert haben, mein armer Schatz. Ich halte besser Abstand, oder bist du nicht mehr ansteckend?«

»Nein, alles okay«, log Isobel. »Was für Blumen?«

»Na, für die Hochzeit, Dummerchen! Ich habe dir doch aufs Band gesprochen, und da keine Widerrede kam, habe ich das schon mal in die Hand genommen.«

»Ich habe keine Nachricht bekommen, tut mir leid. Wer heiratet denn?« Isobel fiel es schwer, sich auf das Gespräch zu konzentrieren. Ihre Gedanken schnellten immer zu Jean-Luc zurück, zu den letzten Tagen, an denen sie sich die Augen aus dem Kopf geweint hatte. Heute war der erste Tag, an dem noch keine Tränen geflossen waren.

»Aber, Isobel! Jean-Luc und du, ihr heiratet natürlich! Ich habe den Termin in der Kirche schon reserviert, natürlich müsst ihr persönlich vorbeigehen, das ist üblich, aber reserviert ist er. Eine Woche vor Ablauf der Frist.«

Die Frist. Ein Termin? Isobel starrte ihre Tante entsetzt an.

»Mach den Mund zu, Liebes. Du kannst mir später danken. Was ist denn mit den Blumen, oder soll ich das entscheiden?«

»Ich brauche keine Blumen«, sagte Isobel. Sie wusste gar nicht, wo sie anfangen sollte.

»Ach, sei nicht albern, auf jeder Hochzeit gibt es Blumen! Was sagt denn Jean-Luc dazu? Hat er dir schon einen Antrag gemacht?«

»Nein.« Isobel presste die Lippen zusammen und hielt die Luft an.

»Dann mach du ihm doch einen, du bist doch eine moderne Frau, warum nicht? Ach, ich freue mich, dass ihr so glücklich seid. Eine Fügung des Himmels.«

»Tante Vivienne. Es wird keine Hochzeit geben. Jean-Luc hat sich von mir getrennt.« Isobel war erstaunt, dass ihr dieses Mal keine Tränen kamen, dabei hatte sie es jetzt laut ausgesprochen. Es fühlte sich echter an, aber vielleicht waren die Tränen einfach alle schon geweint. »Und außerdem: Wenn ich heirate, würde ich gerne den Termin festlegen und den Ehemann auch. Wenn du gestattest.«

Sie klang wütender, als sie es für möglich gehalten hätte, so leer fühlte sie sich innerlich. Tante Vivienne ging auf ihren Protest überhaupt nicht ein, und Isobel hätte sie am liebsten geschüttelt.

»Wie meinst du das? Wann? Warum, um Gottes willen?«

Isobel wartete auf weitere Sätze, aber sie kamen nicht. Zum ersten Mal schien Tante Vivienne tatsächlich sprachlos zu sein.

Isobel sah auf die Tischplatte, dann aus dem Fenster, aber schließlich wieder zu ihrer Tante, die noch immer vor ihrem Schreibtisch stand, die Hände ungewohnt still an ihren Seiten, und sie einfach nur ansah.

»Vor kurzem«, sagte Isobel vage. Die Wut verschwand langsam und machte wieder der Leere Platz. Wut war so viel besser. »Ihn zu heiraten stand ohnehin nicht zur Debatte, nicht in der nächsten Zeit. Ich weiß wirklich nicht, wie du auf diese Idee gekommen bist.« Sie wurde laut bei diesem letzten Satz, und es tat gut.

»Ich fange jetzt nicht vom Testament an, Liebes. Dann war er einfach nicht der Richtige für dich. Wir kriegen das schon hin.« Etwas veränderte sich in Viviennes Blick, und das Lächeln kehrte zurück. »Warum soll er uns einen Strich durch die Rechnung machen? Ich kenne genau den richtigen Mann für dich! Schließlich komme ich nicht umsonst aus einer Familie mit einer erstklassigen Dating-Agentur! Ich habe ein Auge für so etwas. Und ihr würdet *trés bien* zueinander passen.«

»Stopp!«, sagte Isobel. Sie unterdrückte den Impuls, sich die Ohren zuzuhalten. »Ich will keinen anderen Mann! Ich will überhaupt keinen Mann! Ich will keine verdammte Hochzeit mit Blumen und dem ganzen anderen Kram!«

Tante Vivienne sah für einen Moment geschockt aus. Sie ließ sich auf einen der Besucherstühle fallen. »Aber Isobel, Liebes«, stammelte sie. »Ich habe es doch nur gut gemeint.«

»Ja, ich weiß«, sagte Isobel, und sie wusste es wirklich. Auch wenn sie die Aktionen ihrer Tante nicht gutheißen konnte.

»Darf ich mich übermorgen Abend mit einem Dinner bei mir zu Hause dafür entschuldigen? Eine liebe Freundin von mir kommt auch, ja?«

»Meinetwegen«, sagte Isobel leise. Ihr war alles egal, solange Tante Vivienne nur mit Jean-Luc aufhörte. Und mit dieser Hochzeit. Sie hatte nicht einmal die Kraft, richtig sauer zu sein. All diese Dinge, die Tante Vivienne schon geplant hatte, kamen ihr weit weg vor. Wie ein fremder Planet. Vielleicht war es gut, abends einmal nicht alleine daheim zu sitzen. Die meisten Freundinnen ihrer Tante mochte Isobel ganz gerne. Dass sie keinen Namen genannt hatte, fiel Isobel erst auf, als sie auf dem Nachhauseweg war.

Kapitel 11

Isobel

Eigentlich war es ein schöner Abend, so wie die meisten. Die Luft duftete nach Meer und Sonne, es hatte sich schon ein bisschen abgekühlt und am Himmel schwebten vereinzelt rosageränderte Wolken. Isobel saß auf einem der Teakliegestühle auf Tante Viviennes Terrasse und wäre am liebsten einfach für immer hier sitzen geblieben – wenn die Stille angehalten hätte, denn bald kam Tante Vivienne, brachte ein Tablett mit Getränken und begann von diesem vielversprechenden Mann zu erzählen. Isobel hörte nur mit halbem Ohr zu, und als es an der Tür klingelte, lauschte sie auch nicht auf die Stimmen der Gäste und der Haushaltshelferin, die ihre Tante manchmal bestellte. Tante Viviennes Lächeln wurde noch eine Spur herzlicher, als die Gäste auf die Terrasse geführt wurden, und sie stand auf, um sie zu begrüßen. Nur Isobel saß da wie vom Donner gerührt.

Der Sohn ihrer Freundin, von dem Tante Vivienne geschwärmt hatte, kam auf Isobel zu und reichte ihr die Hand. Er lächelte schief.

»So sieht man sich wieder. Wie schön«, sagte er laut, dann beugte er sich hinunter, um Isobel zwei Küsschen auf die Wangen zu hauchen, und flüsterte: »War es bei dir auch so schlimm?

Meine Mutter redet seit gestern von nichts anderem mehr. Ich frage nicht.«

»Du?«, sagte Isobel etwas dümmlich, denn es war ja offensichtlich.

Andrew nickte und verbeugte sich gespielt. Er drehte sich um, begrüßte Tante Vivienne mit den üblichen zwei Küsschen und verbeugte sich, als Vivienne sein Aussehen und seinen englischen Akzent lobte.

»Oh, wie wunderbar! Ihr werdet euch gut verstehen. Ich habe euch nebeneinander gesetzt, die jungen Leute haben ja ganz andere Gesprächsthemen als wir.« Sie kicherte wie ein kleines Mädchen und winkte Isobel zu sich. »Darf ich vorstellen, das ist Margaret, Andrews Mutter.«

Isobel quälte sich aus der Liege hoch und begrüßte auch Margaret. Eine dezente Wolke aus Rosenparfum umgab sie, und ihre üppigen, blonden Locken kitzelten an Isobels Nase, als sie ihr sehr angedeutete Küsschen gab. Auch wenn sich in Isobel alles gegen den heutigen Abend sträubte – vor allem gegen den allzu offensichtlichen Grund dieses Essens –, fiel es ihr schwer, Margaret nicht zu mögen. Sie war etwas kleiner als Isobel und hatte eine höfliche und gleichzeitig herzliche Art. Man brauchte nicht fragen, ob sie Engländerin oder Französin war, denn Tante Vivienne schlug vor, auf Englisch weiterzusprechen.

»Schließlich sind drei von vier Anwesenden aus England, da passe ich mich natürlich an. Es ist auch so herrlich, es hin und wieder zu hören. Bernard, Gott hab ihn selig, hat es mir natürlich beigebracht, und mich hat die Sprache schon immer fasziniert.« Tante Vivienne erzählte, was genau sie alles an der englischen Sprache faszinierte, aber Isobel konnte nicht mehr zuhören. Sie setzten sich an den gedeckten Tisch und Andrew verwickelte sie sofort in ein Gespräch über Bücher.

Die folgenden Stunden hatte Isobel ihren Kummer mit Jean-Luc völlig vergessen. Andrew wusste zu unterhalten, und er kannte ihren Lesegeschmack genau. Später sprachen sie über ihre Heimat in England, und Isobel war erstaunt, dass Andrew aus einem kleinen Ort an der Küste stammte, wo sie früher mit ihren Eltern oft Urlaub gemacht hatte.

»Ja? Und wir haben immer hier Urlaub gemacht«, sagte Andrew mit einem leichten Lachen. »Bis wir hierher gezogen sind, als ich achtzehn war. Genau genommen hätte ich nicht mitkommen müssen, aber ich mochte die Gegend auch gerne und es hat sich alles sehr schön gefügt. Bis mein Vater drei Jahre später allein zurück nach England ging. Er hat die Hitze nicht ausgehalten, sagte er, aber hauptsächlich war es wohl die Ehe, die er nicht ausgehalten hat.« Mittlerweile flüsterte Andrew und warf einen schnellen Blick zu Tante Vivienne und seiner Mutter. Aber die beiden waren in ihr Gespräch vertieft, und Isobel stellte amüsiert fest, dass Tante Vivienne auf Englisch wesentlich weniger sagte und vielmehr so etwas wie ein Gespräch mit Margaret entstand. Sie wusste, dass die beiden schon eine Weile befreundet waren, kennengelernt hatte Isobel Margaret allerdings bisher noch nicht. Tante Vivienne kam zu Isobel, wenn sie sich mit ihr treffen wollte, und wenn Isobel bei Tante Vivienne zu Besuch war, waren sie meist allein.

»Deine Tante kocht sehr gut«, sagte Andrew, als sie mit dem Dessert fertig waren, und warf ihr ein strahlendes Lächeln zu.

Tante Vivienne winkte ab. »Ach was, das war doch nichts Besonderes.«

Isobel musste sich anstrengen, um nicht zu lachen. Erstens, weil sie wusste, was Tante Vivienne von der englischen Küche hielt (barbarisch!), und zweitens, weil Tante Vivienne heute Abend gar nicht gekocht hatte, sondern Louise, die jetzt noch in der Küche stand und vermutlich abspülte. Abgesehen davon konnte Tante Vivienne aber wirklich gut kochen. Sie hatte in letzter Zeit nur immer weniger Lust dazu, wenn sie Gäste erwartete.

»Andrew kocht auch phantastisch«, warf Margaret ein und trat damit den ersten Stein los. Es folgten tausende von Sätzen, die jeweils die Vorzüge von Isobel und Andrew ins rechte Licht rücken sollten. Als Tante Vivienne und Margaret einmal nicht hinsahen, verdrehte Andrew die Augen.

Es wurde ein langer Abend, und trotz dieser peinlichen Werbung, die für Isobel und Andrew gemacht wurde, war es schön. Isobel dachte nur vereinzelt an Jean-Luc und genoss die Gespräche mit Andrew.

»Isobel, warum zeigst du Andrew nicht den Rosengarten? Der wird ihm sicher gefallen. Margaret und ich bleiben noch ein wenig gemütlich sitzen.«

Plumper ging es natürlich nicht, aber Isobel und Andrew standen folgsam auf. Erst als sie außer Hörweite waren, brachen sie in Gelächter aus.

»Wahnsinn! Hat deine Tante dir erzählt, warum wir hier sind?«

»Vermutlich, aber gemerkt hätte ich es spätestens bei dieser ganzen Werbung, die deine Mutter für dich gemacht hat. Ach, Andrew, es tut mir so leid. Furchtbar, oder?«

Sie lachten noch eine Weile und schlenderten durch die Rosenbögen bis zu einer steinernen Bank im hintersten Teil des Gartens. Als sie saßen, wurde Andrew auf einmal ernst.

»Wir sollten wirklich heiraten. Warte.« Er hob seine Hand und schnitt Isobel das Wort ab, bevor sie protestieren konnte. »Weißt du, nicht so sehr für mich, aber denjenigen, den ich gerne heiraten würde, darf ich sowieso nicht heiraten. Und er möchte auch nicht. Es würde die Dinge viel einfacher machen. Meine Mutter hat mir vorhin von dem Testament erzählt. Es muss ja nicht für ewig sein, Isobel. Solltest du dich später einmal verlieben, werde ich dir nicht im Weg stehen. Von einer späteren Scheidung steht nichts im Testament, oder?«

Isobel sah Andrew schweigend an, während ihre Gedanken rasten. »Warum kannst du denjenigen, den du heiraten möchtest, nicht heiraten?«, fragte sie nach einer Weile.

»Er ist bereits verheiratet, mit einer wunderbaren Frau. Sie haben zwei Töchter, und in seinen Kreisen wäre es eine Katastrophe, wenn man wüsste, dass er Männer liebt. Einen Mann, um genau zu sein.« Andrew seufzte.

»Oh«, sagte Isobel nur. »Ist es sehr schlimm für dich?«

»Ach, ich habe mich daran gewöhnt. Ich möchte François um nichts in der Welt aufgeben. Und meine Mutter würde aufhören, mir irgendwelche Frauen auf der Straße zu zeigen, die ich doch ausführen könnte.« Er zwinkerte ihr zu.

»Wow«, sagte Isobel.

»Denk darüber nach. Irgendwann kannst du mir auch erzählen, was zwischen dir und Monsieur Chevalier passiert ist, wenn du möchtest. Musst du aber nicht.«

»Okay.« Es tat erstaunlich gut, mit Andrew zu reden. »Aber nur, wenn du mir alles über François erzählst.«

Sie lächelten sich an. »Wir sollten zurückgehen, es ist spät«, sagte Andrew.

»Oje, du hast recht.« Isobel lachte.

»Denk drüber nach, ja? Ich möchte nicht, dass du deinen Job deswegen verlierst. Du bist doch so glücklich in der Agentur.«

* * *

Jean-Luc

Jean-Luc war wirklich danach zumute, Benoît anzurufen und ihm zu sagen, er könne wegen einer Sommergrippe nicht zur Hochzeit kommen. Aber das ging nicht. Benoît war sein ältester Freund und zählte auf ihn. Schließlich war Jean-Luc der Trauzeuge. Er musste da durch.

Lustlos warf er einige Kleidungsstücke in den Koffer. Er nahm das blaue Hemd wieder heraus und hängte es zurück in den Schrank. Das war das Hemd, in dem er Isobel ins Theater ausgeführt hatte. In der dazugehörigen Hose fand er sogar noch die Tickets. Jean-Luc ließ sich aufs Bett sinken und stützte den Kopf in die Hände. Hatte er das Richtige getan? Warum hatte er nicht noch einmal mit Isobel geredet? *Weil sie dich heiraten wollte und hinter deinem Rücken schon alles arrangiert hat*, sagte die gemeine Stimme in seinem Inneren. Ja. Aber vielleicht hätte er mit ihr darüber reden können, herausfinden, wie sie auf diese schräge Idee kam. Vielleicht hatte sie irgendetwas falsch verstanden?

Jean-Luc zog sein Smartphone aus der Tasche und las all ihre SMS, die sie ausgetauscht hatten, noch einmal durch. So viele waren es nicht. Aber alles, was das nochmalige Lesen ihrer Worte brachte, waren Tränen in Jean-Lucs Augenwinkeln. Vielleicht hatte er etwas weggeworfen, das er lieber hätte behalten sollen. Jetzt hatte er es vermasselt. Selbst wenn er Isobel noch einmal aufsuchte, jetzt würde sie nicht mehr mit ihm reden wollen. Und das zu recht.

Irgendwie stemmte Jean-Luc sich hoch und packte seinen Koffer zu Ende. Als er sein Gepäck hinunterbrachte und alle Fenster schloss, versuchte er, nicht auf den Sessel zu schauen, auf dem Isobel vor kurzem gesessen hatte. Nicht auf das Sofa, wo sie sich geküsst hatten. Zwecklos. Isobel war überall. Es würde wohl noch eine Weile dauern, bis er sie vergessen konnte. Zum ersten Mal würde es richtig lange dauern.

Jean-Luc schlug die Haustür hinter sich zu und ging mit großen Schritten zum Auto. Er verstaute alles im Kofferraum und brauste los Richtung Flughafen, um den Flieger nach Paris zu nehmen. Auf der Fahrt und während des Fluges würde er genug Zeit haben, um einen neutralen Gesichtsausdruck zu üben, damit er Benoît und Marie-Claire die Hochzeit nicht verdarb.

Kapitel 12

Isobel

Am nächsten Morgen war von der Unbeschwertheit des Abends nichts mehr übrig. Im hellen Morgenlicht erinnerte sie in ihrer Wohnung wieder alles an Jean-Luc. Wütend nahm sie die Karte, die er an den Riesenstrauß Rosen gesteckt hatte, und pfefferte sie in die hinterste Ecke des Kleiderschranks. Wieso hatte er so plötzlich Schluss gemacht? Was für einen Grund gab es dafür? Oder setzte er sich immer einen gewissen Zeitrahmen für Affären? Liebe sie zehn Tage und lasse sie fallen. Oder so. Dämlich. Wie hatte sie sich so in ihm täuschen können? Gut, dass er sie innerhalb der Frist geheiratet hätte, daran hatte Isobel auch nicht geglaubt. Das war nun wirklich verfrüht.

Und jetzt war da Andrew. Der sie liebend gerne heiraten würde, nicht aus Liebe, sondern aus praktischen Gründen. Wenn sie ganz ehrlich war, konnte sie sich sogar gut vorstellen, mit Andrew zusammenzuwohnen. Es würde sicher lustig werden, und das ganze Haus wäre voller Bücher. Oder hatte er zu Hause gar keine, weil er schließlich im Laden schon genug hatte? Isobel musste lächeln. Sollte sie es tun?

Das Telefon klingelte. Isobels Herz raste los, aber als sie einen Blick auf die Nummer warf, beruhigte sie sich wieder. Es war Sophie.

»*Bonjour*«, flötete Sophie, sobald Isobel abgehoben hatte. »Wie steht's in der Liebe?«

Genau die falsche Frage. Isobel seufzte, schaffte es erstaunlich lange, die Tränen zurückzuhalten, und erzählte Sophie alles. Wie Jean-Luc sich so merkwürdig verhalten hatte, an dem einen Morgen, und wie er sie an den Hafen bestellt hatte, um sich dort von ihr zu trennen. Wie verwirrt Isobel deswegen war und wie wütend. »Aber ich werde bald heiraten«, sagte sie dann spontan.

»Was? Wen?« Sophie klang trotzdem aufgeregt. »Ist er wieder zurück?«

»Nein. Du kennst doch den kleinen Buchladen in der Rue Montmartre? Andrew, der englische Besitzer, hat mir einen Antrag gemacht.«

»Einfach so?« Isobel sah Sophies Gesichtsausdruck genau vor sich. Die Augen weit aufgerissen, die Lippen zu einem erstaunten O geformt.

»Einfach so. Nein, Tante Vivienne und seine Mutter haben das ausgeheckt.« Isobel erzählte Sophie von dem Gespräch, das sie mit Andrew im Rosengarten geführt hatte, und dem Testament. Es tat so gut, sich alles endlich von der Seele zu reden.

»Ich bin sprachlos!«, sagte Sophie. »Ich hole jetzt Croissants, Erdbeeren und eine Flasche Champagner, und dann komme ich vorbei. Das musst du mir alles noch mal erzählen.« Sie legte auf, bevor Isobel widersprechen konnte. Aber das wollte Isobel auch gar nicht. Sie tanzte sogar ganz kurz durch die Küche. Sie würde Andrew heiraten. Sie konnte ihren Job behalten, und sie hatte endlich eine Entscheidung getroffen. Die Jean-Lucs dieser Welt konnten ihr gestohlen bleiben.

Nach dem Frühstück mit Sophie machte sich Isobel auf den Weg zum Buchladen. Sie hatte noch nicht einmal Andrews Telefonnummer. Darüber musste sie so lange kichern, bis sie den Laden erreicht hatte.

Es war kein Kunde da, aber es war auch erst kurz vor zwölf.

Jeder vernünftige Mensch war jetzt irgendwo im Schatten oder aß gemütlich zu Mittag.

»Andrew, Liebster«, flötete Isobel, als sie ihn hinten auf einem der Lesesessel erblickte.

Er sah auf und lächelte. »Oh, mein Schatz, wie schön!« Andrew stand auf und küsste Isobel auf beide Wangen.

»Auf den Mund!«, sagte sie und spitzte kokett die Lippen. »Wir müssen das üben, in der Kirche werden wir uns auch küssen müssen.« Sie kicherte schon wieder und ließ sich auf den zweiten Sessel fallen. »Wann tun wir's?«

»Wann läuft denn die Frist ab?«, fragte Andrew. »Etwas realistisch soll das Ganze ja schon aussehen.«

»Stimmt. Und die Hochzeit soll natürlich auch schön werden«, sagte Isobel und warf die Hände in die Luft. »Champagner«, sagte sie dann, als sie einen Schluckauf bekam.

»Da habe ich genau das Richtige«, sagte Andrew. Er stand auf und kam wenig später mit einer Kanne Tee wieder.

»Pfefferminzerdbeertee«, sagte er und goss hellbraunen Tee in zwei Porzellantassen.

»Auf uns!«, sagte Isobel und hielt ihre Tasse hoch.

»Auf eine wunderbare Ehe!«, sagte Andrew und schlug seine Teetasse vorsichtig gegen Isobels.

Der Tee schmeckte wirklich wunderbar. Andrew brachte noch eine Metalldose mit verführerisch duftenden Brownies, und die Erinnerung an diesen Nachmittag versank für Isobel in Minzduft, Erdbeeraroma und Schokolade.

* * *

Jean-Luc

Jean-Luc streckte sich, als er nach der Fahrt vom Flughafen endlich am Hotel ankam. In der Ferne sah er den Eiffelturm und holte tief Luft. Paris, die Stadt der Liebe. Perfekt für eine Hochzeit. Er checkte ein, begutachtete sein Zimmer und rief dann Benoît an.

»Ah, da bist du ja endlich!«, rief Benoît in den Hörer. »Du musst mir helfen!«

»Kriegst du die Krawatte nicht gebunden?«, scherzte Jean-Luc.

»Ich weiß nicht, ob ich das Richtige tue«, sagte Benoît mit weinerlicher Stimme.

»Was?«

»Die Hochzeit! Ein Ja für immer. Hast du nicht gesagt, dass eine Beziehung meistens neuneinhalb Jahre hält? Die sind bei uns schon fast rum!« Benoît klang gar nicht gut.

»Die neuneinhalb Jahre gelten für die Dauer der Ehe. Wo bist du?«, fragte Jean-Luc und war auf einmal hellwach.

»Im Parc Monceau. Kannst du herkommen?«

Jean-Luc ließ sich den Weg beschreiben und nahm wie empfohlen die Metro. Es dauerte nicht lange, bis er an der Haltestelle Monceau ausstieg, aber in der kurzen Zeit hatte er sich bereits tausend Sätze zurechtgelegt, die er Benoît sagen wollte. *Am Tag vor der Hochzeit bekommt doch jeder kalte Füße, das ist normal.* Oder: *Was hat dich denn bewogen, ihr einen Antrag zu machen?* Oder: *Was liebst du an Marie-Claire am meisten?* Oder einfach: *Wovor hast du denn Angst?*

Es waren alles Fragen, die darauf abzielten, dass Benoît bei seiner Entscheidung für Marie-Claire bleiben würde. So kurz vor der Trauung durfte man niemanden sitzenlassen, oder? Schließlich war er sich sicher gewesen, oder etwa nicht?

Benoît saß auf einer Parkbank und starrte ins Leere. Seine Haare standen wirr zu allen Seiten ab. Still setzte sich Jean-Luc neben ihn und stupste ihn leicht mit der Schulter an. »Wie lange sitzt du schon hier?«

»Tage vermutlich«, sagte Benoît, ohne aufzusehen.

»So gemütlich sieht die Bank gar nicht aus.« Jean-Luc lehnte sich zurück und hängte seine Arme über die Lehne. Er wackelte ein bisschen herum, probierte eine andere Position und schielte zu Benoît hinüber. In seinem irritierten Blick lauerte irgendwo ein kleines Lächeln.

»Marie-Claire, was bedeutet sie dir?«, fragte Jean-Luc. »Wie ist es, mit ihr zusammenzuwohnen?«

Benoît stöhnte und vergrub den Kopf in seinen Händen. »Alles. Sie bedeutet mir einfach alles, und deswegen will ich nicht alles kaputt machen, weißt du? Wenn man heiratet, ändert sich doch etwas. Wird es nicht langweilig? Wird man sich nicht zu sicher? Das hast du doch selbst immer gesagt, früher.«

»Ich habe davon keine Ahnung«, sagte Jean-Luc schlicht.

Endlich drehte sich Benoît zu ihm um. Seine Augen waren rot und darunter war die Haut dunkel.

»*Mon dieu*«, sagte Jean-Luc. »Wann hast du zuletzt geschlafen?«

»Dienstag«, sagte Benoît und seufzte.

»Das ist fünf Tage her.«

»Ich bin offiziell auf Geschäftsreise.« Benoîts Blick verschwamm wieder.

»Bis heute? Einen Tag vor deiner Hochzeit?«

»Erinnere mich nicht daran. Nein, eigentlich bin ich gestern zurückgekommen. Offiziell. Heute kümmere ich mich um Dinge für die Hochzeit. Eine Überraschung, habe ich gesagt. Noch so was.«

»Dann haben wir nicht viel Zeit. Also?«

»Du müsstest mich doch verstehen. Ausgerechnet du willst mich jetzt überzeugen?« Benoît sah auf seine Hände. »So ein Ring ist ja ein bisschen wie eine Fessel. Jeder kann sehen, dass du gefangen bist. Genau wie sie. Wir waren immer frei, haben uns geliebt. Waren so glücklich zusammen.«

»Und warum soll eine Hochzeit etwas daran ändern? Ein Fest, um eure Liebe zu feiern. Ein Ring ist nichts anderes als Schmuck, ein Symbol, das ihr zusammen sein wollt. Keine Fessel. Ihr wohnt doch schon seit Monaten zusammen. Es ändert sich nichts für euch, nicht so wie früher einmal. Wie steht denn Marie-Claire dazu? Hat sie dich gefragt?«

»Nein, ich war's. Ganz spontan.«

»Das glaube ich, passt du dir. Aber weißt du was? Die Bauchentscheidungen sind oft die richtigen. Und ganz ehrlich, wenn das mit euch nicht klappen sollte, irgendwann in zwanzig Jahren, dann kann man die Ringe einfach wieder ablegen.«

»Und ein Vermögen bezahlen«, stöhnte Benoît.

»Das Vermögen, das du jetzt wegwerfen würdest, wenn du die Hochzeit nicht feierst?«

»Auch das noch!«, stöhnte Benoît.

»Was ist dir Marie-Claire wert? Eben sagtest du: alles. Damit wäre wohl alles gesagt.« Jean-Luc klopfte Benoît auf die Schulter. »Wir sollten dich jetzt erst mal ins Bett kriegen. Morgen sieht die Welt wieder sonnig aus, und wir können feiern. Marie-Claire ist die Richtige für dich, das weißt du doch.«

Jean-Luc hielt inne. Marie-Claire war die Richtige für Benoît, das hatte er selbst gesagt und das sah jeder. Dazu musste man die beiden noch nicht mal kennen.

»Hast du eine Begleitung dabei?«, fragte Benoît plötzlich.

»Was? Nein, ich bin alleine da.«

»Na toll. Du bist doch derjenige, der am allerbesten verstehen müsste, dass man sich nicht für immer binden sollte.«

»Jetzt hör schon auf. Ja, ich habe dir dummerweise die Statistiken vorgepredigt, und ja, bei zwei von drei Ehen geht es irgendwann in die Brüche. Aber aller guten Dinge sind drei. Die dritte Ehe hält. Jede dritte Ehe, weißt du, wie viele das sind? Warum sollte es bei dir und Marie-Claire nicht so sein? Selbst wenn eure Ehe nicht halten sollte …«

»… haben wir ein paar glückliche Jahre vor uns«, beendete Benoît seinen Satz mit einem schwachen Lächeln. »Die sind statistisch auch belegt, habe ich nachgelesen. Im Schnitt fünf oder so. Nach der Hochzeit.«

»Perfekt«, sagte Jean-Luc und dachte kurz an Isobel, als sie aufstanden. Auf einmal fühlten sich seine Beine schwach an, und er musste sich auf seinen Freund stützen. Er tarnte es als versöhnliche Geste, und so gingen sie gemeinsam zu Benoîts Wohnung, die nur zwei Straßen weiter lag.

»Marie-Claire ist nicht da, sie übernachtet heute bei einer Freundin. Wir sehen uns erst morgen in der Kirche wieder.« Benoît schluckte.

»Das passt doch, nicht dass sie es sich anders überlegt, wenn sie dich in diesem erbärmlichen Zustand sieht.« Jean-Luc lachte. »Vielleicht ist Marie-Claire genauso nervös wie du. Es ist für euch beide neu. Aber so viel ändert sich schließlich nicht. Das wird super, glaub mir.«

Benoît ging zuerst ins Badezimmer, dem Rauschen nach zu urteilen duschte er. Während er wartete, kochte Jean-Luc in der Küche Kaffee. Er beobachtete eine Weile, wie die schwarze Flüssigkeit durch den Filter in die Kanne tropfte, dann fiel sein Blick auf die Pinnwand über dem kleinen Bistrotisch. Fotos aus dem letzten gemeinsamen Urlaub von Benoît und Marie-Claire hingen dort. Die beiden sahen umwerfend glücklich aus. Es gab sogar ein Foto ihrer Silhouetten, die sich vor einem Sonnenuntergang küssten. Kitschig, aber irgendwie auch schön. Schon wieder fiel ihm Isobel ein. Was sie jetzt wohl gerade machte? Mit Sicherheit dachte sie wohl nicht an ihn. Er hatte sich benommen wie der letzte Idiot.

»Kaffee! Ich glaube, ich lebe langsam wieder«, ertönte Benoîts Stimme auf einmal hinter ihm. Jean-Luc drehte sich um.

»Wo wart ihr da?«, fragte er und deutete auf eins der Urlaubsfotos.

»Mauritius. Letztes Jahr. Eigentlich blöd, wie soll man das mit einer Hochzeitsreise noch toppen?« Ben grinste und rubbelte mit einem Handtuch über seine Haare.

»Habt ihr schon was geplant?«

»Klar. Am Mittag nach der Hochzeit geht es los. Zwei Wochen Korsika, Marie-Claires Eltern haben uns dort ein Ferienhaus geschenkt.« Benoît verdrehte die Augen. »Wie soll man da mithalten? Sie hat doch schon alles.« Wieder war dieser verzweifelte Ausdruck in seinen Augen.

Jean-Luc seufzte, packte Benoît an beiden Schultern und sah ihn ernst an. »Ihre Eltern will sie nicht heiraten. Du musst überhaupt nicht mithalten. Marie-Claire will dich genau so, wie du bist.«

»Das sagt sie auch immer. Einfach so.« Eine Träne glitzerte in Benoîts Augenwinkel, und er wischte sie eilig weg.

»Na also. Außerdem brauchst du sie doch nur auf Händen zu tragen, sie zu verwöhnen und sie glücklich zu machen. Ein Kinderspiel, oder?« Jean-Luc grinste, und Benoît brachte schließlich auch ein Lächeln zustande. »Sie ist eine tolle Frau, Ben. Ich habe sie noch nicht so oft getroffen, nein, aber das sehe ich auf den ersten Blick. Und was ich noch gesehen habe: Ihr seid ein richtig gutes Paar. Da ist so ein gegenseitiges Verständnis, das kann man nicht lernen. Und das verliert man auch nicht, wenn man sich darum kümmert.«

Jean-Luc war selbst erstaunt über alles, was er heute schon gesagt hatte. Wie er die Liebe sah, hatte sich verändert. Durch Isobel? Sein Herz wurde schwer, als er an ihren Gesichtsausdruck dachte, am Hafen. Wie konnte er ihr das nur antun? Natürlich kannten sie sich noch nicht so lange wie Marie-Claire und Benoît, aber gerade deswegen hätte Jean-Luc mit ihr reden müssen. Vielleicht hatte er ihr wirklich falsche Hoffnungen gemacht, oder … konnte er diese Frau am Telefon falsch verstanden haben? Nein. Sie hatte definitiv Isobel Chevalier gesagt. Das war wohl eindeutig.

Wenn er wieder zu Hause war, würde er Isobel wenigstens noch einmal besuchen und sich für seinen Abgang entschuldigen. Vielleicht konnten sie noch einmal miteinander reden. Er sollte ihr zumindest erklären, warum er so panisch auf die Nachricht reagiert hatte.

Kapitel 13

Isobel

»Wo bin ich?«, fragte Isobel und wurde schlagartig wach. Sie lag in einem fremden Bett in einem ihr absolut fremden Zimmer. Draußen hörte sie die Schwalben und das Zirpen der Grillen. Aber da war noch etwas, so ein merkwürdiges Dröhnen. Es dauerte einen Moment, bis sie merkte, dass das Geräusch in ihrem Kopf war. Sie hatte einen Kater. Gut, dass sie sich noch nicht bewegt hatte.

Während sie sich im Zimmer umsah, versuchte sie, sich an den gestrigen Tag zu erinnern. Sophie war vorbeigekommen, Champagner … Erdbeeren … und später dieser Schokoladengeschmack. Isobel wartete darauf, dass ihr schlecht wurde, aber das passierte nicht. Erst jetzt hörte sie, wie ihr Magen knurrte. Ein unwiderstehlicher Duft wehte von irgendwoher.

Waren das Rühreier? Mit Kräutern. Tomaten … und noch etwas. Kaffee. Isobel stöhnte, als sie sich aufrichtete, aber es dauerte nicht lange, bis die Welt aufhörte zu verschwimmen. Das Zimmer gefiel Isobel, und als sie das Foto an der Wand entdeckte, wusste sie, wo sie war. Bei Andrew. Über dem Buchladen. Ein Blick aus dem Fenster bestätigte den Verdacht. Gegenüber konnte sie die Fassaden des Salon du Savon und ein paar anderer kleiner Boutiquen erkennen. Sie drehte sich wieder um.

Hellblau gestrichene Wände, weiß lasierte Holzmöbel, gemalte Bilder, die verschiedene Meeres- und Stadtszenen zeigten. Und natürlich zwei lange Regalbretter voller Bücher, die die ganze Wand einnahmen. Isobel lächelte.

»Oh, du bist wach«, sagte Andrew, als er reinkam. Er hielt zwei Tassen in der Hand, aus denen es dampfte. Seine Brille beschlug, als er in eine der beiden Tassen pustete.

»Ich habe mich unmöglich benommen«, sagte Isobel und nahm ihm eine der Tassen ab. »Und du tust so viel für mich.«

»Hör mal, wir sind schließlich verlobt!« Er lachte. »Du warst überhaupt nicht unmöglich, du bist einfach eingeschlafen. Ich hoffe, es war in Ordnung, dass ich dich hier hochgetragen habe. Ich habe selbstverständlich im Gästezimmer geschlafen.«

»Oh«, sagte Isobel. Es war ungewohnt, Andrew so nah zu sein, in seiner Wohnung, und über die Hochzeit zu sprechen. Aber sie war glücklich damit. Sie mochte Andrew, und es würde sie von Jean-Luc ablenken, so verrückt es auch war.

»Es macht einfach keinen Sinn, deinen Job aufzugeben, bloß wegen so einer Heiratsurkunde. Ein Stück Papier mit zwei Unterschriften.« Andrew lächelte, nahm den ersten Schluck und verzog den Mund. »Noch zu heiß«, murmelte er. »Möchtest du Milch?«

»Oh ja, bitte. Es duftet wunderbar, hast du gekocht?«

»Traditionelles englisches Frühstück, das Beste nach einem Kater.« Andrew deutete auf die Tür. »Komm, wir gehen in die Küche.«

Die Küche war ein Traum aus Zitrustönen und honigfarbenem Holz. Isobel konnte nicht anders, als immer wieder zu lächeln, wenn sie ein weiteres hübsches Detail sah. »Wunderschön«, sagte sie. »Wirklich.«

»Vielen Dank.« Andrew verbeugte sich und zog einen der Holzstühle für Isobel zurück. »Bitte.«

Isobel setzte sich und stellte ihre Tasse auf einen Untersetzer, auf dem ein Vintage-Buchladen abgebildet war. Bald schon stand ein Teller mit ihrem Frühstück vor ihr. Der Duft von Bacon, Rührei, Baked Beans und gebratenen Tomaten ließ ihr das Wasser im Mund zusammenlaufen und ihren Magen lautstark knurren.

Andrew lachte. »Obstsalat?«, fragte er und stellte eine Schüssel mit kleingewürfeltem Obst und Walnussstückchen auf die Tischdecke.

Es schmeckte genauso gut, wie es roch, und Isobel staunte über sich selbst, dass sie sogar noch eine große Schale Obstsalat schaffte.

»Du hast es hier wirklich schön«, sagte sie, als sie ihren Löffel in die Schale legte und sich zurücklehnte.

»Ja, ich mag die Wohnung sehr. Sie wäre sogar groß genug für zwei.«

Darüber hatte Isobel noch gar nicht nachgedacht. Was würde es wirklich bedeuten, Andrew zu heiraten? Müsste sie ihre Wohnung aufgeben? Würden sie hier zusammen wohnen? Sie sah sich erneut um.

»Lass dir Zeit. Wir besprechen alles ganz in Ruhe. Aber ich halte es immer noch für eine gute Idee. Du liebst doch die Arbeit in der Agentur, und du bist genau die Richtige dafür. Du könntest deine Wohnung doch behalten, vielleicht als Atelier?«

»Ich habe ewig nicht gemalt.« Isobel winkte ab. »Die Bilder im Schlafzimmer, sind die von dir?«

Andrew nickte.

»Nein, wirklich? Sie sind umwerfend!« Isobel setzte sich auf. »Vielleicht solltest du hier ein Atelier einrichten, und wir wohnen bei mir? Offiziell. Komm nachher doch mal zu mir zum Essen.«

»Das machen wir.«

Zum Abschied, nachdem Isobel und Andrew gemeinsam abgespült hatten, nahm Andrew sie in den Arm und drückte sie fest. »Wir machen es uns schon schön.«

* * *

Jean-Luc

Kurz vor der kirchlichen Trauung war Benoît zwar immer noch aufgeregt, Jean-Luc hatte ihn aber schon wieder so weit, dass er sich darauf freute, Marie-Claire zu sehen. Auf seinen Rat hin hatte das Brautpaar am Vortag noch kurz telefoniert, und offenbar hatte es schon genügt, dass sie ihre Stimmen hörten, damit sie sich wieder wohl fühlten und vor allem sicher, dass sie das Richtige taten.

Das Jawort und besonders der anschließende Kuss trieben Jean-Luc tatsächlich Tränen in die Augenwinkel, die er verstohlen wegwischte. Durch die Gespräche mit Benoît war er sich sicher geworden: Er musste noch einmal mit Isobel sprechen. Sehen, ob er die Dinge geradebiegen konnte. So durfte es nicht enden, und selbst wenn er Isobel nicht zurückbekommen konnte, musste er ihr wenigstens erklären, warum er sich getrennt hatte. Dass es nicht an ihr lag, sondern an der Sache mit der Hochzeit. Dass er Angst vor der Ehe hatte, Angst, dass sie alles kaputt machen würde. Angst vor dem Schmerz, der Jahre später kam.

Aber wenn er ganz ehrlich zu sich war: Besonders gut und glücklich fühlte er sich seit der Trennung von Isobel auch nicht. Und es gab ja diese dritte Ehe, die hielt. Wenn sie noch ein paar Monate warten würden, bis sie sich über eine mögliche Hochzeit Gedanken machten, dann wäre er auch damit einverstanden. Sie sollten erst einmal sehen, wie gut sie zueinander passten, nachdem die erste hochverliebte Zeit der gemütlichen Zweisamkeit gewichen war.

Wenn Isobel überhaupt noch mit ihm reden würde.

Später, nach dem Festessen und den ersten Tänzen der Braut und des Bräutigams, tanzte Marie-Claire mit Jean-Luc.

»An wen denkst du?«, fragte sie unvermittelt und sah ihm ernst in die Augen.

»Isobel«, sagte Jean-Luc, ohne zu zögern.

»Warum hast du sie nicht mitgebracht?«, fragte sie und legte den Kopf schief, als ob sie so in ihn hineinsehen konnte. In seine Gedanken und sein Herz. Da würde sie die Antwort sicherlich finden, aber so ganz konnte Jean-Luc ihre Frage nicht beantworten. Natürlich wusste er, dass er Isobel nicht mitnehmen konnte, nachdem er sich von ihr getrennt hatte. Doch wie es dazu gekommen war, dass sie hinter seinem Rücken eine Hochzeit mit ihm vorbereitete, das wusste er immer noch nicht.

Weil Marie-Claire nicht lockerließ mit ihrem bohrenden Blick, erzählte Jean-Luc ihr kurzerhand die ganze Geschichte, grob zusammengefasst. Sie tanzten noch immer, und Marie-Claire schwieg.

»Was, wenn sie gar nichts von der Hochzeit wusste?«

»Wie meinst du das?«, fragte Jean-Luc.

»Du weißt ja nicht, wer diese Frau war, die da angerufen hat«, gab Marie-Claire zu bedenken.

Das stimmte. Und er wusste ebenso wenig, inwieweit Isobel überhaupt an dieser Planung beteiligt war. »Aber wäre das nicht verrückt, dass irgendjemand die Hochzeit von zwei Menschen plant, die es beide nicht wissen?«

Marie-Claire zuckte die Schultern. »Frag sie.«

Kapitel 14

Isobel

»Hast du die Hochzeit schon abgesagt?«, fragte Isobel am Telefon.

»Nein, wo denkst du hin? Ich habe die Hoffnung noch nicht aufgegeben. Bitte, überleg es dir noch einmal. Andrew ist doch ein netter Junge, ihr habt euch so gut verstanden. Und weißt du, es ist nicht das Schlechteste, jemanden zu heiraten, den man mag. Die Liebe ist doch oft nur im Weg …«

»Wir haben schon darüber gesprochen, und ja, wir werden es tun«, unterbrach Isobel ihre Tante.

»Unterbrich mich bitte nicht, Liebes. Das solltest du dir abgewöhnen, Männer mögen so etwas auch nicht.«

Isobel verdrehte die Augen über diese antiquierte Einstellung. Für einen Moment hörte sie Tante Vivienne nur atmen.

»Tante Vivienne? Ist alles in Ordnung?«

»Ja, mein Kind. Oh, wie wunderbar! Ich freue mich so für euch! Du musst sofort vorbeikommen, damit wir alles in Ruhe besprechen können.«

»Ich muss zwischendurch auch ein bisschen arbeiten.« Isobel lachte. Sie konnte Tante Vivienne einfach nicht lange böse sein. Schlussendlich verabredeten sie sich zum Abendessen im Le Café Jardin. Es war Tante Viviennes Vorschlag. Zuerst hatte

Isobel gezögert, weil sie dort bisher nur mit Jean-Luc gewesen war. Vielleicht aber war es eine gute Idee, das Restaurant mit etwas Neuem zu verbinden. Vielleicht würden ihre Gedanken dann nicht mehr alle paar Minuten zu Jean-Luc wandern.

Zwischen Vorspeise, Hauptgang und Dessert notierte Tante Vivienne tausend Dinge. Sie hatte ein kleines, goldenes Notizbuch mitgebracht, und als sie es nach dem Dessert zuklappte, war es beinahe bis auf die letzte Seite beschrieben. Alles war durchgeplant bis ins kleinste Detail, und Isobel war froh, dass Andrew ihr freie Hand gelassen hatte. Ihre anstrengende Tante wollte sie ihm nicht zumuten. Man hatte ohnehin nicht viele Möglichkeiten, sie von ihren Ideen abzubringen, da reichte es, wenn Isobel es probierte. Zum Glück hatte Tante Vivienne ein Händchen für schöne Feiern und einen guten Geschmack.

»Na, dann geh mal zu deinem Liebsten«, sagte Tante Vivienne zum Abschied und wischte sich eine Träne aus dem Augenwinkel.

Isobel ging zuerst in ihre eigene Wohnung, goss die Blumen und wanderte dann langsam von Raum zu Raum. Sie mochte ihre Wohnung, hatte sie bereits einige Jahre dort gewohnt. Es war hell hier, und man könnte tatsächlich aus dem Schlafzimmer ein Atelier machen. Warum sollte sie nicht in einer WG mit Andrew wohnen? Es wäre gemütlich, mit ihm zu frühstücken, und sie hätte immer jemanden, um sich zu unterhalten. Tante Viviennes Idee war nicht schlecht. Und trotzdem, irgendwie hatte Isobel die Hoffnung noch lange nicht aufgegeben, dass es dort draußen jemanden gab, den sie lieben konnte und mit dem sie glücklich werden würde. Wäre doch nur diese blöde Frist etwas länger.

»Wenn ich doch nur noch mal mit dir darüber reden könnte, Onkel Bernard«, murmelte Isobel.

* * *

Jean-Luc

»Ich freue mich so für euch!«, sagte eine weibliche Stimme, als Jean-Luc in die englische Buchhandlung trat. Er blieb stehen. Diese Stimme kannte er doch. Noch trennte ihn das Regal mit der Reiseliteratur von der Frau, zu der sie gehörte.

»Vielen Dank«, antwortete Andrew.

»Da hatten wir ja mal wieder den richtigen Riecher, Margaret und ich, aber dass ihr euch so schnell entscheidet, macht mich sehr glücklich!«, sagte die Frau.

»Isobel und ich kennen uns ja schon eine Weile«, sagte Andrew.

Moment, Isobel?

Jean-Luc nahm wahllos eines der Taschenbücher aus dem Regal, blätterte darin und bewegte sich ein Stückchen zur Seite, so dass er einen Blick zwischen den Regalen hindurchwerfen konnte.

Andrew unterhielt sich mit einer zierlichen Frau mit hochgesteckten weißen Haaren. Sie trug ein elegantes Etuikleid mit rot-grauem Blumenmuster und hatte eine dicke Tasche über der Schulter.

»Ach, dann werde ich dich nicht mit den weiteren Details belästigen, Andrew. Hab einen schönen Tag!«

»Vielen Dank, Ihnen auch, Vivienne.«

Sie winkte, drehte sich aber noch einmal um. »Sei doch nicht albern, Andrew, du musst mich natürlich duzen! Schließlich bist du bald mein Schwiegerneffe! Wir werden sicherlich noch viel voneinander sehen. Es war doch sehr nett neulich mit deiner Mutter und Isobel und dir. Das machen wir einfach öfter. Hach, es ist wirklich schön, dass das alles noch rechtzeitig klappt. Isobel hat es dir schon erzählt, oder? Sonst hättest du dich sicher nicht so schnell entschieden, ihr einen Antrag zu machen. Sehr anständig von dir. Oh, ich muss los!«

Sie gab Andrew zwei lautstarke Küsschen auf die Wange und hinterließ dabei einen Hauch von rotem Lippenstift. Bevor Jean-Luc reagieren konnte, rauschte sie begleitet von einer Parfumwolke an ihm vorbei zur Tür hinaus.

Es klingelte in Jean-Lucs Ohren, auch als das Glöckchen an der Tür längst aufgehört hatte, sich zu bewegen. Andrew würde Isobel heiraten? Was war nur passiert? Dass es sich um die Isobel handelte, die sowohl Jean-Luc und Andrew kannten, war klar. Denn diese Stimme hätte Jean-Luc überall erkannt. Es war also Isobels Tante, die neulich bei Isobel angerufen hatte. *Sie* plante die Hochzeit. Aber dieses Mal nicht mit Jean-Luc als Bräutigam, sondern Andrew? Zu gerne hätte sich Jean-Luc aus dem Geschäft geschlichen, aber da kam Andrew mit zwei Büchern in der Hand auf ihn zu.

»Ah, Monsieur Chevalier! Sie möchten nach Island reisen?«, fragte er.

Jean-Luc war einen Moment irritiert, dann warf er einen Blick auf den Reiseführer, den er gerade zurück ins Regal schob, und nickte schnell. »Ein sehr interessantes Land, habe ich mir sagen lassen.«

»Auf jeden Fall! Ein Freund von mir ist großer Fan, aber wenn ich Ihnen einen noch spannenderen Reiseführer für das Land empfehlen darf, nehmen Sie lieber diesen hier.« Andrew legte die beiden Bücher, die er in der Hand hielt, auf einen Beistelltisch und zog einen etwas breiteren Reiseführer heraus.

Jean-Luc nahm ihn, blätterte kurz darin und sagte, dass er in der Tat interessant aussähe. Wie betäubt folgte er Andrew, der irgendetwas über Island erzählte, zur Kasse und bezahlte. Die Fragen, die Jean-Luc gerne gestellt hätte, kamen ihm einfach nicht über die Lippen. Aber vielleicht wollte er die Antworten auch schlichtweg nicht hören. Isobel würde Andrew heiraten. In seinen Augen machte das Sinn. Aber es war doch gerade erst ein paar Tage her, seitdem er mit Isobel zusammen gewesen war und diese verstörende Nachricht auf dem Anrufbeantworter gehört hatte. Eine Nachricht von Isobels Tante.

»Vielen Dank und einen schönen Tag«, hörte er sich sagen. Ein Glückwunsch wollte ihm genauso wenig über die Lippen, aber vielleicht war es auch besser, wenn er so tat, als hätte er nichts mitbekommen.

Andrew lächelte und sah ihn aufmerksam an. »Ebenfalls. Und gute Reise!«

Jean-Luc fühlte kaum das Kopfsteinpflaster unter den Sohlen, hörte nicht die Schwalben und spürte auch nicht die Wärme der Sonne. In seinem Kopf rasten drei Wörter hin und her und verdrängten alles andere. *Isobel heiratet Andrew.*

Er musste sich verhört haben. War Isobel bereits mit Andrew verlobt gewesen, als sie mit ihm zusammen gewesen war? Das konnte Jean-Luc sich nicht vorstellen, andererseits: Was wusste er wirklich über sie?

Seine Füßen trugen ihn automatisch Richtung Hafen, wo seine Unterlagen zu einer luxuriösen Stadtwohnung im Auto lagen. Er hatte gleich eine wichtige Besichtigung, aber er konnte nur an Isobel denken.

Plötzlich hörte er auch noch ihre Stimme, wie sie dieses Lied, »Happy«, vor sich hin sang, das er neulich noch im Radio gehört hatte. Er drehte durch. Obwohl er den Text gar nicht kannte, hörte er Isobels Stimme in seinem Kopf. Sein Unterbewusstsein kannte wohl den Text. Verrückt.

Als das Lied abbrach und stattdessen Isobels Stimme etwas zu jemandem sagte, blieb Jean-Luc stehen und schüttelte sich. Endlich nahm er die Umgebung um sich herum ein bisschen besser wahr. Und da stand Isobel, keine drei Meter vor ihm, und unterhielt sich mit einer fremden Frau. Ein paar Wortfetzen wehten zu ihm hinüber und Jean-Luc glaubte, den Namen Andrew zu hören. Die fremde Frau umarmte Isobel und bewunderte dann etwas, das Isobel in der Hand hielt.

Einen Stapel blütenweißer Umschläge mit aufgedruckter Schrift. Über ihrem Arm hing eine Tasche, die prall gefüllt war mit rechteckigen Gegenständen. Weitere Umschläge, *peut-être*? Und plötzlich wusste Jean-Luc ganz genau, was das war. Hochzeitseinladungen.

Kapitel 15

Isobel

Isobel steckte die Einladungen zurück in die Tasche und verabschiedete sich von Amélie Perlé. Es war wirklich merkwürdig, dass sich bereits jetzt eine Art Freundschaft mit Amélie entwickelt hatte. Ihre Kundin war überglücklich mit Philippe.

»Schnell zur Post«, rief Amélie und lächelte.

Isobel sah kurz ein paar Schwalben nach, dann setzte sie ihren Weg fort. Sie trat um die Straßenecke und rannte geradewegs in einen Mann hinein, der dort, wie zu einer Statue erstarrt, mitten auf der Straße stand.

»Jean-Luc!«, sagte sie erstaunt. »*Salut.*«

Er sah sie wortlos an, dann fiel sein Blick auf ihre Tasche, und Isobel wurde das Gefühl nicht los, dass er genau wusste, was sich darin befand. Etwas, das sie ihm nicht erklären konnte. Schließlich waren sie vor wenigen Tagen noch ein Paar gewesen, nicht sie und Andrew, den sie bald heiraten würde. Welcher vernünftige Mensch würde so handeln? Aber sie musste es ihm ja nicht erklären. Sie würden sich kurz grüßen, und dann würde jeder seiner Wege gehen.

»Es tut mir leid«, begann Jean-Luc, dann schien er es sich anders zu überlegen, denn er setzte auf einmal ein strahlendes Lächeln auf. »Ich habe die Neuigkeiten schon gehört, herzlichen

Glückwunsch zur Verlobung! Die Stadt ist klein«, setzte er nach einem Moment hinzu, in dem Isobel verzweifelt nach Worten suchte.

Sie straffte die Schultern. Es war seine Entscheidung, dachte sie. Er hat dich verlassen, nicht umgekehrt. Und auch wenn die ganze Situation ein merkwürdiges Licht auf Isobel warf, tat sie so, als wäre das, was hier passierte, etwas Alltägliches.

»Oh, vielen Dank!«, sagte sie. Ihre Stimme klang in ihren eigenen Ohren furchtbar unecht. »Ich bin schon ganz aufgeregt.«

Jean-Luc sah ihr in die Augen, und ganz kurz flackerte etwas auf, das Isobels Herz tanzen ließ. Doch dann lächelte er wieder so unpersönlich wie zuvor. »Ich wünsche dir alles Gute für die Zukunft. Ihr werdet ein wunderbares Paar sein.«

Jean-Luc streckte seine Hand aus, und Isobel ergriff sie irritiert. Er schüttelte sie kurz wie bei einem Geschäftskontakt, drückte leicht ihre Finger und verbeugte sich. Unvermittelt ließ er ihre Hand los und ging einfach an Isobel vorbei.

Sie drehte sich nicht um, obwohl es ihre ganze Kraft erforderte. Stattdessen drückte sie die Tasche eng an sich und nahm den Umweg zur Post, der in die andere Richtung führte. Sie versuchte sich an das Gefühl zu erinnern, das sie gehabt hatte, bevor Jean-Luc so unverhofft aufgetaucht war. Unbeschwert. Alles war richtig. Und natürlich war immer noch alles genau so, wie es sein sollte. Ganz sicher.

Kapitel 16

Isobel

Am nächsten Morgen klingelte es an Isobels Tür, und für einen winzigen Augenblick dachte sie, es wäre Jean-Luc. Aber das war natürlich Unsinn. Er saß auf seiner Terrasse mit einem Buch oder er war unterwegs, zeigte vielleicht irgendeinem reichen Pärchen ein herrschaftliches Anwesen oder was auch immer. Es ging sie ja nichts an. Isobel gähnte. Weder die Baldriantropfen noch der Lavendelduft auf ihrem Kopfkissen hatten es gestern Nacht geschafft, sie von ihren Gedanken abzubringen. Tat sie wirklich das Richtige? Warum brauchte es nur ein einziges Treffen mit Jean-Luc, um alles ins Wanken zu bringen? Das war nicht normal. Es war schließlich nicht so, dass sie sich entscheiden musste. Sie hatte sich bereits entschieden, und Jean-Luc hatte es ebenfalls getan. Alles war gut.

Vor der Tür stand Andrew mit einem bunten Strauß Sommerblumen. »Guten Morgen, Liebste«, sagte er, zwinkerte ihr zu und küsste sie auf die Wangen.

Dieses Mal zog Isobel ihn nicht auf, sondern dachte darüber nach, wie die nächsten Jahre werden würden. Verheiratet mit einem Mann, den sie zwar mochte, aber nicht liebte. Und der sie nicht liebte. Es wäre eine WG, zwei Mitbewohner mit einer Heiratsurkunde und einem Album voller Fotos von einer Lüge.

Sie schüttelte den Gedanken fort, nahm Andrew lächelnd die Blumen ab und bat ihn hinein.

»Ich bin sofort fertig«, sagte sie und stellte den Strauß in eine Vase. »Nimm dir etwas zu trinken, wenn du magst. Ich habe Eistee gemacht, steht im Kühlschrank«, rief sie ihm zu und eilte noch einmal ins Bad, um sich eine Haarspange zu holen.

Sie fuhren nicht sehr lange, und schon bald redete Andrew über Filme, die er mochte, und Isobel hörte ihm zu. Dummerweise erinnerte sie in jedem Film irgendetwas an Jean-Luc. Aber es würde besser werden, und eigentlich konnte sie ja auch mit Andrew darüber reden. Sie brauchte sich keine Sorgen zu machen, dass sie seine Gefühle verletzen würde.

Es dauerte nicht lange, bis Andrew merkte, dass Isobel mit ihren Gedanken weit weg war.

»Irgendwann geht das vorbei«, sagte er und drückte kurz ihre Hand. »Bei mir ging es auch immer vorbei. Manchmal dauert es einfach etwas länger, aber genau genommen ist es noch nicht so lange her, oder?«

»Du hast recht«, sagte Isobel. »Danke. Gestern stand Jean-Luc auf einmal vor mir und hat mir alles Gute gewünscht.«

»Ein netter Zug von ihm, oder? Er war vorher kurz im Geschäft und hat einen Reiseführer für Island gekauft.«

»Island?« Isobel dachte darüber nach. Wollte Jean-Luc jetzt alle Reisen aufholen, die er bisher verpasst hatte? Alleine? »Eigentlich dachte ich nicht, dass er der Typ für solche Reisen ist. Aber wenn ich so überlege, weiß ich es gar nicht. Wieso vermisst man jemanden, den man nicht mal richtig kennt?«

»Das ist dem Herzen nicht so wichtig. Die Dinge, die dem Herzen wichtig sind, sind andere.«

Die restliche Fahrt schwiegen sie, bis Andrew den Wagen vor einem schlossähnlichen Hotel parkte. »*Voilà*«, sagte er, stieg aus und hielt Isobel die Tür auf.

In der Rezeption sagte man ihnen, dass Madame Leclerc

gleich da sein würde, um sie herumzuführen, und so war es auch. Sie zeigte ihnen den See, die Terrasse, wo der Sektempfang sein würde, den Pavillon im Park und den großen Saal für das Essen.

»Sie können auch ein Essen im Park buchen, wenn Sie möchten. Dann stellen wir auf der Rasenfläche zwischen den Eukalyptusbäumen mehrere Pavillons auf sowie Holztische mit Stühlen. Die gleichen, die wir auch im Gebäude haben, nur ein bisschen robuster. Der Fotograf kann hier am See wunderbare Bilder machen.« Sie nannte Preise, Alternativen und Vorzüge der verschiedenen Möglichkeiten.

Später gingen sie hinein und Madame Leclerc legte verschiedene Speisefolgen auf den Tisch. Es klang alles sehr lecker und exquisit. Andrew und Isobel waren sich schnell einig, offenbar hatten sie einen recht ähnlichen Geschmack.

»Wunderbar«, sagte Madame Leclerc, notierte ihre Bestellung und brachte die beiden wenig später wieder hinaus auf den Parkplatz.

»Sieh es einfach als eine schöne Feier an«, sagte Andrew im Auto und drückte Isobels Hand. Ihre Augen brannten leicht, und sie musste mehrmals zwinkern, bis sie wieder deutlich sehen konnte.

»Erzählst du mir von deinem Freund?«, fragte sie auf der Rückfahrt.

Andrew beschrieb ihn mit so viel Liebe, dass Isobel wieder die Tränen kamen. Natürlich merkte Andrew das sofort. »Da ist doch noch mehr. Willst du mir nicht die ganze Geschichte erzählen?«

Isobel wollte, auch wenn sie es zugleich einfach vergessen wollte. Sie holte tief Luft und begann am Anfang, mit der Hausbesichtigung mit Sophie und der Begegnung in Andrews Buchladen. Letztere hatte Andrew ja ohnehin live mitbekommen. Den Rest erzählte sie natürlich nicht en détail, aber an Andrews Lächeln konnte sie erkennen, dass er sich den Rest dachte. Als

Isobel die Szene am Hafen wiederholt hatte, an die sie ständig denken musste, schloss sie erschöpft die Augen und lehnte ihren Kopf an den Sitz.

Andrews Hand legte sich wieder auf ihre. »Du liebst ihn sehr«, sagte er. Danach war es eine lange Zeit still im Wagen. Irgendwann schaltete Andrew das Radio ein. Er hatte einen nostalgischen Sender gewählt, der Chansons spielte, und Isobel spürte all die Gefühle, von denen die Sänger erzählten, in zehnfacher Ausführung.

»Ich weiß nicht, ob das alles so richtig ist«, sagte Isobel schließlich. Der Satz hatte schon eine Weile auf ihrer Zunge gelegen, aber sie hatte sich nicht getraut, ihn auszusprechen. »Was, wenn es ein Fehler ist?«

Sie hielt die Augen geschlossen, weil sie Andrew nicht ansehen konnte.

»Die Hochzeit mit mir?«, fragte Andrew.

Isobel nickte nur und murmelte: »Ja.«

»Das fällt dir jetzt ein?«, fragte er mit leicht unterdrückter Wut in der Stimme.

Bis zum nächsten Satz vergingen sicherlich einige Kilometer Wegstrecke.

»Ich denke an nichts anderes als an ihn«, sagte Isobel leise. »Aber ich fühle mich wohl mit dir. Ich dachte, es wäre eine gute Idee.«

»Die Einladungen sind raus, richtig? Lass mich das mal zusammenfassen: Wir haben eine Location gemietet, uns gerade aufs Menü geeinigt, die Einladungen verschickt und es bereits tausend Leuten erzählt. Hast du dein Kleid schon?«

»Nein.« Isobel schüttelte den Kopf.

»Na, immerhin«, knurrte Andrew.

»Es tut mir so leid«, sagte Isobel. Keiner von ihnen hatte es bisher ausgesprochen, aber jetzt war es einfach an der Zeit. »Wir sollten nicht mehr wegrennen«, flüsterte sie.

»Unter einer Bedingung.« Andrews Stimme klang neutral.

Isobel öffnete müde die Augen und sah zu ihm. Seine Wangen waren vor Ärger gerötet, und er hatte einen strengen Zug um den Mund, den sie nicht von ihm kannte. Wie sie so wenig von ihm kannte. Um ein Haar hätte sie ihn geheiratet und vielleicht ihr ganzes Leben an seiner Seite verbracht. Er war keine schlechte Wahl, aber er war nicht der Mann, den sie liebte, und heiraten sollte man nur den Menschen, den man liebte, oder nicht?

»Du heiratest nur jemanden, den du wirklich liebst. Egal wann.«

Egal wann. Isobel nickte. »Du hast recht. Wenn ich die Stelle in der Agentur verliere, dann ist das eben so.«

»Du könntest in einer anderen Dating-Agentur einen Job finden. Oder du redest noch einmal mit deiner Tante. Wer überprüft denn, ob ihr euch an das Testament haltet?«

»Der Anwalt von Onkel Bernard. Und der Notar.«

Sie schwiegen.

»Hast du sie seitdem gesehen oder von ihnen gehört?«

»Nicht direkt.«

»Gut.« Andrew hielt auf einem kleinen Parkplatz neben der Straße. »Steig aus.«

Isobel stieg aus, und ihr Herz klopfte wie wild. Warf er sie aus dem Wagen? Sollte sie ab hier laufen? Sie waren vor fünf Minuten durch ein kleines Dorf gekommen, sie würde zurücklaufen müssen. Es geschah ihr ganz recht, sie hätte nie einwilligen dürfen. Doch Andrew stieg ebenfalls aus und kam auf ihre Seite des Wagens. Er hielt ihr seine Hand hin.

»Wir lügen nicht mehr. Wir stellen es richtig, bei allen. Ich werde die Familie von François schonen, aber denen, die in meiner Nähe sind, werde ich sagen, dass ich einen Mann liebe und keine Frau zum Heiraten suche. Meiner Mutter. Meiner Schwester und meinen engsten Freunden. Und du?«

»Ich spreche zuerst mit meiner Tante, dann rufe ich alle an, die wir eingeladen haben.«

»Du hast jemanden vergessen«, stellte Andrew fest und hielt Isobels Hand weiter fest.

»Ich erzähle es Jean-Luc. Die ganze Geschichte.«

»Gut.« Andrew drückte ihre Hand ein letztes Mal, dann küsste er sie auf beide Wangen, ging beschwingt um den Wagen herum und rief Isobel zu, sie solle einsteigen.

Isobels Herz fühlte sich auf einmal leicht an. Sie hatten sich entschieden. Sie würden alles richtigstellen, und Isobel würde mit Jean-Luc reden. Wenigstens kannte er dann die Wahrheit, und Isobel konnte weitermachen mit ihrem Leben. Vielleicht würde sie irgendwann auch noch jemanden zum Lieben finden.

* * *

Jean-Luc

Jean-Luc suchte schon seit einer halben Stunde nach dem Zettel, auf dem er sich die Geburtstagswünsche seiner Schwester notiert hatte. Als Letztes öffnete er den alten Wandschrank oben im Flur. Natürlich war es unwahrscheinlich, dass er den Zettel dort finden würde, aber vielleicht hatte er ihn hineingelegt, als er etwas anderes herausgeholt hatte. Er ließ seinen Blick über die Regalbretter schweifen. Ein altes Kehrblech samt zerbrochenem Besen, Gummistiefel, aussortierte Hosen, die er nicht hatte wegwerfen können, Glühbirnen, die zu Lampen passten, die er nicht mehr besaß. Und das alte Fotoalbum seiner Großeltern.

Jean-Luc seufzte, nahm das Fotoalbum und setzte sich damit ins Wohnzimmer. Er trank einen Schluck von seinem mittlerweile kalt gewordenen Kaffee und schlug das Album auf. Die Fotos waren allesamt schwarz-weiß, viele leicht vergilbt. Irgendwann hatte Jean-Luc dieses Album vor dem Müll gerettet, damals, als seine Großeltern gestorben waren. Nacheinander, in der gleichen Nacht. Sie hatten sich abends gemeinsam ins Bett gelegt und waren am nächsten Morgen beide nicht mehr erwacht. Im Alter von fünfundneunzig Jahren. Sogar in ihrem letzten Moment hatten sie sich an den Händen gehalten. Jean-Luc war erst fünfzehn gewesen und hatte die beiden früh morgens auf dem Weg zur Schule gefunden. Wie jeden Morgen war er zu ihnen gegangen und hatte ihnen eine Tüte Milchbrötchen und frische Eier fürs Frühstück gebracht. Er erinnerte sich noch an das Sonnenlicht, das so friedlich auf dem Küchentisch getanzt hatte, das Knistern der Brötchentüte und die Stille im Haus. Nicht einmal im Gebälk hatte es geknackt.

Jean-Luc hatte es geahnt. Nie hatten seine Großeltern so lange geschlafen, sie waren meist schon in der Küche, beschäftigt mit Kaffeekochen und Äpfelschälen. Das Fotoalbum hatte auf dem Küchentisch gelegen, als hätten sie sich am Abend vor ihrem Tod noch einmal ihr ganzes Leben angesehen. Jean-Luc wischte sich eine Träne aus dem Auge und fuhr mit dem Finger über ein Bild, auf dem seine Großeltern wohl in seinem Alter gewesen waren. Sie lächelten Arm in Arm in die Kamera, vor ihnen ein altmodischer Kinderwagen. Jean-Luc wusste, dass darin sein Onkel lag, der älteste Bruder seines Vaters.

Ein Gedanke kam Jean-Luc. Ein Gedanke, der alles ins Wanken brachte. Wie hatte er es vergessen können? Seine Großeltern hatten sich geliebt, ihr ganzes Leben lang. Von der ersten Sekunde, wie seine Großmutter immer betont hatte, und bis zur letzten, wie Jean-Luc sich nun erinnerte. Natürlich hatten sie sich gestritten, aber sie hatten sich am nächsten Tag oder sogar im nächsten Moment wieder genauso liebevoll angesehen wie zuvor.

Behutsam legte Jean-Luc das Fotoalbum auf den Tisch und löste ein Foto von seinen Großeltern heraus, auf dem sie beide bereits weiße Haare hatten, Lachfältchen und glückliche Gesichter. Er steckte das Foto in die Tasche und verließ das Haus.

Warum hatte er nicht noch einmal mit Isobel geredet? Jetzt war es zu spät. Es wäre unfair ihr und ihrem neuen Freund gegenüber. Oder war Isobel schon vorher mit Andrew zusammen gewesen? Er würde es wohl nie wissen. Auf jeden Fall musste Jean-Luc jetzt mit jemandem reden. Benoît fiel ihm ein, aber der war ja auf seiner Hochzeitsreise, da wollte er ihn nicht stören. Francine? Eine Kollegin. Nein. Vielleicht würde er einen seiner Bekannten am Hafen treffen, das tat man schließlich oft am Wochenende. Sonst konnte er ein wenig auf der Yacht nach dem Rechten sehen.

Jean-Luc konnte sich kaum auf die Straße konzentrieren, fuhr einfach weiter und kam irgendwann am Hafen an. Er parkte den Wagen und blieb einen Augenblick sitzen. Er erinnerte sich an das Gespräch mit Marie-Claire. Vielleicht hatte Isobel wirklich nichts von den Plänen ihrer Tante gewusst? Oder sie hatte sie überhaupt nicht mitmachen wollen. Er war ein Idiot.

Nach einigen Minuten stieg er aus, weil es im Wagen zu warm wurde. Die Sonne schien noch immer vom Himmel, als wäre alles in bester Ordnung. Jean-Luc seufzte, verriegelte den Wagen und ging hinunter zum Bootssteg, an dem seine Yacht lag. Vielleicht sollte er einfach für eine Weile wegfahren und alles vergessen.

Es war niemand zu sehen, den er kannte. Stattdessen hörte Jean-Luc ein Platschen im Wasser und sah hinunter. Vielleicht ein Fisch, aber jetzt sah ihm nur sein eigenes Spiegelbild entgegen. Ein einsamer Mann mit kummervollem Blick. Völlig allein.

Es war lächerlich, sich an Statistiken zu halten, wenn es um die Liebe ging. Und nur weil sich viele Menschen trennten, hieß das ja nicht, dass sie vorher keine glücklichen Jahre gemeinsam verbracht hatten. Was war besser: Sich nie ernsthaft auf jemanden einzulassen, damit man nicht verletzt werden konnte, oder ein paar Monate, Jahre oder sogar Jahrzehnte glücklicher Zweisamkeit?

»*Merde*«, murmelte er, drehte auf dem Absatz um und machte sich auf den Weg zu Isobels Wohnung.

Kapitel 17

Isobel

Isobel bat Andrew, sie an der Straße herauszulassen, die zu Jean-Lucs Villa führte. Ein paar Schritte würden ihr nach der langen Autofahrt guttun.

»Wir sollten wirklich mehr auf unser Herz hören«, sagte Andrew. »Aber wenn er nicht will, mein Angebot bleibt. Ich kann meiner Mutter trotzdem erzählen, wen ich wirklich liebe, wenn dir das recht wäre.«

Isobel nickte, während sie sich in Gedanken schon ausmalte, wie sie Jean-Luc gleich überraschen würde. Vielleicht hätte sie ihn vorher anrufen sollen, aber sie war zu aufgeregt. Sie musste ihn irgendwie überzeugen, ihr noch eine Chance zu geben. Je öfter sie sich Jean-Lucs Worte am Tag der Trennung in Erinnerung rief, desto merkwürdiger kamen sie ihr vor. Warum wäre es »sonst zu spät«? War er vielleicht krank? Kälte griff nach Isobels Herz, und sie schüttelte sich leicht. Das durfte nicht sein. Was konnte es noch für einen Grund geben für seine Worte?

Andrews Auto verschwand in der Ferne, und Isobel ärgerte sich, dass sie nicht mit ihm darüber gesprochen hatte. Sie hatte niemandem diese Worte erzählt, und nun hatte sie das Gefühl, dass sie dieses Rätsel nicht alleine lösen konnte.

Am ehesten konnte ihr natürlich Jean-Luc die Frage beantworten, und sie beschloss, ihn einfach zu fragen. Vielleicht fanden sie gemeinsam eine Lösung. Wenn er mehr Zeit brauchte, wäre das in Ordnung für Isobel. Was aber, wenn er sie nicht mehr wollte?

* * *

Jean-Luc

Jean-Luc drückte erneut auf den Klingelknopf neben Isobels Tür, aber nichts rührte sich. Er hätte sie vielleicht anrufen sollen, aber er musste das von Angesicht zu Angesicht klären. Es war kein Thema fürs Telefon. Oder war sie bei Andrew?

Jean-Luc ging zum Buchladen, aber der war geschlossen. Ein Schild hing an der Tür, dass der Laden erst Montag wieder geöffnet sei. Verdammt. Vielleicht waren die beiden über das Wochenende weggefahren. Jean-Luc beschloss, es noch einmal bei Isobel zu Hause zu versuchen. Auch dieses Mal öffnete niemand, aber gerade als er gehen wollte, kam ihm eine Frau entgegen, die ihm bekannt vorkam. War das nicht Isobels Tante? Sie entdeckte ihn im gleichen Moment und verengte die Augen zu Schlitzen. Gerade wollte sie an ihm vorbeigehen, da sprach Jean-Luc sie an.

»*Excusez-moi, madame*«, sagte er. »Sie kennen Isobel Rain, *n'est-ce pas*?«

Sie reagierte nicht.

»*Madame, s'il vous plaît*, ich habe nur eine Frage.«

Sie drehte sich zu ihm um, stemmte die Hände in die Hüften und funkelte ihn an.

»Was erlauben Sie sich?«, fragte sie.

»Pardon?«

Hatte er etwas Falsches gesagt? Nein. Schnell sah er an sich hinunter, ob er vielleicht vergessen hatte, sich in der Eile vernünftig anzuziehen, aber es war alles okay.

Sie trat einen Schritt auf ihn zu und bohrte ihren Zeigefinger in sein Lieblingshemd. »Sie haben Isobel einfach sitzengelassen! Dabei waren Sie so ein schönes Paar! Und ich habe so viel dafür getan, dass Sie beide erkennen, wie gut Sie zueinander passen. Was ist das nur mit den jungen Männern heutzutage? Natürlich gibt es Ausnahmen. Andrew, zum Beispiel, Sie werden ihn nicht kennen, er ist ein guter Junge. Er hilft einer Dame in Not, und er weiß, was sich gehört! Da könnten Sie sich eine Scheibe von abschneiden.«

Sie zog ihren Finger zurück, und das Gespräch schien beendet.

»Wovon zum Teufel sprechen Sie?«, fragte Jean-Luc. Langsam wurde er sauer. Diese Frau kannte ihn doch überhaupt nicht! Sie wusste nichts über ihn. Ja, er hatte Isobel sitzengelassen, aber das taten die Leute doch ständig. Und er hatte nicht zu lange gewartet, damit sie nicht so sehr zu leiden hatte. Außerdem wollte er das doch gerade alles aufklären!

»Sie sollten Isobel heiraten!«, zischte die Frau.

»Wir kannten uns doch gerade mal ein paar Tage!« Jean-Luc schüttelte den Kopf über diese merkwürdige Person. »Sie kennen mich gar nicht, woher wollen Sie wissen, dass ich der Richtige für Isobel wäre?«

»Es reicht, wenn Isobel es weiß«, schnaubte sie. »Rosen, Pralinen, Romantik, was braucht ihr jungen Leute denn noch, um auf die richtigen Gedanken zu kommen? Früher war das alles nicht so schwer, da wussten die Männer, was sich gehört.«

»Madame, wir waren gerade mal zwei Wochen ein Paar! Ich bin mir sicher, dass man da auch früher noch nicht geheiratet hat.« Was unterhielt er sich überhaupt mit ihr? Ganz offenbar war diese Frau verrückt.

»Die Rosen und die Pralinen haben mich ein Vermögen gekostet, von den Musikern fange ich gar nicht erst an. Und dann suchen Sie so ein blasiertes Restaurant aus, wo wir auch noch ewig hinfahren müssen!«

»Wovon reden Sie?«, fragte Jean-Luc. Sie war wohl wirklich verrückt. »Wo ist Isobel?«

»Bei Andrew, nehme ich an. Heute sehen sie sich das Hotel für die Hochzeitsfeier an. Wenn Sie sich vernünftig verhalten hätten, wären Sie heute dort mit Isobel. Der Termin steht schon ewig! Ich habe mich eben rechtzeitig gekümmert, nicht wie andere Leute …«

»*Sie* haben einen Termin in einem Hotel für Isobels Hochzeit ausgemacht?« Jean-Luc verstand allmählich überhaupt nichts mehr.

»Natürlich. Wenn sie es selbst nicht macht? Ich werde jedenfalls nicht zulassen, dass sie ihr Glück wegwirft. Sie müssten mal sehen, wie viele Menschen sie schon glücklich gemacht hat! Sie hat einfach ein Auge dafür, wer zusammenpasst und wer nicht. Bei ihr selbst ist es etwas anderes, aber das glaubt nur sie. Ich weiß es besser!«

Die Frau schob energisch ihre Handtasche auf die Schulter und rauschte an Jean-Luc vorbei. Zurück blieb nur eine Wolke Parfum, die seine Sinne vernebelte – und seine rasenden Gedanken noch dazu. Diese Frau hatte Isobels Hochzeitstermin festgelegt! Sie wollte sie verheiraten! Das war ja wie in einem schlechten Film.

Jean-Luc schüttelte den Kopf. So ganz begriffen hatte er das Ganze noch nicht, aber jetzt war es umso wichtiger, Isobel zu sprechen.

Er sah sich um, entdeckte ein Café ein paar Häuser weiter, von dem aus er Isobels Haustür im Blick haben würde, und setzte sich. Nachdem er auch den vierten Kaffee und das dritte Wasser ausgetrunken hatte, war Isobel immer noch nicht wieder da. Ob sie direkt im Hotel übernachtete? Um die Hochzeitssuite auszuprobieren? Jean-Luc schluckte. Leider hatte Isobels Tante nicht verraten, um welches Hotel es sich handelte.

Oder Isobel war bei Andrew, diesem Buchhändler. Dummerweise wusste Jean-Luc nicht, wo er wohnte. Trotzdem stand er auf und ging zum Buchladen. Vielleicht hatte er ja Glück.

Kapitel 18

Isobel

Isobel wachte von einem Geräusch auf und brauchte einen Moment, um sich zu orientieren. Ihre Hand war eingeschlafen und beinahe hätte sie laut gestöhnt, als sie sich vorsichtig aufrichtete. Alles tat weh, und ihr war kalt. Es war dunkel, und sie konnte schemenhaft die Umrisse eines Hauses ausmachen. Natürlich. Sie hatte sich auf Jean-Lucs Gartenliege gelegt, um das Haus im Blick zu haben, und war wohl eingeschlafen. Aber was war da vorne los?

Das Geräusch brach ab und eine Autotür klappte. Isobel sprang auf und rannte um das Haus herum. Doch vor ihr stand nicht Jean-Lucs Wagen, sondern ein roter Sportwagen von irgendeiner sündhaft teuren Marke. Isobel huschte zurück hinter einen Olivenbaum und beobachtete, wie eine brünette Schönheit auf das Haus zustöckelte. Sie trug ein Kopftuch und eine Sonnenbrille. Mitten in der Nacht, oder wie spät war es?

Isobel wollte die Frau nicht aus den Augen lassen, aber viel zu sehen gab es ohnehin nicht. Man konnte ihr Gesicht kaum erkennen, und natürlich hatte auch sie keinen Erfolg bei Jean-Lucs Klingel. Niemand öffnete. Isobel seufzte und trat aus den Schatten. Bevor sie die ganze Nacht hier sitzen blieb und auf Jean-Luc wartete, konnte sie ihn genauso gut auf dem Handy anrufen. Dummerweise war ihr Akku leer. Vielleicht konnte diese Frau ihr kurz ihr Handy leihen. Außerdem musste Isobel wissen, wer sie war.

»Erschrecken Sie bitte nicht«, sagte sie. Natürlich zuckte die fremde Frau trotzdem zusammen, und ihr entfuhr ein erstickter Schrei. »Ich bin eine Freundin von Jean-Luc, weiß aber leider nicht, wo er gerade ist. Sie sind verabredet?«

»*Mais non!*«, sagte die Frau und musterte Isobel. »Mademoiselle Rain?«, fragte sie nach einer Weile ungläubig.

»Ja?« Isobel trat ein wenig näher und strich durch ihre sicherlich wild abstehenden Haare.

Die andere Frau nahm endlich die Sonnenbrille ab.

»Madame John!« Isobel staunte nicht schlecht, als sie die Schauspielerin erkannte.

»Pst«, sagte diese. »Clara, nennen Sie mich einfach Clara.«

»Hier ist niemand«, sagte Isobel ungerührt und hielt Clara John ihre Hand hin. »Isobel. Wir hatten ja noch nicht persönlich das Vergnügen.«

»Nein, das stimmt, ich musste den Termin leider absagen. Die Dinge haben sich verändert. Wissen Sie?«

Isobel schüttelte den Kopf. »Leider nicht. Aber das tun sie ja oft.«

Sie sahen sich einen Moment an. Clara schien mit sich zu ringen, wie viel sie Isobel verraten wollte. Schließlich seufzte sie. »Sie haben es ja ohnehin in den Schlagzeilen gelesen und werden vermutlich alles Weitere auch bald dort erfahren.«

»Wollen wir uns setzen?«, fragte Isobel. »Falls es eine längere Geschichte ist?«

»Gerne. Sie waren im Garten?«

»Ja«, sagte Isobel und ging in die Richtung zurück, aus der sie eben gekommen war. Sie hörte, wie Clara John ihr folgte.

»Warum gehen wir nicht durchs Haus?«, fragte sie.

»Ich habe keinen Schlüssel«, murmelte Isobel.

Sie setzten sich auf die gepolsterten Stühle, und Clara John schloss für einen Moment die Augen. Dann suchte sie etwas in ihrer Handtasche, fand ein Feuerzeug und zündete die Zitronenduftkerze auf dem Tisch an.

»Besser«, fand sie. »Hach, es ist herrlich hier oben. Ich weiß nicht, wie ich je auf die Idee gekommen bin, mein Haus zu verkaufen. Es hat beinahe die gleiche Aussicht.« Sie deutete in Richtung Meer.

»Ich dachte, Sie hatten … schlechte Erinnerungen an die Villa?«

»Die Villa Rouge, ja. Sie haben recht, aber eigentlich sind solche Erinnerungen ja nur dazu da, um einem zu zeigen, wie glücklich man in anderen Situationen ist, oder nicht?«

»Vermutlich.«

Sie schwiegen eine Weile.

»Es war nur ein Missverständnis, wissen Sie? Mein Mann hatte gar keine Affäre, aber wenn man überall die Schlagzeilen liest, überall Bilder sieht, wie er diese Frau umarmt, sie küsst. Es war tatsächlich eine Szene aus seinem aktuellen Film, von der er mir nichts erzählt hat. Manchmal machen wir das so.«

»Missverständnisse kommen in den besten Familien vor.« Isobel lächelte. »Und jetzt hat es sich geklärt?«

»Ja. In unserem Streit war ich einfach so sauer, dass ich ihm nicht zugehört habe. Und er hat mir endlich gestanden, wie sehr er dieses Haus hier verkaufen möchte. Aber nur, weil er ein anderes gesehen hat, in Venetien.« Sie lächelte entschuldigend. »Dass ich das Haus bereits einer Immobilienfirma angeboten habe, hatte ich ihm gar nicht gesagt. Wo Sie schon mal hier sind: Könnten Sie meine Daten in Ihren Datenbanken wieder löschen?«

»Natürlich. Und Jean-Luc wollten Sie das Gleiche sagen? Dass das Haus nicht mehr verkauft werden soll?«

Clara John nickte. »Adam hat nicht gewusst, wie wunderschön ich es hier finde und wie sehr mein Herz daran hängt. Er war erschüttert, als ich gesagt habe, dass ich es verkaufen werde.

Wir sind ja bereits seit einem halben Jahr getrennt. So lange hat es gedauert, bis ich den Mut gefunden habe, mit ihm zu sprechen. Er hatte schon ein paarmal versucht, mit mir zu reden, aber ich habe immer abgeblockt. Idiotisch, nicht? Ich dachte, es wäre alles gesagt.«

»Ich kenne das leider auch. Es gibt einfach gewisse Situationen, in denen man sich nicht traut, mehr zu sagen.«

Sie lächelten sich an. »Und Sie sind eine Freundin von Monsieur Chevalier?«

»Wir waren ein Paar«, gestand Isobel nach ein paar Minuten. »Nicht lange, und ich weiß nicht, was passiert ist, aber er hat sich vor einer Weile von mir getrennt. Anstatt um ihn zu kämpfen und eine Begründung zu verlangen, bin ich direkt in die Arme eines anderen gelaufen. Na ja, so ungefähr.« Isobel lehnte sich zurück und erzählte Clara John einfach die ganze Geschichte, von dem Testament, von Tante Vivienne, von Jean-Luc und von Andrew. Und natürlich von ihrer Entscheidung, noch einmal mit Jean-Luc zu reden.

»Für mich ist das ein klarer Fall«, sagte Clara John. »Wenn er keine andere hat, stehen die Karten nicht schlecht, dass Sie ihn zurückgewinnen können. Wenigstens für eine Zeit, vielleicht ist er nicht der Typ, der sich ewig bindet. Das kann ich schlecht einschätzen, ich habe ihn nur ein einziges Mal gesehen.«

Eine andere. Das durfte nicht sein. Isobel schluckte.

»Warum rufen Sie ihn nicht an?«, fragte Clara. »Wenn er wirklich bei einer anderen ist, wissen Sie wenigstens, woran Sie sind.«

»Mein Akku ist leer«, murmelte Isobel.

»Ach herrje. Vergessen Sie auch ständig, das Gerät aufzuladen?« Clara lachte. »Ich leider auch. Soll ich Sie in die Stadt zurücknehmen? Vielleicht wäre es besser, wenn Sie ihm etwas frischer begegnen?«

Isobel nickte. Sie gingen gemeinsam zu Clara Johns Wagen und stiegen ein. Die Ledersitze waren so bequem, dass Isobel offenbar sofort einschlief. Als jemand an ihr rüttelte, stand der Wagen am Hafen.

»Entschuldigung, ich hätte Sie auch schlafen lassen, aber ich bin selbst etwas müde und sollte wohl mal nach Hause fahren. Ich wusste nicht, wo Sie wohnen, aber die Agentur ist ja da vorne. Kann ich Sie noch woanders absetzen?«

»Vielen Dank, ich steige hier aus«, sagte Isobel. Sie gaben sich noch im Auto die Hand, und Isobel stieg aus. Frische Nachtluft empfing sie. Isobel blickte hinauf in den Himmel. Er war klar, und unzählige Sterne blinkten. Hier am Hafen war es dunkel genug, dass man sie deutlich sehen konnte.

Hinter ihr sprang der Motor von Clara Johns Sportwagen an. Sie winkte der Schauspielerin noch einmal zu und überquerte dann langsam den Platz in Richtung Stadt.

Sie beschloss, den direkten Weg zu nehmen, der an Andrews Geschäft vorbeiführte. Auf einem Stuhl, der wohl aus einem Café stammte, saß eine zusammengesunkene Gestalt genau neben der Tür zum Laden. Zuerst dachte Isobel, es wäre Andrew und er hätte sich ausgesperrt, aber dann erkannte sie ihn: Es war Jean-Luc! Was zum Kuckuck machte er hier um diese Zeit? Isobels Herz machte einen kleinen Hüpfer, auch wenn das natürlich überhaupt nichts bedeutete.

Langsam ging sie auf Jean-Luc zu, blieb vor ihm stehen und berührte sanft seine Schulter. Er schrak augenblicklich hoch. Seine müden Augen begannen sofort zu lächeln.

»Isobel, endlich«, sagte er mit schlaftrunkener Stimme.

»Wartest du auf mich?«, fragte sie erstaunt. »Hier?«

»Du warst nicht zu Hause, ich war ein paarmal da«, sagte er.

»Du warst auch nicht zu Hause«, sagte Isobel und musste ein bisschen lachen.

»Du hast mich auch gesucht?«, fragte Jean-Luc. Er stand auf und streckte sich unauffällig.

»Deine Gartenliege ist vielleicht doch etwas bequemer als dieser Stuhl«, sagte Isobel lächelnd.

»Vermutlich.« Jean-Luc grinste. »Für ein Frühstück ist es noch zu früh …«

»Komm, wir gehen zu mir. Ich habe dir einiges zu erzählen.« Isobel hakte sich bei Jean-Luc ein, und sie brachten den Stuhl zurück zu dem Café, wo Jean-Luc ihn sich offenbar ausgeliehen hatte.

Zu Hause machte Isobel erst mal einen Kaffee, und sie setzten sich mit ihren Tassen an den Küchentisch. Die Fenster waren weit geöffnet, um die Hitze des Tages hinauszulassen. Kühlere Luft strömte herein und mit ihr das Zirpen der Grillen.

»Schlafen Grillen eigentlich nie?«, fragte Jean-Luc mit einem müden Lächeln. »Du hast mir gefehlt. Aber warum bist du nicht bei deinem Verlobten?«

»Wir sind nicht mehr verlobt. Es war eine dumme Idee, das sehe ich nun. Es gibt nur einen Mann, den ich liebe, und das bist du.«

Jean-Luc stellte seine Tasse ab und nahm Isobels Hände in seine. »Ich liebe dich auch. Es tut mir so leid, dass ich so dumm war. Aber eins musst du mir jetzt erklären: Was hat deine Tante mit deinen Hochzeitsarrangements zu tun?«

»Hat sie mit dir gesprochen?«, fragte Isobel irritiert.

»Ich habe sie zufällig vor deiner Wohnung getroffen und nach dir gefragt. Sie hätte mir beinahe den Kopf abgerissen. Sie hat lauter merkwürdige Dinge gesagt, die ich nicht ganz einordnen konnte.«

Isobel stöhnte. Sie konnte sich das Gespräch nur allzu deutlich vorstellen.

»Es gibt ein Testament«, begann sie. »Mein Onkel Bernard, der verstorbene Mann meiner Tante Vivienne, die du schon kennenlernen durftest, hat darin verfügt, dass ich bis zum 31. Oktober dieses Jahres verheiratet sein muss, sonst muss ich den Chefsessel von Diamond Love räumen. Tante Vivienne hatte wohl ihre Hoffnungen in dich gesetzt, sie sagte mehrmals etwas in der Art. Zuerst habe ich gedacht, dass das alles schon irgendwie klappt, aber jetzt weiß ich, dass das dumm von mir war. Man kann nicht bis zu einem bestimmten Datum jemanden finden, den man heiraten will. Und wir haben uns doch sowieso gerade erst kennengelernt. So schnell zu heiraten ist unwahrscheinlich leichtsinnig.«

»Und da wolltest du dann Andrew heiraten? Ihr kennt euch schon länger?«

»Seine Mutter und meine Tante sind befreundet. Andrew und ich dachten, dass es eine gute Idee wäre. Wir hätten die Klausel erfüllt und uns irgendwann wieder scheiden lassen, wenn ich jemanden finde, den ich aus Liebe heiraten möchte.«

»Ich verstehe. Uns wird schon etwas einfallen«, sagte Jean-Luc. Mehr nicht, aber auch Isobel war viel zu müde, um noch viel darüber nachzudenken. Sie gähnte hinter vorgehaltener Hand.

»Es tut mir leid, ich bin wirklich müde.«

»Ich auch. Komm, wir gehen ins Bett. Darf ich bleiben?«

Jean-Luc war schnell eingeschlafen, aber Isobel lag noch immer wach und starrte an die Decke. Warum nur hatte Onkel Bernard sie in diese unmögliche Situation gebracht? Nie im Leben wäre sie sonst auf die Idee gekommen, einen praktisch fremden Mann zu heiraten, mit dem sie erst wenige Tage zusammen gewesen war, auch wenn sie ihn noch so sehr liebte. Aber so gut kannten Jean-Luc und sie sich noch lange nicht. Und erst recht hätte sie nie in Erwägung gezogen, einen Mann zu heiraten, den sie überhaupt nicht liebte, wie Andrew. Andrew war nett, und die Entscheidung wäre bestimmt eine praktische Lösung gewesen, um die Auflagen des Testaments einzuhalten. Aber das Testament war nicht alles.

Isobel schlug die Decke zurück und stand auf. Sie ging zum Fenster und beobachtete, wie die Sonne aufging und langsam alles in Gold tauchte. Die vielen Gedanken würden sie mit Sicherheit nicht mehr schlafen lassen, also ging sie leise duschen und zog sich an.

Eine Weile stand sie unschlüssig in der Küche, aber dann fiel ihr das wunderschöne Notizbuch ein, das sie sich bei ihrer letzten Reise nach England gekauft hatte. Es stand im Bücherregal ganz hinten an der Wand. Isobel zog es heraus, schnappte sich ihren Lieblingsstift und ein Glas Wasser und setzte sich auf den Balkon.

Sie schrieb Stunde um Stunde, bis das Buch voll war und sie ihre Hand kaum noch spüren konnte. Gerade als sie die letzte Seite zuklappte, hörte sie Jean-Luc aufstehen. Isobel stellte das Buch zurück ins Regal und ging in die Küche, um Kaffee aufzusetzen. Endlich wusste sie, was sie tun würde. Tagebuchschreiben hatte ihr schon in jungen Jahren geholfen, wenn sie nicht wusste, was sie mit ihren Gefühlen anfangen sollte. Zufrieden deckte Isobel den Tisch und lächelte, als Jean-Luc sich an sie heranschlich und sie auf den Nacken küsste.

»Du hast dich gar nicht erschreckt«, beschwerte er sich mit einem Lächeln.

»Ich habe Ohren wie eine Katze«, sagte Isobel und drehte sich zu ihm um. »Guten Morgen.«

»Vielleicht können wir das Testament irgendwie anfechten.«

Isobel versuchte, ihr Lächeln beizubehalten, aber es fiel ihr schwer. »Lass uns jetzt nicht darüber reden, okay?«

Jean-Luc nickte, und sie aßen gemeinsam die ganzen Leckereien, die Isobel gedeckt hatte.

»Ich habe nachher eine Hausbesichtigung. In einer Stunde«, sagte Jean-Luc entschuldigend und sah auf die Uhr.

»Okay, ich habe auch noch zu tun«, sagte Isobel. Am liebsten wäre sie sofort aufgesprungen. Auf dem Papier hatte sie ihre Gedanken sortiert, in ihrem Kopf noch nicht so ganz, und es fiel ihr schwer, nicht ständig daran zu denken, dass Jean-Luc sie nicht heiraten wollte. Auch wenn sie genau wusste, dass es schwachsinnig war. Sie kannten sich erst seit kurzem, und sie wusste noch immer nicht, warum Jean-Luc sich überhaupt von ihr getrennt hatte. Und jetzt war er wieder da. Er liebte sie, hatte er gesagt. Das allein war natürlich noch kein Grund, ihr einen Antrag zu machen. Und wollte sie überhaupt so dringend heiraten, wenn es nicht um das Testament ging?

Es war still in der Wohnung, nachdem Jean-Luc gegangen war. Isobel hatte ihm versprochen, am Abend zu ihm zu kommen, vielleicht würden sie später auch ins Kino gehen. Oder einfach am Strand spazieren, das hatte sie viel zu lange nicht gemacht. Warum sollte sie es nicht jetzt tun?

Isobel holte ihre Handtasche, setzte ihren Sonnenhut auf und verließ die Wohnung. Sie ging einfach auf schnellstem Weg aus der Stadt hinaus und hoffte, niemandem zu begegnen, den sie kannte. Die Möwen kreischten am Hafen, und überall waren Menschen.

Isobel nahm den Bus, der sie aus der Stadt brachte, und stieg an einer Haltestelle in einem winzigen Dorf aus, das sie nur vom Durchfahren kannte. Sie fand einen sandigen Pfad unter Pinienbäumen, von dem aus man sogar das Meer sehen konnte.

Isobel ging langsam den Weg entlang und dachte nach. Vielleicht hätte sie ihm nicht die ganze Geschichte erzählen sollen. Natürlich wusste sie, dass es viel zu früh war. Sie kannten sich viel zu kurz, um ernsthaft über das Heiraten nachzudenken. Es war nie gut, so eine langfristige Entscheidung zu überstürzen. Isobel würde es auch nicht tun.

* * *

Jean-Luc

Jean-Luc stieg beschwingt aus seinem Wagen und trat auf die Villa Rouge zu. Er wunderte sich, dass Francine noch nicht da war. Normalerweise zeigten sie die Häuser zusammen, aber auch sonst stand kein Auto hier. War er so früh? Er zog sein Handy aus der Tasche und sah, dass er vier Anrufe verpasst hatte. Alle von Francine. Aus irgendeinem Grund hatte er sie nicht gesehen, oder hatte sie erst jetzt angerufen?

»Ah, Sie bringen die Unterlagen persönlich vorbei? Das wäre doch nicht nötig gewesen«, sagte auf einmal eine weibliche Stimme, die ihm bekannt vorkam.

Jean-Luc drehte sich um und dachte kurz, dass er träumte. Vor ihm stand Cleopatra mit Sonnenbrille. Er schüttelte den Kopf. Unsinn, vor ihm stand natürlich Clara John, die neulich die Cleopatra gespielt hatte. Sie trug den gleichen Haarschnitt wie im Film und ihre schwarzen Haare glänzten in der Sonne. Der Bikini und das Tuch, das sie um sich geschlungen hatte, hatten ebenfalls etwas Ägyptisches an sich.

»Unterlagen? Ja, ich habe sie natürlich dabei. Wir hatten doch einen Besichtigungstermin für heute angesetzt?«, fragte er. »Verzeihung. Guten Tag, Madame John.«

»Guten Tag, Monsieur Chevalier, ich hatte bereits mit Ihrem Büro gesprochen. Die Villa Rouge wird nicht mehr verkauft, es tut mir leid. Hat man Sie nicht informiert?«

»Möglicherweise war ich schlecht zu erreichen«, murmelte Jean-Luc.

Clara John schob ihre Sonnenbrille ins Haar und musterte ihn eine Weile. »Sie sehen aus, als könnten Sie einen Kaffee vertragen. Möchten Sie?«

Jean-Luc nickte verwirrt und folgte Clara John an den Pool im Garten. Kaum hatten sie sich gesetzt, kam eine junge, rothaarige Frau in einem knielangen, schwarzen Kleid und fragte, ob sie etwas bräuchten.

»Machst du uns zwei Kaffee, Clarice? Milchkaffee?« Clara John warf einen Blick zu Jean-Luc, und er nickte nur. Die Villa sollte nicht verkauft werden?

Das leise Klacken von Clarices Absätzen entfernte sich, und Clara John wandte sich wieder an Jean-Luc.

»Wir behalten das Haus, es war alles etwas überstürzt. Es tut mir leid, dass Sie den Weg umsonst gemacht haben. Hat Isobel Sie gefunden?«

»Isobel?« Woher kannte Clara John Isobel?

Clara John lachte. »Wir haben uns zufällig getroffen, gestern, an Ihrem Haus. Die Ärmste war schon halb durchgefroren.«

»An meinem Haus?«, fragte Jean-Luc. Das hatte Isobel erzählt, aber er hatte nicht gewusst, dass dort noch andere Personen auf ihn gewartet hatten.

»Ich war ebenfalls zu Ihnen gefahren. Ihre Assistentin sagte mir, dass Sie die Unterlagen bei sich hätten, und ich wollte mich persönlich bei Ihnen für mein Hin und Her entschuldigen. Leider habe ich es erst spät geschafft, und Sie waren ohnehin nicht zu Hause.«

Clarice kam mit einem Tablett und stellte zwei große Milchkaffeetassen auf den Tisch, dazwischen einen Silberteller mit köstlich aussehendem Gebäck.

»Wissen Sie, ich hatte einfach Angst, als ich gehört habe, dass Isobel und ich heiraten sollten. So viele Ehen scheitern, und …« Die Worte waren heraus, bevor er sich beherrschen konnte. Dabei kannte er diese Frau so gut wie gar nicht. Aber die Atmosphäre war gerade so entspannt und seine Zuhörerin so offen, dass er das Gefühl hatte, ihr alles anvertrauen zu können.

»Das ist alles?«, fragte Clara John.

Es waren nur drei Worte, aber in ihrem Ton lag ein Vorwurf, vielleicht hörte Jean-Luc ihn auch nur heraus. *Warum haben Sie nicht mit ihr geredet?* Ja, warum hatte er das nicht getan? Er hatte Isobel nicht einmal die Chance gegeben, sich zu erklären, zu erklären, warum ihre Tante dachte, dass sie heiraten würden.

»Manchmal gibt es sehr gute Gründe fürs Heiraten, wissen Sie«, fragte Clara John und sah ihn unverwandt an. Vielleicht sah sie aber auch an ihm vorbei, durch die dunklen Gläser ihrer Sonnenbrille konnte Jean-Luc ihre Augen nicht erkennen. Er wusste nicht, was er antworten sollte. Liebe war sicherlich ein guter Grund. Aber reichte das? Wenn dann noch ein Testament mit einer gemeinen Hochzeitsklausel dazukam …

»Danke für den Kaffee«, sagte er schließlich. »Die Unterlagen lasse ich direkt bei Ihnen.«

In Gedanken versunken stieg Jean-Luc in sein Auto und fuhr nach Hause. In seinem Kopf wuchs eine Idee, und er ärgerte sich, dass er nicht gleich darauf gekommen war. Eine vernünftige Lösung war es allemal. Nur würde er sich auch trauen?

Als es an der Tür klingelte, machte Jean-Lucs Herz einen riesigen Satz. Er strich sein Hemd glatt, überprüfte seine Frisur im Spiegel im Eingangsbereich und öffnete die Tür.

»*Salut*«, sagte Isobel und schmiegte sich an ihn, während sie ihm zwei Begrüßungsküsschen gab.

Jean-Luc schloss sie in seine Arme und küsste sie auf den Mund. Er wollte nicht, dass der Kuss endete, denn dann würde er sagen müssen, was er sich überlegt hatte. Doch irgendwann löste sich Isobel lachend von ihm.

»Kann ich erst mal meine Sachen abstellen?«, fragte sie, und erst jetzt fiel Jean-Luc die prall gefüllte Tasche auf, die sie über der Schulter trug.

»Was hast du denn alles mitgebracht? Nach Kleidung sieht das nicht aus.«

»Nein.« Isobel lachte und ging in die Küche. Sie holte eine Honigmelone, Avocados, Tomaten und einige Papiertüten mit anderem Obst und Gemüse aus der Tasche und legte sie auf die Kochinsel.

»Hast du den ganzen Markt leergekauft?«, fragte Jean-Luc und überschlug in Gedanken bereits, was man damit alles kochen konnte. Erst jetzt merkte er, wie hungrig er war. Wie dumm, nun musste er es mit knurrendem Magen tun. Er musste sie unbedingt jetzt fragen, sonst würde er sich nicht mehr trauen.

»Isobel?«, fragte er und griff nach ihren Händen. »Kommst du mit auf die Terrasse?«

Isobel nickte und ließ sich nach draußen führen.

Jean-Luc wusste nicht, wohin mit seinen Händen, und so hielt er Isobels einfach fest, als er sich auf ein Knie niederließ.

Isobels Augen weiteten sich in purem Erstaunen, schon bevor er das erste Wort ausgesprochen hatte.

»Heirate mich«, sagte Jean-Luc. Sein Herz machte einen Salto, als er das winzige Lächeln sah, das auf Isobels Lippen erschien. Aber er sah auch die Tränen in ihren Augenwinkeln.

Sie sagte nichts, schluckte nur und blinzelte ihn an.

»Damit du deinen Job behalten kannst. Und heirate nicht Andrew, dann können wir nicht mehr zusammen sein«, ergänzte Jean-Luc, weil ihn die Stille zu erdrücken schien. Sogar die Grillen hatten aufgehört zu zirpen. Oder er hörte sie nicht mehr. Nicht mal die Schwalben.

»Keine Sorge«, flüsterte Isobel.

»Also?«, fragte Jean-Luc nach einer Weile. »Willst du mich heiraten?«

Isobel sah auf den Tisch, entdeckte den Champagner im Kühler, die beiden Gläser, die Rosenblätter, die Jean-Luc verteilt hatte. Dann sah sie wieder zu ihm, aber sie antwortete immer noch nicht.

»Ich kann das nicht«, flüsterte sie nach einem endlosen Moment. »Nicht so. Es tut mir leid. Ich melde mich.«

»Überleg es dir«, sagte Jean-Luc sanft, aber Isobel drehte sich um und rannte zur Haustür. Sie schloss sie leise hinter sich.

Jean-Luc stand da und sah Isobel verwundert nach. Was war passiert? Hatte er etwas Falsches gesagt?

Kapitel 19

Isobel

Heiße Tränen liefen über ihr Gesicht, und sie wusste nicht mal genau, warum. Sie verstand nicht, warum Jean-Luc das gemacht hatte. Erst hatte er sich von ihr getrennt, nun waren sie wieder ein Paar und er machte ihr sofort einen Antrag? Damit sie ihren Job behalten konnte. Aber das konnte doch nicht der richtige Weg sein! Aus Mitleid heiraten? So hatte sich Isobel ihr Leben ganz bestimmt nicht vorgestellt, auch wenn sie Jean-Luc über alles liebte.

Natürlich reagierte sie unlogisch. Blind vor Tränen lenkte sie den Wagen auf den sandigen Seitenstreifen und suchte erst mal ein Taschentuch. Jetzt machte sie genau das Gleiche wie Jean-Luc. Sie ließ ihn alleine mit ihrer merkwürdigen Reaktion und lief einfach davon. Aber was sollte sie tun? So verheult zu ihm zurückgehen und es ihm erklären? Er würde sie für verrückt erklären. Oder die Sache in Ordnung bringen? Denn das war es ja, was Isobel sich am Morgen überlegt hatte. Sie musste mit der Person reden, die ihre Entscheidung unbedingt erfahren musste. So schnell es ging, denn Onkel Bernard war tot, mit ihm konnte sie nicht mehr reden. Neue Tränen verschleierten ihren Blick, und Isobel zog ihr Handy aus der Tasche. So konnte sie ohnehin nicht fahren.

Zwei verpasste Anrufe, beide von Jean-Luc. Isobel seufzte, sie konnte gerade nicht sprechen, das wusste sie, also schickte sie ihm eine SMS.

Es tut mir leid, dass ich einfach abgehauen bin, es ging nicht anders. Ich melde mich sehr bald, versprochen! Entschuldigungskuss, Isobel.

Da Isobel sich noch einmal die Nase putzen musste und die Tränen wegzublinzeln versuchte, kam die Antwort, noch während sie parkte: *Es tut mir auch leid, auch wenn ich nicht weiß, was ich falsch gemacht habe. Dieses Mal warte ich. Ich liebe dich wirklich. Jean-Luc.*

Isobel lächelte, atmete tief durch und fuhr weiter. Als sie eine halbe Stunde später ihren Wagen vor Tante Viviennes Haus parkte, stand deren kleiner Mercedes zum Glück in der Auffahrt.

Dieses Mal war es Isobel egal, wie sie aussah. Sie korrigierte ihre Schminke nicht und sprang aus dem Wagen. Sie klingelte einmal, und als Tante Vivienne nicht sofort kam, konnte sie es sich nicht verkneifen, noch ein zweites und drittes Mal zu klingeln, bis endlich die Tür aufgerissen wurde.

»Isobel! Was ist passiert? Ist etwas mit Andrew? Passt du nicht mehr in dein Kleid? Hattest du einen Unfall?«

Schon wieder liefen bei Isobel die Tränen, aber das merkte sie kaum noch. Sie ging einfach an Tante Vivienne vorbei, drehte sich dann zu ihr um und sagte all das, was ihr schon so lange auf dem Herzen gelegen hatte.

»Ich werde Andrew nicht heiraten. Ich werde überhaupt nicht heiraten, nur um meinen Job zu behalten. Das ist mein Leben! Wenn du mich aus der Agentur wirfst, ist das deine Sache, aber ich kann das so nicht. Ich heirate nicht einen beinahe wildfremden Mann einfach so, damit ich verheiratet bin, weil es einen guten Eindruck macht, verdammt noch mal! Und ich heirate auch nicht Jean-Luc, bloß weil er sich jetzt gezwungen fühlt, mich zu fragen! Ich will das nicht. Ich heirate, wann ich will, und ich heirate, wen ich will. Und zwar nur aus Liebe!«

Schwer atmend stand Isobel im abgedunkelten Flur und funkelte eine völlig verwirrte Tante Vivienne an. Diese holte ein paarmal Luft und stützte dann ihre Hände in die Taille. »Aus Liebe? Aber gerade darum geht es doch! Du bist die Vorzeigeperson von Diamond Love! Natürlich musst du heiraten. Das haben wir doch schon durch. Mein Bernard hatte recht. Man muss dich einfach zu deinem Glück zwingen.«

»Hast du mir nicht zugehört? Ich heirate nicht! Und erst recht nicht für die Agentur!«

»Aber du liebst die Agentur! Sei doch vernünftig! Bestimmt sind das die Hormone, oder die Sonne. Hast du zu lange am Strand gelegen? Komm erst mal rein, ich gebe dir ein Glas Wasser. Oder gleich einen Whiskey? Ich müsste noch welchen haben …«

Isobel blieb stehen, wo sie war. »Ja, ich liebe meinen Job, und ich wäre sehr traurig, ihn zu verlieren.«

»Na, siehst du? Dann ist doch alles geklärt. Du heiratest Andrew oder diesen ungehobelten Jean-Luc. Moment … Er hat dir einen Antrag gemacht? Das ist ja wunderbar! Dann steckt doch noch etwas Ehrgefühl in seinen hübschen Knochen. Wer sagt's denn? Warum regst du dich also überhaupt auf?«

»Weil das so nicht richtig ist. Man soll aus Liebe heiraten. Und nicht, weil es sich so gehört! Aus den Zeiten sind wir ja nun wirklich raus.«

»Es wird sich immer gehören, zu heiraten. Alles andere ist unvernünftig, Isobel. Du brauchst dir keine Sorgen zu machen, ich organisiere alles und du suchst dir nur deinen Bräutigam aus. Das willst du doch sowieso, und das verstehe ich natürlich. Es ist doch schön, dass du sogar eine Auswahl hast. Viele andere Frauen haben das nicht.« Tante Vivienne zog an Isobels Arm, um sie ins Haus zu dirigieren, aber Isobel blieb stehen, wo sie war, und verschränkte die Arme vor der Brust.

»Ich mache mir keine Sorgen. Du brauchst nichts zu organisieren. Ich heirate jetzt nicht.« Isobel betonte jedes Wort überdeutlich. Sogar ein zweites Mal, als Tante Vivienne immer noch nachsichtig lächelte, als wäre Isobel ein trotziges Kind, das die Welt einfach nicht versteht.

»Ich heirate *irgendwann*, aber nicht jetzt. Es ist zu früh.«

»Zu früh? Was heißt zu früh? Die Frist läuft in zwölf Wochen ab. Es muss noch so viel organisiert werden, aber wie gesagt, du hast ja mich und vieles steht auch schon längst fest. Das schaffen wir …«

»Nein!«, unterbrach sie Isobel. »*Wir* schaffen gar nichts. *Ich* heirate nämlich jetzt nicht!« Um ein Haar hätte sie Tante Vivienne gepackt und geschüttelt. Warum hörte sie ihr nicht zu, verdammt?

»Ich bin ja nicht schwerhörig.« Tante Vivienne sah beleidigt aus und selbst ein wenig wütend. »Habe ich mir die ganze Arbeit umsonst gemacht?«

»Ja, es tut mir leid. Du hättest nie meine Hochzeit planen dürfen, ohne mich zu fragen! Mach alles rückgängig. Ich heirate nicht in drei Monaten. Sonst musst du dir eine andere Braut suchen für den Tag. Ich werde nicht da sein.«

»Du riskierst deinen Job mit dieser Entscheidung.«

Isobel kniff die Lippen zusammen. Ja. Sie riskierte ihren Job, aber solange alles so blieb, wie es jetzt war, würde sie sich gefangen fühlen.

»Diese Klausel hat alles verdorben«, sagte sie langsam. »Wenn ich den Job sowieso in drei Monaten verliere, kündige ich jetzt.«

»Isobel, also wirklich! Das kann nicht dein Ernst sein. Es geht hier doch die ganze Zeit nur um deinen Job! Den wirst du doch nicht aufgeben. Sei nicht albern. Ich komme Montag bei dir im Büro vorbei, und wir gehen mittagessen, dann reden wir noch mal über alles. Ganz in Ruhe.«

»Ich melde mich«, sagte Isobel mit einem Seufzen und drückte ihrer Tante ein schnelles Küsschen auf die Wange. »Trotzdem danke für alles. Ich weiß ja, dass du es gut meinst.«

Sie öffnete Tante Viviennes Haustür und trat hinaus in die Sonne. Obwohl ihre Tante sie einfach nicht verstand, fühlte sich Isobel frei. Sie würde ihren Job vermissen, aber es war besser so.

* * *

Jean-Luc

An diesem Abend bekam Jean-Luc noch zwei weitere SMS von Isobel. Eine Entschuldigung für ihre überstürzte Flucht und eine Einladung zu einer versteckten Bucht. Per E-Mail schickte sie ihm eine handgemalte Karte, wie er dort hingelangen konnte.

Jean-Luc streckte seine Beine. Nachdem Isobel gegangen war, hatte er sich auf die Sonnenliege gesetzt, auf die gekühlte Champagnerflasche gestarrt und nicht gewusst, was er denken sollte. Er sah sich die Karte genau an. Diese Bucht würde er gut finden, seltsamerweise kannte er sie tatsächlich nicht. Für eine einzige Sekunde zog er in Erwägung, nicht hinzugehen, aus verletztem Stolz, aber er ahnte, dass er genau das selbst getan hatte: Isobels Stolz verletzt. In ihren Ohren hatte es vermutlich so geklungen: Ich heirate dich nur, damit du deinen Job behalten kannst. Als wäre es ein Opfer. Natürlich war es früh, aber Jean-Luc war bereit, dieses Abenteuer einzugehen. Wenn nicht mit Isobel, mit wem dann? Sie brachte ihn zum Lachen und zauberte fast jeden Tag ein Lächeln auf sein Gesicht, weil er sich freute, dass es sie gab. Selbst wenn sie nicht bei ihm war.

Ihm gefiel einfach alles an ihr. Und die verborgenen Seiten, die ihm vielleicht nicht so sehr gefallen würden, sogar auf die war er neugierig. Natürlich würde es nicht immer so zwischen ihnen bleiben, mit der Zeit änderte sich alles, aber auch darauf freute er sich irgendwie.

Jean-Luc sah auf die Uhr. Er hatte noch zwei Stunden, bis er am Treffpunkt sein sollte. Genug Zeit, um sich vorzubereiten, Sachen zu packen … Nur was? Natürlich hoffte er darauf, dass Isobel die Flasche Champagner mit ihm trinken würde – selbst wenn sie heute nicht »Ja« sagte, konnten sie ihre Liebe feiern. Ihm zumindest war nach Feiern zumute, wenn er daran dachte, dass er diesen Schritt gewagt hatte und wagen würde.

Im Vorratsschrank fand er eine Packung Schokolade mit Zimt und getrocknetem Apfel. Außerdem packte er noch zwei Handtücher ein und zog sich eine Badehose unter die Leinenhose. Sicherheitshalber druckte er Isobels Wegkarte aus und brachte alles ins Auto. Es war noch viel zu früh, aber Jean-Luc hatte genug herumgesessen. Er würde einfach vorher an einem anderen Strand anhalten und ein Bad im Meer nehmen, die Kühle des Wassers auf der Haut spüren und sich bewegen.

Kapitel 20

Isobel

Isobel kletterte ein kleines Stück über die Felsen, dann lief sie den schmalen Pfad hinunter zu ihrer absoluten Lieblingsbucht. Hoffentlich war heute niemand dort. Sie hatte tatsächlich Glück, wie in den meisten anderen Fällen auch. Nur wenige Leute kannten diese Bucht, und den meisten war die Kletterei zu mühselig. Hoffentlich hatte Jean-Luc vernünftiges Schuhwerk dabei. Sie lächelte. Es tat ihr leid, wie sie vorhin reagiert hatte, aber sie würde es jetzt wiedergutmachen.

Die Sonne tauchte bereits ins Meer und verwandelte das Wasser in Gold. Für einen Moment stand Isobel einfach da und sah in den Himmel, auf die zarten Wolken mit ihren rosafarbenen Rändern.

»Beinahe etwas kitschig«, flüsterte jemand an ihrem Ohr.

Isobel zuckte zusammen, aber dann lehnte sie sich an Jean-Luc. »Die Natur ist niemals kitschig.«

»Da hast du auch wieder recht.« Er strich liebevoll über ihre Schulter und legte seinen Arm um sie. »Ich dachte, du wärst sauer auf mich.«

Isobel hob den Kopf und versuchte, seinen Gesichtsausdruck zu erkennen. Seine Augen waren hinter einer dunklen Sonnenbrille versteckt, aber er sah entspannt aus.

»Nein, sauer nicht«, sagte Isobel. »Es ist nur nicht das, was ich möchte, weißt du?«

»Was meinst du?«

»Heiraten unter Druck. So schnell und aus dem falschen Grund.«

Jean-Luc nickte und sah ebenfalls aufs Meer hinaus. »Ich habe noch nie jemanden gefragt. Ich dachte nicht, dass ich es je tun würde, aber auf einmal gab es einen guten Grund.«

»Ein guter Grund ist wichtig«, sagte Isobel. »Aber ich möchte, dass es der richtige Grund ist.«

»Kannst du es dir nicht vorstellen? Mit mir?« Jean-Luc sah beinahe aus, als hielte er die Luft an.

Isobel dachte kurz nach. »Doch«, sagte sie. »Aber ich möchte uns Zeit geben. Lass uns die Zeit nehmen, die wir brauchen. Wir könnten zusammen wegfahren.«

»Keine schlechte Idee. Ich frage morgen, ob ich Urlaub nehmen kann. Wann kannst du?«

»Jederzeit.«

Jean-Luc drehte sie sanft zu sich um. »Wie meinst du das?«

»Ich habe gekündigt.« Isobel hob eine Hand, als er protestieren wollte. »Es ging nicht anders. In drei Monaten hätte ich den Job verloren und jeden Tag an das Testament gedacht. Warum noch so lange warten? Weißt du was? Es fühlt sich gut an. Ich liebe meinen Job, aber meine Freiheit liebe ich noch mehr. Der Druck ist weg.«

Jean-Luc zog sie in seine Arme und strich über ihren Rücken. Es fühlte sich an, als wollte er ihr widersprechen, aber er tat es nicht und Isobel war dafür dankbar.

»Ich möchte einfach eine schöne Zeit mit dir verbringen.«

Jean-Lucs Muskeln spannten sich unter Isobels Händen an, aber er sagte nichts.

* * *

Jean-Luc

Diesen Satz hatte Jean-Luc schon so viele Male gesagt. Zu Frauen, die mit ihm zusammenziehen wollten. Oder anfingen, über das Heiraten oder über Kinder zu sprechen. Und erst jetzt begriff er, wie weh er ihnen damit getan hatte. Es war nur ehrlich gewesen, und das war gut. So hatte er sich und ihnen jede Menge Schmerz erspart, da war er sich sicher. Aber jetzt, wo er es erkannte, war es anders. Jetzt, wo jemand diese Worte zu ihm gesagt hatte, auch wenn Isobel sie vielleicht anders meinte. Was, wenn Isobel ihn nicht heiraten wollte, weil sie es sich doch nicht vorstellen konnte mit ihm, und das nur gesagt hatte, um ihn zu beruhigen?

Es blieb Jean-Luc keine andere Wahl, er würde es herausfinden müssen. Er zog Isobel näher an sich heran und betrachtete mit ihr gemeinsam die untergehende Sonne.

»Du hast recht. Lass uns eine schöne Zeit miteinander verbringen«, flüsterte er schließlich.

Selbst als die Sonne untergegangen war, blieb die Luft warm, und es duftete nach Tang und sonnenwarmen Felsen. Isobel packte ein Picknick aus, holte ein Baguette aus einem Korb, verschiedene Käsesorten aus einer Kühltasche und zwei Holzbrettchen. Sie hatte auch Obst mitgebracht, frische Pfirsiche und Trauben. Jean-Luc steuerte den Champagner aus seinem Rucksack und zwei sorgfältig in Tücher eingewickelte Sektgläser bei.

»Auf uns«, sagte er und prostete ihr zu.

»Auf uns«, wiederholte Isobel lächelnd.

Nach dem Picknick lagen sie noch lange auf der Decke und sahen gemeinsam in den Himmel. Allmählich war es dunkel geworden, und tausende Sterne blinkten auf sie hinunter. Die Wellen rauschten leise, wenn sie sanft auf den Strand schlugen.

Die Möwen hatten aufgehört zu rufen, und bis auf das Meeresrauschen war es still. Irgendwann begannen die Zikaden zu zirpen, die auch hier in den Felswänden oder zwischen den trockenen Sträuchern saßen.

»Ich liebe dich«, sagte Jean-Luc und sah zu Isobel. Sie war eingeschlafen, ihr Gesicht hatte sich entspannt und auf ihren Lippen lag ein leichtes Lächeln.

»Verdammt«, sagte Jean-Luc leise. »Das ist mir noch nie passiert.«

Kapitel 21

Isobel

Isobel war halbwach, als sie versuchte, sich auf die andere Seite zu drehen. Der Untergrund war seltsam hart, und ihr war kühl. Ein Ventilator lief irgendwo, und die Fenster schienen offen zu sein. Sie blinzelte. Nein, das war kein Ventilator, das war das Meer. Sie waren noch immer am Strand, Jean-Luc und sie. Es war schön, hier mit ihm zu liegen, auch wenn ihr so gut wie alles weh tat. Nie hätte sie gedacht, dass Sand so hart sein könnte. Sie rieb sich leicht über die Augen und stand leise auf.

Jean-Luc lag auf dem Rücken, den Arm, auf dem Isobel eben noch gelegen hatte, zur Seite ausgestreckt. Seine Füße waren lässig überkreuzt, die andere Hand lag locker auf der karierten Decke. Der Mond war nicht voll, aber er leuchtete genug, dass Isobel die Umgebung ganz gut erkennen konnte. Sie rieb über ihre Arme und ihren Nacken, um die Muskeln ein wenig zu lockern. Sie fühlte sich immer noch genauso frei wie heute Mittag, nachdem sie unter Tränen bei ihrer Tante im Flur gestanden hatte. Es musste die richtige Entscheidung gewesen sein. Fristlos hatte sie natürlich nicht gekündigt, aber der Brief lag bereits auf dem Tisch ihrer Sekretärin, eine Kopie in Tante Viviennes Briefkasten. Da Isobel schon eine Weile keinen richtigen Urlaub mehr gehabt hatte, hatte sie sich jetzt die ausstehenden Tage genommen und auch das in einem Brief an Vivienne und in einer E-Mail an ihre Sekretärin erklärt.

In zwei Wochen würde Isobel wieder in die Agentur kommen und sich um eine Nachfolgerin kümmern. Sie hatte ein schlechtes Gewissen, dass sie alles einfach so stehen und liegen ließ, aber sie hatte Monique Anweisungen hinterlassen und hoffte, dass sie sich gut um alles kümmern würde. Aber da hatte sie wenig Bedenken. Nächste Woche würde sie einmal anrufen, und sie hatte auch ihre private E-Mail-Adresse und Handynummer für den Notfall hinterlegt. Ihr Geschäftshandy lag in ihrer Schreibtischschublade in der Agentur. Sie hatte gestern am Nachmittag noch ihren Schreibtisch aufgeräumt, Abwesenheitsnotizen eingerichtet und den Kunden, die sie im Moment intensiv betreute, ebenfalls Nachrichten geschickt.

Isobel ging ein paar Schritte näher ans Wasser und setzte sich schließlich auf einen flachen Felsen. Sie zog ihre nackten Füße auf den Stein und schlang ihre Arme um die Knie. Eine leise Melodie summend sah sie hinauf zu den Sternen.

Kapitel 22

Jean-Luc

Jean-Luc sah zum hundertsten Mal innerhalb von zehn Minuten auf die Uhr. Vermutlich war es eine blöde Idee gewesen, so ein aufwendiges Menü vorzubereiten. Wenn Isobel nur eine Viertelstunde zu spät war, wäre zumindest das Dessert längst zerflossen. Er war sich nicht sicher, ob Isobel wirklich so glücklich mit ihrer Entscheidung war, ihren Job aufzugeben. Sie wirkte glücklich, aber war sie das wirklich? Sie suchte nun schon seit einer Weile nach einem anderen Job, hatte aber noch nichts gefunden bisher. Ein paar Gespräche hatte sie gehabt, aber so schnell ging das ja auch oft nicht. In den letzten drei Monaten, seit dem Moment beim Picknick, als sie ihm von ihrer Kündigung erzählt hatte, war kaum ein Wort dazu gefallen. Trotzdem wusste Jean-Luc, dass die Frist morgen abgelaufen wäre. Was genau in dem Testament stand, wusste er bis heute nicht. Hatte sich Isobel das alles gut überlegt?

Um Punkt dreizehn Uhr klingelte es an der Tür, kurz danach hörte Jean-Luc den Schlüssel im Schloss. Er lächelte. Noch immer klingelte Isobel, um ihm schon vorher mitzuteilen, dass sie es war. Sie klingelte dreimal kurz. Er hatte sie nie gefragt, was das bedeuten sollte, aber möglicherweise hieß es einfach das, was er hoffte. Ich liebe dich. Isobel hatte diese Worte schon zu ihm gesagt, aber nicht oft und er war sich immer noch nicht sicher, wie ernst es ihr mit ihm war. Schon wieder musste er über sein stolperndes Herz lächeln, als sie in die Küche kam und sich neugierig nach ihm umsah.

»Es duftet so gut«, sagte sie, kam zu ihm rüber und küsste ihn auf die Wange, bevor er sich zu ihr umdrehte.

»Ja?«, fragte er und suchte in ihrem Blick danach, wie sie heute gelaunt war.

»Ich habe auf der Terrasse gedeckt. An so einem schönen Herbsttag«, sagte er und räusperte sich, weil seine Stimme kippte. Dass Isobel ihm nicht geantwortet hatte, schien ihn mehr zu treffen, als er wahrhaben wollte.

Isobel musterte ihn kurz, dann nahm sie ihm die beiden Weingläser ab und ging voraus. Auf den Tisch hatte Jean-Luc dieses Mal nur eine schmale Glasvase mit einer einzelnen roten Rose gestellt, um nicht an seinen missglückten Antrag zu erinnern. Daneben standen zwei mehrarmige silberne Kerzenleuchter. Die Kerzen hatte er vor zwei Minuten angezündet. Jean-Luc folgte ihr, in den Händen einen Teller mit gekochten Artischocken und ein Schälchen Zitronendip.

»Setz dich doch«, sagte Jean-Luc und richtete das Essen auf dem Tisch an.

»Es sieht hübsch aus«, sagte Isobel. »Eine Artischocke?« Sie betrachtete das Gemüse einen Moment. »Wie isst man es?«

Jean-Luc zeigte Isobel, wie man ein Blatt abzupfte, es in den Dip tunkte und dann den unteren Teil des Blattes mit den Zähnen abnagte.

»Mmh, wirklich gut«, lobte Isobel. »Das kochen wir öfter, ja?«

Sie aßen schweigend, Jean-Luc fühlte sich auf einmal, als hätte er ein Stück seiner Seele bloßgelegt, und wunderte sich darüber, dass es sich gleichzeitig furchtbar schmerzhaft und auch gut anfühlte. Warum Isobel schwieg, wusste er nicht. Vielleicht genoss sie einfach das Essen oder sie war in Gedanken woanders.

Sie nahmen gleichzeitig einen Schluck Wein, dann stellte

Isobel ihr Glas wieder hin. »Morgen läuft die Frist ab. Tante Vivienne hat mir schon fünfmal auf die Mailbox gesprochen.«

»Du hast ihre Nachrichten nicht abgehört?«

»Nein. Sie hat mir in den letzten Wochen nicht nur einmal angeboten, wieder in der Agentur anzufangen, und meinte, dass wir das mit der Hochzeit immer noch gut hinkriegen würden.«

»Sie hört immer noch nicht auf dich?«

Isobel schüttelte den Kopf. »Nicht wirklich. Ich hoffe, ich habe übermorgen Ruhe von der ganzen Sache.«

»Du brauchst dich nicht schlecht fühlen, du hast alles versucht.«

»Habe ich das?« Isobels ernster Blick traf Jean-Luc mitten ins Herz.

Er nahm ihre Hand. »Ja, das hast du. Soll ich mal mit ihr reden?«

»Nein, ich hoffe einfach, dass es morgen ausgestanden ist. Morgen Abend um Punkt Mitternacht.« Sie seufzte tief. »Aber lass uns weiter essen, es duftet viel zu gut, um es in der Küche stehen zu lassen.«

»Das Hühnchen!«, rief Jean-Luc und rannte in die Küche. Es war nicht verbrannt. Er kam gerade noch rechtzeitig, um die Auflaufform aus dem Ofen zu ziehen. Isobel half ihm, die Teller mit Reis und gebackenen Aprikosen zu belegen. Darauf kam das von Honig glänzende Hühnchen und ein kleiner Zweig Rosmarin.

»Du solltest ein Restaurant eröffnen«, sagte Isobel, tauchte zwischen Jean-Lucs Armen hindurch und küsste ihn zärtlich auf den Mund.

»Ach was, hier kann jeder gut kochen.« Er winkte ab.

»Vielleicht hast du recht.«

»Bedrückt dich etwas? Ich meine, außer der Sache mit deiner Tante«, fragte Jean-Luc und betrachtete Isobel aufmerksam.

»Ich habe morgen ein Vorstellungsgespräch«, sagte sie schließlich.

»Oh?« Jean-Luc stellte die beiden Teller wieder ab.

»Bei einer Arbeitsvermittlung nur für Frauen, in Paris.«

»Dort arbeiten nur Frauen?«, fragte Jean-Luc. In Paris? Was bedeutete das?

»Ja. Es vermitteln nur Frauen und auch nur Frauen werden vermittelt. Ich habe mich erst letzte Woche auf die Stelle beworben.«

»Du würdest nicht pendeln«, sagte Jean-Luc. Eigentlich war es klar, nach Paris flog man oder fuhr mehrere Stunden mit dem Auto. Wie sollte Isobel hier wohnen bleiben? Sie würde nach Paris ziehen.

»Nein, das geht nicht. Aber ich würde jedes Wochenende herkommen. Zu dir.«

»Aha«, sagte Jean-Luc. Er nahm die beiden Teller mit dem Hühnchen und ging nach draußen auf die Terrasse. Er spürte, dass Isobel ihm folgte und etwas sagen wollte, aber er konnte sie nicht ansehen. Isobel hatte sich für ein anderes Leben entschieden. Sie wollte wegziehen, wenn auch nur unter der Woche. Weg von der Küste, in die Stadt.

»Warum Paris?«, fragte er schließlich und bemühte sich um einen entspannten Ton.

»Es ist eine wirklich gute Stelle. Ich habe auch hier gesucht, das weißt du ja. Meine Ersparnisse sind bald aufgebraucht.«

»Sonst gibt es keinen Grund?«, fragte Jean-Luc und hätte sich beinahe die Zunge abgebissen. Es fiel ihm schwer, sie gehen zu lassen, und genau danach fühlte es sich an.

»Was meinst du?«, fragte Isobel. »Natürlich, am schönsten wäre es, wenn ich hier einen tollen Job finden würde.«

»So schön wie der alte, ja?« Jean-Luc konnte sich kaum zügeln. »Du hättest deinen tollen Job hier behalten können. Dafür hättest du einfach Ja zu meiner Frage sagen müssen.«

»Ach, *chéri.*« Isobel seufzte. »Du weißt doch auch, dass es zu früh war.«

Kapitel 23

Isobel

Den ganzen Weg nach Paris musste Isobel an ihre Worte denken. Nicht, dass sie jetzt nicht mehr glaubte, dass es zu früh war, aber Jean-Lucs Gesichtsausdruck würde sie wohl eine lange Weile in ihrem Herzen tragen. Obwohl er es genauso gut wusste wie sie, sah er richtig verletzt aus. Dabei hatte sie ja gar nicht gesagt, dass sie ihn nicht wollte. Er hatte doch selbst zugegeben, dass er vor nicht allzu langer Zeit Panik bekommen hatte, weil ihm alles zu schnell ging. Irgendwie bekam Isobel diese beiden Szenen nicht zusammen. Jean-Luc hatte seine Meinung offenbar gründlich überdacht.

Isobel betrat das Hotel, wo sie ein Zimmer gebucht hatte. Sie brachte ihr Gepäck aufs Zimmer und machte sich sogleich auf den Weg, damit sie genügend Zeit hatte und nicht hetzen musste.

Nach wenigen Minuten erreichte sie die Adresse der Agentur Blanche & Rouge. Von außen sah das Gebäude schon vielversprechend aus mit all seinen farblichen Details: rote Gardinen hinter den weiß gerahmten Fenstern, zierlich verschnörkelte weiß gestrichene Balkongitter, die rot gestrichene Tür mit einer rot-weißen Markise darüber und nicht zuletzt zwei roten Blumentöpfen mit Rosenbüschen. Einer in Weiß, einer in Rot.

Die beiden Gründerinnen der Arbeitsagentur hießen tatsächlich Blanche und Rouge mit Nachnamen, wenn man der Homepage glauben durfte. Schon als Isobel die Stellenanzeige in einer Frauenzeitschrift gesehen hatte, war sie überzeugt gewesen, dass sie diesen Job lieben würde.

Mit gemischten Gefühlen drückte Isobel auf den polierten, goldenen Klingelknopf unter dem Schild mit dem Namen der Agentur. Eine junge Frau in Jeans und weißer Bluse öffnete und bat Isobel hinein.

»*Bonjour.* Willkommen, Sie sind Mademoiselle Rain?«

Isobel nickte und ergriff die Hand der jungen Frau.

»Ich bin Aimée, die Sekretärin, wenn man so will. Madame Blanche führt das heutige Interview mit Ihnen. Möchten Sie einen Kaffee?«

Isobel nickte und folgte Aimée durch einen schmalen Flur, an dessen Wänden gerahmte Porträts bekannter Frauen hingen. Darunter gab es mehrere, von denen Isobel noch nie gehört hatte, aber sie hielt sich nicht lange auf, denn Aimée hatte beinahe das Ende des Gangs erreicht.

»Hier hinein, *s'il vous plaît.*« Aimée hielt Isobel die Tür auf und deutete auf einen langen Holztisch, um den sechs gepolsterte Stühle standen. Isobel kam sich mehr wie ein Gast in einem Schloss vor als in einer Arbeitsagentur. Mit den Arbeitsagenturen, von denen man immer mal von Bekannten hörte, hatte das hier jedenfalls nicht viel zu tun.

»Ja, ich bin immer noch jeden Tag beeindruckt von diesem Gebäude.« Aimée lachte fröhlich, wartete, bis Isobel sich gesetzt hatte, und verschwand dann wieder im Flur. »Ich bringe Ihren Kaffee«, rief sie über ihre Schulter.

Isobel rutschte nervös auf ihrem Stuhl hin und her. Sie hätte einen der Stühle gegenüber der Tür auswählen sollen. Schnell setzte sie sich um und ließ ihren Blick durch den Raum schweifen.

»Ah, pünktlich, wie schön.« Eine schwarzhaarige Frau kam in den Raum gestöckelt. Sie trug einen schneeweißen Hosenanzug und dazu rote Pumps. Kaum stand sie am Tisch, streckte sie Isobel ihre Hand hin. Isobel stand auf und ergriff die Hand der anderen Frau.

»Rosalie Blanche«, sagte sie mit einem strengen Lächeln. »Herzlich willkommen. Nehmen Sie doch Platz, Mademoiselle Rain. Meine Partnerin Eveline Rouge ist leider heute bei einem auswärtigen Termin. Ah, Aimée, wie schön. Vielen Dank!«

Aimée war völlig unbemerkt in den Raum gekommen, stellte eine Tasse mit duftendem Kaffee vor Isobel ab und eine zweite Tasse vor Madame Blanche.

»Wunderbar«, sagte diese, als Aimée gegangen war und die Tür hinter sich geschlossen hatte. »Sie haben bisher eine Dating-Agentur geleitet?«, fragte sie und öffnete eine rote, glänzende Mappe. Sie strich die Unterlagen glatt, warf einen Blick darauf und sah dann zu Isobel.

»Ja«, sagte sie. »Diamond Love war die Agentur meines Onkels und seiner Frau.«

»Darf ich fragen, was Sie davor gemacht haben? Hier steht, dass Sie in England gelebt haben und ein Studium in Architektur absolviert haben. Sie haben aber nie als Architektin gearbeitet?«

»Nein, leider nicht. Ich war gerade erst fertig, als mein Onkel schwer krank wurde und mich bat, zu ihm zu kommen. Er selbst hatte keine Kinder. Ich habe mich sofort in die Côte d'Azur verliebt, da war es für mich klar, dass ich aushelfe.«

»Und dann war Ihr Onkel so begeistert, dass Sie seinen Posten bekommen haben?«, hakte Madame Blanche nach.

»Er ist leider nicht mehr gesund geworden«, sagte Isobel und schluckte.

»Oh, das tut mir leid.« Madame Blanche warf einen erneuten Blick auf die Unterlagen. »Sie sprechen natürlich fließend Englisch. Das wäre von unschätzbarem Wert für uns, wir haben internationale Kundinnen.« Sie nickte erneut. »Würden Sie umziehen, wenn Sie diese Stelle bekommen?« Ihre gletscherfarbenen Augen hefteten sich auf Isobel.

Isobel schaffte es nicht, es auszusprechen, also nickte sie.

»Gut«, sagte Madame Blanche. »Ich zeige Ihnen das Haus.« Abrupt stand sie auf und ging zur Tür. Isobel hatte noch nicht einmal einen Schluck von ihrem Kaffee genommen. War das Gespräch bereits beendet? Sie hatte so viele Antworten vorbereitet. Gut. Das restliche Gebäude zu sehen, war auf jeden Fall spannend.

Die Tour durch die gesamte Etage dauerte eine halbe Stunde. Danach brachte Madame Blanche Isobel zur Eingangstür. »Es war nett, Sie kennenzulernen. Wir melden uns in den nächsten Tagen bei Ihnen.«

Mit diesen Worten entließ die Geschäftsführerin Isobel auf die Straße. Für die ersten zehn Meter wirkte draußen alles furchtbar dreckig auf Isobel, die Agentur Blanche & Rouge war einfach perfekt durchgestylt. Madame Blanche hatte bei der Führung durchs Haus ein wenig über die freie Stelle erzählt und hin und wieder ein paar spontane Fragen gestellt, die Isobel jedes Mal eine Falle hatten wittern lassen.

Sie wusste nicht, wie das Gespräch gelaufen war. Isobel entdeckte auf der anderen Straßenseite eine Parkbank unter einer großen Linde. Die Stadt wirkte hier wieder elegant und geschäftig. Isobel überquerte die Straße, setzte sich jedoch nicht auf die Bank, sondern blieb davor stehen und sah empor in die Äste des Baumes. Die Blätter waren gelb und leuchteten richtig vor dem strahlend blauen Himmel. Der Herbst war nun endgültig da, der Sommer vorbei und vielleicht mit ihm Isobels Leben an der Küste. Isobel versuchte sich vorzustellen, wie es wäre, hier zu arbeiten. Sie drehte sich um und konnte gerade noch ein Stück der Fassade der Agentur erkennen. Es war mit Sicherheit ein guter Job und die Bezahlung wäre absolut angenehm, so dass Isobel sich hier sogar eine Wohnung leisten konnte. Vielleicht etwas weiter entfernt von der Agentur, aber ein längerer Arbeitsweg war sicherlich in Ordnung.

Sie zog ihr Handy aus der Tasche und prüfte es auf eingegangene Anrufe. Nichts. Jean-Luc hatte sich den ganzen Tag noch nicht gemeldet, nicht einmal auf ihre SMS, dass sie gut in Paris angekommen war. Vielleicht war er verstimmt. Just in diesem Moment vibrierte das Handy in ihrer Hand, und Isobel hätte es um ein Haar fallen lassen. Es war Tante Vivienne. Mit einem Seufzen nahm Isobel das Gespräch an.

»Isobel?«, rief Tante Vivienne in ihr Ohr. »Wo bist du denn? Du warst Tage nicht in der Agentur, Monique hat keine Krankmeldung von dir bekommen. Und bei mir meldest du dich auch nicht. Das finde ich einfach nicht richtig, wir haben doch nur noch uns.«

»Tante Vivienne.« Isobel seufzte. »Ich habe dir doch gesagt, dass ich gekündigt habe. Ich komme nicht mehr in die Agentur. Du erinnerst dich doch sicher an das Testament, spätestens heute wäre ich sowieso rausgeflogen.«

»Ach, das ist heute?«, fragte Tante Vivienne.

Isobel stutzte. Hatte ihre Tante dieses Datum verdrängt und auch alles andere vergessen? In den letzten Wochen hatte sie den Eindruck gehabt, dass Vivienne es endlich akzeptiert hatte. »Habt ihr schon jemanden für die Stelle gefunden?«, fragte Isobel.

»Welche Stelle, *chérie*?«

»Tante Vivienne, ich komme übermorgen bei dir vorbei, ja? Dann reden wir noch mal in Ruhe.«

Ein plötzliches Schluchzen zerriss Isobel beinahe das Herz.

»Tante Vivienne? Weinst du?«, fragte sie erschrocken.

»*Mais non*«, sagte sie und schluchzte erneut.

»Ich weiß wirklich nicht, wie oft ich es dir in der letzten Zeit gesagt habe und wie ich es dir verständlich machen kann: Die Agentur muss jetzt leider ohne mich auskommen, schließlich bin ich nicht verheiratet und die Frist im Testament ist abgelaufen. Du hast es doch im Kalender markiert, weißt du das nicht mehr?« Die Worte sprudelten so schnell aus Isobel hinaus, wie ihr Herz schlug. Sie hätte doch noch einmal in Ruhe mit Tante Vivienne reden sollen, aber sie hatte ihr ja nie richtig zugehört!

Auf der anderen Seite der Verbindung war es still.

»Tante Vivienne? Bist du noch da? Hallo?« Isobel klammerte sich an ihr Handy und lauschte auf das leiseste Geräusch.

»Ja«, sagte Tante Vivienne schließlich und räusperte sich. »Aus irgendeinem Grund bin ich noch da.«

»Wie meinst du das?« Isobel war sich nicht sicher, ob es eine neue Masche war, um sie zu erpressen, wie auch immer das funktionieren sollte. Aber vielleicht ging es ihrer Tante wirklich nicht gut?

»Ach, hör nicht auf mich. Es wird schon irgendwie klappen. Mach dir einen schönen Abend, Liebes.«

Noch bevor Isobel antworten konnte, hatte Tante Vivienne aufgelegt.

»Verdammt«, sagte Isobel einen Tick zu laut und starrte auf ihr Display. Sie wählte die Nummer der Agentur. Wenn sie Glück hatte, war Monique noch dort. Vielleicht wusste sie mehr.

Der Freiton tutete in Isobels Ohr und sie zählte leise mit, um sich zu beruhigen.

»Diamond Love. Wenn Sie die eine Liebe suchen, die ihrem Leben wieder ein Funkeln verleihen kann, sind Sie bei uns richtig. Was kann ich für Sie tun?«, spulte Monique den einstudierten Satz herunter.

»Monique? Hier ist Isobel. Wie geht es?«

»Oh. Gut, vielen Dank. Wie geht es Ihnen?«

»War meine Tante in letzter Zeit in der Agentur?«, fragte Isobel. »Ich habe gerade mit ihr telefoniert, und ich mache mir Sorgen um sie. Verhält sie sich irgendwie ungewöhnlich?«

»Wenn Sie meinen, dass sie Tag für Tag hierher kommt und den neuen Geschäftsführer nervt, dann ja.« Monique sprach auf einmal leiser.

»Der neue Geschäftsführer? Ist er da? Können wir vielleicht später noch mal telefonieren? Oje, ich sollte wohl einfach direkt zurückkommen und mit Tante Vivienne sprechen. Sie klang verzweifelt.«

»Nein, keine Sorge. Ich glaube, verzweifelt ist wirklich das falsche Wort. Ich würde eher sagen, sie ist fest entschlossen.« Monique klang, als würde sie lächeln.

»Der neue Geschäftsführer, ist er gut?«, fragte Isobel und spürte, wie ihre Beine nachgaben. Sie landete auf der äußeren Kante der Parkbank und musste sich mit der freien Hand festklammern, um nicht abzurutschen und auf die Wiese zu fallen.

»Da fragen Sie besser unsere Kundinnen«, flüsterte Monique.

»Flirtet er mit ihnen? Er sucht doch nicht etwa selbst?« In Isobels Kopf spulte sich ein skandalöser Kurzfilm nach dem anderen ab, wobei der neue Geschäftsführer gesichtslos blieb. Sie wusste immer noch nicht, wer er war. »Antworten Sie nicht«, schob Isobel schnell nach. »Ich möchte nicht, dass Sie wegen mir Ärger bekommen. Können wir uns vielleicht treffen? Ich bin morgen Nachmittag wieder in Antibes. Vielleicht um sechs Uhr im Le Café Jardin, kennen Sie das?«

Bald würde das Café Isobels Stammadresse für alle möglichen Treffen sein. Ihr wurde ganz warm im Bauch, als sie sich an das erste Mal erinnerte, als sie in dem Restaurant gegessen hatte. Mit Jean-Luc. Tränen stiegen ihr in die Augen und sie wusste gar nicht so recht, wieso. Schließlich waren sie noch immer ein Paar. Auf einmal erinnerte sie sich genauso plastisch und detailliert an Jean-Lucs Stimme und seine Worte, als sie ihm von der Stelle in Paris erzählt hatte. Sie schluckte ihre Tränen hinunter. Es konnte ja nicht sein, dass sie über etwas weinte, das überhaupt nicht passiert war. Zwischen ihr und Jean-Luc war alles in Ordnung. Sie schickte ihm eine SMS, ob sie sich am nächsten Abend treffen könnten.

Ja, bei mir?, schrieb er zurück. *Acht Uhr?*

Isobel bejahte, ging zurück zu ihrem Hotel und versuchte, sich mit ihrem mitgebrachten Buch von den Gedanken an ihre Tante abzulenken.

* * *

Jean-Luc

Jean-Luc legte das Handy zur Seite. Nein, er würde sich nicht wegen einer Kleinigkeit trennen. Er wollte mit Isobel noch viele glückliche Jahre verbringen, und heute Abend würde er sie überzeugen, dass sie sich hier einen Job suchen sollte. Oder sie würden pendeln. Sie konnte am Wochenende zu ihm kommen, das schafften immerhin auch andere Paare über eine lange Zeit.

Und andere nicht. Sein Blick fiel auf die Prospekte der Häuser, die er im Moment verkaufte. Wie viele Besitzer dieser Häuser mochten getrennt sein? Aufgrund von Fernbeziehungen?

Das Telefon klingelte. Ohne auf die Nummer zu sehen, nahm Jean-Luc das Gespräch an.

»Monsieur Chevalier?«, fragte eine Frauenstimme, die ihm vage bekannt vorkam.

»Ja?«

»Sie müssen dafür sorgen, dass Isobel diesen Job in Paris nicht annimmt. Wir brauchen sie hier! Sie muss Diamond Love leiten. Die Testamentsfrist ist ja nun abgelaufen, und mit ihrer Kündigung wäre es kein Weiterführen des Postens, sondern eine Neubewerbung. Oder Sie machen ihr einfach einen Antrag, das halte ich ohnehin für das Beste. Sie sind doch so ein schönes Paar, das können Sie nicht abstreiten.«

Jean-Luc schwieg eine Weile, er war sich fast sicher, wer am anderen Ende der Leitung war. Es war diese merkwürdige Tante von Isobel. Er erinnerte sich nicht an ihren Namen, falls er ihn überhaupt je gekannt hatte.

»Monsieur Chevalier?«, fragte die Stimme ungehalten.

»*Oui.* Ich gebe mein Bestes.« Er seufzte. Wenn er sich richtig erinnerte, war es ohnehin sinnlos, dieser Frau Widerworte zu geben. Sie hörte sie einfach nicht.

»Machen Sie ihr einen Antrag, dann haben wir alle Probleme auf einen Schlag gelöst. Guten Tag, Monsieur.«

Sie hatte aufgelegt. Jean-Luc löste langsam das Telefon von seinem Ohr, beendete das Gespräch ebenfalls und sah auf die verwelkte Rose in der Vase. Das Wasser war längst verdunstet und die Rose so trocken geworden, dass ihre samtigen Blütenblätter vermutlich bei der kleinsten Berührung zerfallen würden.

Isobel noch einen Antrag machen? Nein, er wollte sie nicht drängen. Sie sollte entscheiden. Und er wollte sehen, ob sie sich von alleine für ihn entscheiden würde.

* * *

Kapitel 24

Jean-Luc

Eine merkwürdige Stimmung herrschte am Abend, als Isobel endlich da war. Sie aßen gemeinsam den Fisch, den Jean-Luc gegrillt hatte, aber von ihrem Dessert ließ Isobel die Hälfte stehen. Da legte auch Jean-Luc seinen Löffel hin.

»Was ist mit dir? Lief das Gespräch nicht gut?«

Insgeheim hoffte er natürlich auf ein Ja, aber dann ärgerte er sich über seinen Egoismus. Vielleicht hing Isobels Herz ja an diesem Job, und hinzu kam, dass sie wirklich einen neuen brauchte. Allzu lange konnte man nicht von seinem Ersparten leben, zumindest nicht angenehm. Sie könnte bei ihm einziehen, aber er wagte nicht, es vorzuschlagen.

»Doch, ich weiß nicht. Es ist meine Tante«, gestand Isobel. »Ich habe mich vorhin mit Monique getroffen, meiner früheren Sekretärin. Sie erzählte, dass Tante Vivienne jeden Tag in die Agentur kommt und den neuen Geschäftsführer belagert. Sie gibt ihm Ratschläge, kritisiert seine Arbeit, fragt ihn über seine Ehe aus und erzählt Anekdoten aus ihrer eigenen Ehe. Erfundene, wohlgemerkt. Zumindest kann ich mir nicht vorstellen, dass Onkel Bernard so etwas gemacht haben soll.« Isobels Wangen wurden rot.

»Und als wir neulich telefoniert haben, hat Tante Vivienne

am Hörer geweint. Sie will nicht, dass die Agentur in fremde Hände fällt.«

»Vielleicht hat sie ja recht«, meinte Jean-Luc. Er witterte seine Chance.

»Womit?«, fragte Isobel und schien auf einmal auf der Hut.

»Dass das Geschäft in der Familie bleiben sollte. Es ist schließlich schon immer so gewesen. Und in Frauenhand.« Dass Isobels Tante auch ihn angerufen hatte, verriet er nicht.

»Wer soll das denn machen? Tante Vivienne ist schon über sechzig. Sie arbeitet außerdem seit dreißig Jahren nicht mehr, seit sie mit meinem Onkel verheiratet war.«

»Du?«, fragte Jean-Luc.

»Ich bin erstens immer noch nicht verheiratet, zweitens ist der Posten besetzt und drittens habe ich auch meinen Stolz und komme jetzt nicht zurückgekrochen.«

»Manchmal muss man seinen Stolz überwinden, um glücklich zu sein.« Jean-Luc zuckte innerlich zusammen über diese Worte. Früher hatte er sie selbst zu hören bekommen, aber er hielt genauso wenig davon wie Isobel, die jetzt schnaubend ausatmete und nach ihrem Weinglas griff, um einen großen Schluck zu nehmen.

»Ich weiß ja noch gar nicht, ob ich die Stelle in Paris überhaupt bekomme«, wich sie Jean-Lucs Vorschlag aus. »Vorher kann ich sowieso nichts entscheiden.«

»Geh nicht, Isobel«, sagte Jean-Luc plötzlich und griff nach ihrer freien Hand. »Bleib bei mir.«

Als er ihren Gesichtsausdruck sah, wusste er, dass er das Falsche gesagt hatte.

»Warten wir einfach ab«, sagte Isobel und entzog ihm ihre Hand, um ihre Serviette ordentlich zu falten. »Was soll ich deiner Meinung nach tun? Bei dir einziehen und gar nicht arbeiten, bloß weil ich hier nichts finde?« Ihre Stimme klang ungewohnt kühl.

»Was wäre daran so schlimm? Du musst ja nicht auf einen

Job verzichten, such einfach noch etwas länger.« Auch Jean-Luc konnte die Schärfe aus seiner Stimme nicht heraushalten. Sie war so stur und wollte diese Möglichkeit, hier bei ihm zu bleiben, offenbar überhaupt nicht in Betracht ziehen.

»In ein paar Wochen melden sie sich. Bis dahin suche ich weiter nach Stellen hier in der Nähe«, sagte Isobel und verschränkte die Arme vor der Brust.

»Du willst das nicht, oder? Du willst nicht in meiner Nähe sein?« Jean-Luc hätte sich am liebsten die Zunge abgebissen.

»Im Moment würde ich tatsächlich ganz gerne nach Hause fahren. Ich bin müde.«

Isobel stand auf, ging zur Tür und warf noch ein »Gute Nacht« in den Raum, ohne sich umzudrehen. Dann hörte Jean-Luc die Haustür leise ins Schloss fallen.

Was war soeben passiert? Er hatte Isobel doch zu verstehen geben wollen, dass er ihr helfen würde. Dass sie bei ihm wohnen konnte, wenn die Suche länger dauerte. Dass er sie hier haben wollte. Das Telefon klingelte erneut. Vielleicht war das Isobel, um sich zu entschuldigen?

Nein. Es war Benoît.

»*Salut*«, sagte Jean-Luc müde und versuchte, sich zusammenzureißen.

»*Salut*! Wobei habe ich dich denn gestört? Schläfst du noch? Oder ist Isobel bei dir?« Benoît hatte unverschämt gute Laune.

»Ich habe nur zu viel gegessen«, sagte Jean-Luc und sah auf sein Dessertschälchen, welches ebenfalls noch halb voll war. »Was gibt's?«

»Wir fliegen morgen in die Flitterwochen, Marie-Claire und ich, und ich wollte mich nur verabschieden für drei Wochen.«

»Drei Wochen? Ich dachte, ihr wart schon?«

Benoît lachte. »Es war so schön, wir dachten, wir verreisen einfach noch einmal.«

Jean-Luc pfiff anerkennend und war mit den Gedanken doch bei Isobel. »Das wird sicher toll, wohin geht die Reise?«

Benoît erzählte eine Weile von einem Haus auf einer Insel, der Hochzeitsnacht und ihrer ersten gemeinsamen Zeit als Ehepaar und danach von irgendeinem Land mit Palmen und endlosen Sandstränden. Jean-Luc bekam nur die Hälfte mit. Als sie auflegten, wusste er nicht einmal, wo genau Benoît und Marie-Claire hinflogen. Er konnte nur daran denken, dass er noch nie mit Isobel Urlaub gemacht hatte. Sie hatte es ihm vorgeschlagen, aber gebucht hatten sie nichts. Dieses dämliche Jobangebot in Paris war dazwischengekommen. Eigentlich hätte er die Reise heute ansprechen können, aber Isobel hatte nicht so gewirkt, als wolle sie mit ihm in die Ferien fahren.

Er beschloss sie trotzdem anzurufen. Es war keine gute Idee, die Dinge so stehenzulassen. Es war eine Stunde her, seitdem Isobel gegangen war, genug Zeit, um sich zu beruhigen, oder nicht? Also wählte er ihre Nummer.

Isobel nahm erst nach dem siebten Klingeln ab. »Jean-Luc?«, fragte sie atemlos.

»Höchstpersönlich, störe ich?« Er fand selbst, dass ihm dieser aufgesetzte, fröhliche Ton überhaupt nicht stand.

»Ich war nur eine Runde laufen, bin eben erst zur Tür reingekommen«, sagte sie, und Jean-Luc hörte, wie sie sich etwas zum Trinken eingoss.

»Was hältst du von Korsika?«, fragte er. »Oder lieber etwas Exotisches wie Island?«

»Korsika?«, fragte Isobel.

»Unser Urlaub, wir wollten doch zusammen wegfahren. Ich habe schon im Büro gefragt. Francine könnte die Besichtigungen eine Weile alleine übernehmen. Was hältst du von zwei Wochen?«

»Oh«, sagte Isobel und schwieg einen Moment. Jean-Luc wurde allmählich nervös. »Ich … ich würde momentan lieber nicht wegfahren, Schatz. Wäre das schlimm, wenn wir es verschieben? Sobald ich weiß, was mit dem Job in Paris ist …«

»Paris, ja? Soll das jetzt das Zentrum deines Lebens werden?

Richtest du alles nach Paris aus, bevor du überhaupt weißt, ob das mit dem Job etwas wird?«, fragte er.

»Jean-Luc …«

»Nein«, unterbrach er sie unwirsch. »Melde dich, wenn du bereit bist, wieder Zeit mit mir zu verbringen.«

Er knallte wütend den Hörer auf, ging mit großen Schritten ins Bad, holte sich zwei Handtücher, zog seine Badehose an, eine Jeans und ein Sweatshirt darüber und fuhr zum Strand. Nicht zu dem Strand, an dem er sich mit Isobel getroffen hatte, wohlgemerkt. Warum tat es ihm bloß so weh, dass Isobel etwas Zeit brauchte? Im Prinzip konnte er nachvollziehen, dass sie Gewissheit haben wollte. Aber er sah es genau vor sich. Isobel würde den Job bekommen, sie würde ihre Wohnung kündigen, nach Paris ziehen und anfangs vielleicht noch jedes Wochenende zu ihm an die Küste fahren oder ihn nach Paris einladen. Doch dann würde sie vielleicht mehr arbeiten müssen oder keine Lust mehr auf den langen Weg haben. Weiter wollte er nicht denken. Er schwamm so weit raus wie noch nie. Das Wasser war schon deutlich abgekühlt und seine Wut verrauchte allmählich.

Das salzige Wasser schwappte ihm in die Augen, bis sie brannten, und seine Arme und Beine glühten vor Anstrengung. Weit weg vom Strand legte er sich auf den Rücken, streckte Arme und Beine aus und starrte durch einen Salzschleier in den Himmel. Es wurde bereits dunkel, stellte er teilnahmslos fest. Deswegen war so gut wie niemand mehr am Strand gewesen. Nicht einmal Spaziergänger, denn die Jahreszeit, wo man sich am Strand sonnen konnte war eindeutig vorbei. Vielleicht konnte er einfach hier bleiben, weit weg von allem.

Es dauerte allerdings nicht lange, da wurde ihm allmählich kalt. Langsam schwamm er zurück zur Küste.

Kapitel 25

Isobel

Isobel presste noch immer den Hörer ans Ohr, obwohl Madame Blanche schon vor einer Weile aufgelegt hatte. Wie versteinert stand sie da und wusste nicht, ob sie in lauten Jubel ausbrechen, durchs Zimmer tanzen oder Jean-Luc anrufen sollte. Der letzte Gedanke versetzte ihr beinahe einen Schlag in die Magengrube. Sie musste es ihm sagen, und er hatte schon neulich so beleidigt reagiert. Als ob er sich überhaupt nicht für sie freute. Dabei würde das Leben für Isobel endlich weitergehen. Sie würde in eine neue Stadt ziehen, einen wirklich tollen Job in einem umwerfenden Haus haben und Paris kennenlernen. Neue Ufer.

Endlich legte sie den Hörer auf die Gabel, ging in die Küche, schaltete im Vorbeigehen den CD-Player an und goss sich eine Tasse Pfefferminztee ein. Sie tanzte ein wenig mit ihrer Tasse, dann ging sie zum Telefon und wählte die Nummer von Sophie.

»Hallo?«

»*Salut*! Du glaubst nicht, wer eben angerufen hat!«

»Hmm. Vielleicht der Weihnachtsmann?«, neckte sie Sophie.

»Madame Blanche.«

»Nein! Du hast den Job?« Sophie quietschte in den Hörer.

»Ja! Ich fange in einem Monat an. Vorher muss ich noch ganz

viel erledigen, meine Wohnung kündigen und eine Wohnung in Paris finden. Bis ich sie habe, kann ich tatsächlich in der Agentur unterkommen, sie haben unterm Dach einige Zimmer für Notfälle. Kannst du dir das vorstellen? Du musst mich unbedingt besuchen, das Haus ist der Hammer. Ich habe tatsächlich noch nie so ein schönes Gebäude gesehen.«

»Jetzt übertreibst du aber! Ich freue mich für dich. Das ist so toll. Auch wenn du natürlich nicht mehr so oft hier sein wirst … Ach was, dann komme ich dich in Paris besuchen. Das ist doch klasse, und wenn dir nach Meer zumute ist, kommt du wieder an die Küste. Was sagt Jean-Luc dazu, wollt ihr euch abwechselnd besuchen?«

»Er weiß noch nichts von der Zusage«, gestand Isobel und berichtete Sophie von ihrem Gespräch mit Jean-Luc, als sie ihm von der Stelle erzählt hatte. »Vermutlich wird er sauer sein.«

»Er soll sich für dich freuen, was ist denn das für ein Zustand – keinen Job und Geldsorgen? Das kann er ja nun auch nicht wollen.«

»Na, so schlimm war es noch nicht. Aber vielleicht hast du recht.«

Isobel schwärmte noch ein bisschen von ihrer neuen Arbeitsstelle, und Sophie erzählte von den Möbeln, die sie für ihr Haus gekauft hatte. Sie redeten noch über dies und das, aber schließlich musste Sophie auflegen, weil Zeit für das Abendessen war. Isobel sah auf die Uhr. Sollte sie Jean-Luc überraschen? Sie ging zu einem kleinen Café an der Ecke, kaufte eine Auswahl an Pastetchen, Quiches und Baguette und vertraute darauf, dass Jean-Luc etwas Salat oder Obst zu Hause haben würde. Sonst würden sie einfach noch mal losfahren. Jetzt hatte sie es eilig.

Die ganze Küstenstraße hinauf sang Isobel laut die Lieder im Radio mit. Als sie angekommen war, sprang sie aus dem Wagen, nahm ihre Einkäufe mit und rannte über den Kies zur Haustür. Sie klingelte nur zweimal, obwohl sie es vor Aufregung kaum aushielt. Sie hatte einen neuen Job! Und zwar nicht irgendeinen, sondern einen absoluten Traumjob! Sie wusste, dass er zu ihr passen würde, wie für sie gemacht. Und dann auch noch in diesem grandiosen Gebäude. Ihr eigenes Büro hatte sie zwar noch nicht gesehen, aber sie konnte sich nicht vorstellen, dass es ihr nicht gefallen würde.

Nach kurzer Zeit wurde die Tür geöffnet. Isobel stellte schnell ihre Tüte und ihre Tasche ab und küsste Jean-Luc auf beide Wangen und auf den Mund. Am liebsten hätte sie es ihm sofort gesagt, aber sie wollte auf den richtigen Moment warten.

»Oh, schön dich zu sehen«, sagte Jean-Luc und lächelte genau das Lächeln, das er bei ihrer ersten Begegnung auf den Lippen gehabt hatte. Natürlich hatte sich Isobel umsonst Sorgen gemacht, er würde sich für sie freuen.

»Ich hab uns was mitgebracht, hast du schon Hunger?«, fragte Isobel. Sie gingen in die Küche, legten Teller, Besteck und Getränke bereit. Jean-Luc holte eine Schüssel mit Kirschtomaten und einen Teller mit duftenden Honigmelonenscheiben.

»Ich wollte mich auch gerade ins Wohnzimmer setzen und dich anrufen. Es tut mir leid, dass ich vorhin einfach aufgelegt habe. Ich war sauer, weißt du. Jetzt geht es wieder«, entschuldigte er sich.

Sie setzten sich an den Esstisch, Jean-Luc zündete Kerzen an und sah Isobel einen Moment an, bevor er anfing zu essen. Gerade als Jean-Luc den ersten Bissen seiner Miniquiche Lorraine genommen hatte, platzte es einfach aus Isobel heraus.

»Stell dir vor, ich habe den Job bekommen! In einem absoluten Traumunternehmen, ein Job wie für mich gemacht! Und er ist auch noch gut bezahlt. Du musst unbedingt sehen, wo ich dann arbeiten werde!« Sie hielt inne, als sie sah, wie sein Gesicht starr wurde.

Er schluckte sein Essen hinunter und sah auf seinen Teller. »In Paris?«, fragte er.

»Ja, aber so weit ist das nicht, und du hast ja auch deine Arbeit. Wir sehen uns jedes Wochenende, und vielleicht können wir irgendwann auf halbem Weg eine gemeinsame Wohnung finden? Oder du ziehst mit nach Paris?«

Jean-Luc schob seinen Stuhl ein Stück zurück und ließ seine Serviette achtlos auf den Teller fallen. »Wie stellst du dir das vor?« Er funkelte sie an.

Isobel fühlte sich, als hätte man sie in eiskaltes Wasser geworfen. In einen tiefen See. Die Kälte lähmte sie, und sie drohte unterzugehen. »Es gibt doch viele Paare, die eine Fernbeziehung führen. Das hat auch Vorteile und hält die Liebe länger frisch, habe ich gehört.« Sie schluckte. In Jean-Lucs Gesicht schien sich ein wahrhaftiges Gewitter zusammenzubrauen.

»Das kann nicht dein Ernst sein«, sagte er. »Warum hast du nicht hier nach einer Stelle gesucht? In Cannes, in Marseille, alles wäre besser als Paris!«

»Na, hör mal. Was ist denn so schlimm an Paris? Es ist eine wunderschöne Stadt, zumindest die Ecke, die ich kenne, und es ist mal etwas Neues. Außerdem ist es eine einzigartige Chance. Ich habe doch hier gesucht und nichts gefunden. Die zwei Gespräche, bei denen ich war, haben ja nichts gebracht. Dort wollte man mich nicht.«

»Paris, ausgerechnet. Warum nicht gleich die Normandie?« Jetzt schrie Jean-Luc beinahe.

»Warum kannst du dich denn nicht für mich freuen? Vor ein paar Tagen hatte ich Angst, dass ich mir nächsten Monat nicht mehr genug zu essen kaufen und nie mehr in den Urlaub fahren kann. Das ist jetzt vorbei. Ich habe mich schlecht gefühlt deswegen, unzulänglich, kannst du dir das vorstellen? Jeden Tag laufe ich an Diamond Love vorbei und weiß, dass ich dort nie wieder arbeiten kann. Meinst du, das ist einfach?«

»Du suchst gerade mal ein paar Monate! Hab ein wenig Geduld. Zur Not hätte ich dir doch Geld leihen können, oder du wärst zu mir gezogen. Es gibt für alles eine Lösung.«

»Ja, du sagst es.« Isobel versuchte mühsam, ihre Stimme unter Kontrolle zu behalten. »Dann wird es wohl auch eine Lösung dafür geben, dass ich zukünftig in Paris arbeiten werde. In vier Wochen fange ich an.«

Auf Jean-Lucs Vorschlag mit dem Zusammenziehen ging sie nicht ein. Sie wollte selbst für sich sorgen können und nicht aus Not heraus mit ihm zusammenziehen. Im Moment hatte sie das Gefühl, ihn nicht mehr richtig zu kennen, noch nie war er so wütend geworden. Und das, wo er sich eigentlich für sie freuen sollte.

»Du gibst dem Ganzen ja überhaupt keine Chance!« Isobel spürte, wie ihr die Tränen kamen, und sie schloss für einen Moment die Augen.

»Ich weiß, wie so etwas endet. Noch bevor das Jahr vorbei ist, werden wir uns auseinandergelebt haben. Du wirst immer seltener hierher kommen, und dann war's das.«

»Du kannst doch auch zu mir kommen. Wir wechseln uns ab.« Das war doch jetzt nicht sein Ernst, oder? Wie konnte man denn nur so negativ sein?

»Abwechseln, ja? Wo wohnst du denn dort? In einer Wohnung, die groß genug ist für uns beide? Hast du überhaupt schon eine Wohnung gefunden?«

»Ich wohne die erste Zeit in der Agentur. Es gibt Gästezimmer, und dann suche ich mir dort etwas. Ich fange morgen damit an.«

»Bis Silvester sind wir getrennt, ich sage es dir!«

»Warum so lange warten?«, schrie Isobel auf einmal. »Wenn wir sowieso nur noch ein paar Monate haben, können wir es auch jetzt beenden.« Ihr letzter Satz schnürte ihr die Kehle zu.

»Du hast recht.« Mehr sagte Jean-Luc nicht. Er stand einfach auf und ging ins Haus.

Isobel stand so schnell auf, dass der Stuhl über den Dielenboden schabte. Sie rannte zum Sofa, wo sie ihre Handtasche abgelegt hatte, blind vor Tränen. Sie musste hier raus! Und sie wollte Jean-Luc nicht mehr begegnen. Was für ein Esel er war! Wie kindisch.

Sie rannte durch den Flur, riss die Tür auf und stieg in ihr Auto. Wieder einmal verließ sie unter Tränen Jean-Lucs Anwesen und fuhr einfach geradeaus.

Dieses Mal nicht zur Küste, sondern in die andere Richtung. Nach einigen Minuten kam sie an einem Pinienwäldchen vorbei und hielt an. Sie schleppte sich aus dem Auto und lief eine Weile im Schatten der Bäume über den sandigen Boden. Erschöpft ließ sie sich mit dem Rücken gegen eine riesige Pinie sinken. Sie spürte die raue Rinde sogar durch ihre Jacke und schloss die Augen.

Der Wind spielte mit den Ästen und blies die Strähnen aus ihrem Gesicht, die sich aus ihrer Frisur gelöst hatten. Beinahe wie ein liebevoller Mann. Neue Tränen liefen über Isobels Wangen, und sie wunderte sich, wo all diese Tränen herkommen mochten. Innerlich fühlte sie sich so leer wie lange nicht. Es war vorbei.

* * *

Jean-Luc

Er konnte es einfach nicht glauben. Zuerst hatte sie sich einfach so hinter seinem Rücken auf diesen dämlichen Job in Paris beworben. Und obwohl er letztes Mal schon seine Bedenken geäußert hatte, hatte sie ihn dann einfach angenommen und ihre Beziehung aufs Spiel gesetzt. Wie konnte sie so egoistisch sein? Ja, vor ein paar Tagen hatte er gedacht, eine Fernbeziehung würde klappen, aber da hatte sie noch nicht zugesagt.

Er wusste nicht, was er denken sollte. Wütend pfefferte er das Spültuch in die Ecke und ging schwimmen. Ganz leicht meldeten sich Zweifel bei ihm, dass er überreagiert hatte. Dass er sich für Isobel hätte freuen sollen. Immerhin brauchte sie einen Job. Sie wäre ohne nicht glücklich gewesen, das wusste er, und ihm würde es ebenso gehen.

Mit jedem Schwimmzug kamen ihm mehr Zweifel. Vielleicht war Isobel gar nicht diejenige, die egoistisch war, sondern er.

Als er erschöpft am Strand ankam, begann es leicht zu regnen und Jean-Luc fühlte er sich einfach nur leer. Er konnte es einfach nicht. Er war für eine längere Beziehung einfach nicht gemacht, das war alles. Er schaffte es nicht, eine Frau zu halten, sie glücklich zu machen, damit sie blieb. All die Jahre hatte er es genau richtig gemacht. Keine ernsthafte Beziehung. Das machte das Leben sehr viel einfacher. Paris. Warum nicht gleich ein anderes Land? Aber das Schlimmste war, dass sie es ihm vorher nicht erzählt hatte. Er war völlig unvorbereitet gewesen, als sie von dem Bewerbungsgespräch berichtet hatte.

Er sollte sich einfach damit abfinden, dass er nie heiraten würde. Er würde einfach so weitermachen wie bisher. Vor Isobel. Da hatte es keine Frau geschafft, sein Herz zu brechen.

Kapitel 26

Isobel

Vier Wochen, viele zu erledigende Dinge und die Aufregung vor dem Neuen hatten Isobels Wut und Trauer ein wenig verdrängt. Sie wollte nach vorn schauen, und das konnte sie wohl am besten in ihrem neuen, wenn auch vorübergehenden, Apartment in Paris. Sie sah aus dem Fenster. Der Himmel wurde an den Rändern langsam heller, und die Aussicht auf die vielen Lichter der Stadt war atemberaubend. Hinter dem Park konnte Isobel den Eiffelturm erkennen, die Seine und unzählige Silhouetten von Häusern mit erleuchteten Fenstern. Zwischen den Baumkronen, die zu der Allee gehörte, in der sie nun wohnte, leuchteten die Straßenlaternen wie kleine Sterne. Isobels neue Heimat.

Das kleine Zimmer hier oben über den Dächern der Stadt war wirklich wunderschön. Ein paar Möbel hatte sie vorübergehend bei Tante Vivienne untergestellt.

Es war noch früh. Isobel setzte sich an ihren kleinen Sekretär und studierte im Lampenschein die Wohnungsannoncen in der Zeitung, die sie am Vorabend gekauft hatte. Sie umkringelte drei Anzeigen und beschloss, in der Mittagspause dort anzurufen. Vorher brauchte sie einen Kaffee. Sie schlüpfte in ihre hochhackigen Schuhe, nahm ihre Handtasche und verließ ihr kleines Reich.

Mademoiselle Rouge hatte sie am Vorabend noch kennengelernt und auch eine weitere neue Kollegin, Colette. Als Isobel die kleine Gästeküche betrat, saß Colette mit geschlossenen Augen am Tisch, vor sich einen Teller voller Croissantkrümel und eine Tasse dampfenden Kaffee in den Händen.

»Guten Morgen«, sagte Isobel, um Colette nicht zu erschrecken.

Colette lächelte und schlug die Augen auf. »Guten Morgen, Isobel. Heute ist der große Tag, *non*? Möchtest du auch ein Croissant, ich habe noch eins übrig.«

»Oh, vielen Dank! Ja, heute ist der große Tag. Wie war er bei dir?« Colette arbeitete auch erst seit ein paar Wochen hier und schien zufrieden und absolut glücklich mit ihrer Entscheidung, hier anzufangen.

»Es ist haargenau, wie ich es mir vorgestellt habe«, erzählte Colette und nahm einen Schluck Kaffee.

Isobel stellte auch für sich eine Tasse in den Kaffeeautomaten und drückte auf Cappuccino. Eine duftende Milch-Kaffee-Mischung füllte ihre Tasse. Sie deckte ihre Seite des Tisches mit ihrer mitgebrachten Erdbeermarmelade, einem Teller, Besteck und ihrem Kaffee und setzte sich zu Colette, die noch immer von ihrem ersten Tag erzählte. Isobel verbarg ihr Lächeln hinter ihrer Kaffeetasse, als Colette wirklich fast jede Sekunde dieses ersten Tages schilderte. Es war vielleicht nicht so spannend für ihre Zuhörerin, aber in Colettes Stimme lag so ein Schwärmen, dass es Isobel trotzdem Spaß machte.

Der sprichwörtliche Zauber von Paris steckte in diesem Gebäude beinahe in jeder Ecke, besonders oben unter dem Dach, wo Isobel wohnte. Die Räume waren so charmant eingerichtet, dass sich Isobel sofort wohlfühlte. Sie frühstückte gemeinsam mit Colette, und sie erzählten sich von ihren früheren Wohnorten und ihren früheren Jobs. Und auch wenn Colette den Hang hatte, sehr ausschweifend und etwas umständlich zu erzählen, mochte Isobel sie auf Anhieb. Sie gingen gemeinsam nach unten, und Colette zeigte Isobel, wo die Montagmorgenversammlung stattfand. Die beiden setzten sich ans Fenster, und Colette erzählte von dem Buch, das sie gerade las, als Mademoiselle Rouge und Madame Blanche eintraten und kurz darauf etwa dreißig weitere Frauen, von denen Isobel einige bei ihrer kurzen Führung am Tag des Vorstellungsgesprächs bereits gesehen hatte.

Mademoiselle Rouge ergriff das Wort. »Guten Morgen, ihr Lieben. Wieder einmal der Beginn einer wunderbaren Woche, in der wir viele Frauen glücklich machen werden. Zuerst aber möchte ich euch Isobel Rain vorstellen, unseren neusten Zuwachs.«

Isobel stand auf und sah aufgeregt in die Runde. Die meisten Gesichter blickten sie freundlich an, ein paar waren darunter, die eher gelangweilt aussahen, und zwei Frauen musterten sie unverhohlen von unten bis oben.

»Guten Morgen, ich freue mich, dabei zu sein«, sagte Isobel und war froh, dass ihre Stimme so fest klang. Ein wenig flatterig war es in ihrem Magen schon. Madame Blanche gab ihr mit einer Handbewegung zu verstehen, dass sie sich wieder setzen könne, und ging dann zur üblichen Routine über. Sie stellte die Vermittlungserfolge der letzten Woche vor und wünschte allen einen erfolgreichen, sonnigen Tag. Mademoiselle Rouge schloss sich ihr an, und schon strömten die Frauen eine nach der anderen aus dem Raum.

Isobel und Colette warteten, bis der Raum sich weitestgehend geleert hatte, und auch Madame Blanche stand noch neben der Tür.

»Kommen Sie«, sagte sie. »Ich zeige Ihnen Ihr Büro. Gut, dass Sie sich schon angefreundet haben.« Sie nickte Colette zu. »Für die erste Zeit habe ich Sie in das Zwillingsbüro gesetzt, dann kann Isobel am besten lernen, wie wir hier arbeiten. Das wird sicher schnell gehen.« Sie lächelte Isobel aufmunternd zu.

Isobel richtete sich an ihrem neuen Schreibtisch ein. Colette erklärte ihr die wichtigsten Programme, sofern Isobel sie noch nicht kannte, und dann begannen beide zu arbeiten.

Um ein Uhr lehnte sich Isobel zurück und streckte ihre Arme über den Kopf. »Kommen denn gar keine Bewerberinnen her?«, fragte sie.

»Montags nicht«, erklärte Colette. »Dienstag, Donnerstag und Freitag haben wir Sprechstunden. Wie beim Arzt, nicht?« Sie lächelte und stand auf. »Mittagessen«, sagte sie mit einem erleichterten Seufzer. »Kommst du?«

Sie gingen in den Speisesaal, der Isobel ein bisschen an einen Ballsaal erinnerte, nur etwas gemütlicher, und stellten sich am Buffet an.

»Wow«, murmelte Isobel. »Gibt es immer so ein Essen hier?« Vor ihr waren mehrere lange Tische aufgestellt, zwei davon mit großen Schüsseln voller frischer Salate der verschiedensten Sorten bedeckt, danach kamen dampfende rechteckige Auflaufformen mit Pasta oder Kartoffeln und den Rest konnte sie von hier aus noch gar nicht erkennen. Irgendwo weiter hinten sah es aber verdächtig nach Desserts aus.

»Oh ja«, sagte eine Frau in der Schlange vor ihnen. »Es ist auch genauso köstlich, wie es aussieht. Man muss wirklich aufpassen, dass man nicht zu viel isst. Aber dafür haben wir ja auch nachher die Fitnessangebote. Ich bin übrigens Laure.« Sie hielt Isobel die Hand hin.

»Es gibt Fitnessangebote?«

»Ja, montags, mittwochs und freitags. Es gibt zwei Angebote an Kursen und einen großen Fitnessraum, natürlich auch das Schwimmbad. Hat man dir das gar nicht gezeigt? Ab vier Uhr kann man hingehen. Super, oder? Man kommt ja als Vollzeitkraft überhaupt nicht mehr zu so etwas, vor allem wenn man Familie hat. Man muss das natürlich nicht nutzen, kann auch einfach draußen spazieren gehen oder sich entspannen.«

Isobel hatte das Gefühl, dass Laure unauffällig ihren Ringfinger musterte und auf einmal fiel ihr Jean-Luc ein. Der Gedanke versetzte ihr einen Stich. Sie hatte geglaubt, dass sie mit ihm glücklich werden könnte, dass es mit ihnen etwas Ernstes war, etwas für lange Zeit. Aber dann hatte er auf diese großartige Chance so reagiert. Und jetzt war es vorbei. Es hatte keinen Sinn, noch einmal mit ihm darüber zu reden.

Sie würde ihn vergessen müssen. Er flippte bei jedem kleinen Hindernis aus, ohne mit ihr vernünftig darüber zu reden, und hatte ihrem neuen Leben ja noch nicht mal eine Chance gegeben.

Weder Laure noch Colette sprachen weiter, weil sie mittlerweile die Buffettische erreicht hatten und sich jede von ihnen den Teller mit lauter leckeren Dingen bestückte. Isobel wählte zwei Salate und legte sich noch etwas gegrillten Fisch obenauf. Sie schielte auf Laures Teller, der überquoll vor Pasta mit einer rosafarbenen Soße.

»Rote Bete. Köstlich, sag ich dir!« An den Rand hatte Laure einen Ring aus gegrillten Scampi gelegt, und in der anderen Hand hielt sie eine Schale mit Tomatensuppe. »Man sollte vielleicht lieber öfter gehen«, sagte Laure, »aber die Pause ist nicht so lang und ich gehe nach dem Essen gerne noch eine kurze Runde durch den Park. Gerade jetzt im Herbst fehlt mir sonst das Tageslicht sehr.«

Gemeinsam mit Colette und Laure suchte sich Isobel einen Vierertisch aus. Kurze Zeit später gesellte sich eine blonde Frau zu ihnen und besetzte den vierten Platz. Sie hatte eine üppige Figur, und sie sah einfach umwerfend aus.

»Wie schön, zwei neue Gesichter«, sagte sie fröhlich und lächelte Colette und Isobel nacheinander an. »Ich bin Maxime«, sagte sie und hielt ihnen beiden nacheinander die Hand hin.

Während des Essens sprachen sie über die leckersten Gerichte und den neuen Zumba-Kurs, der mittwochs stattfinden sollte. Isobel spitzte die Ohren. Auf die Sportstunde war sie wirklich gespannt. Sie hatte schon ewig keinen Sportkurs mehr gemacht, ging für gewöhnlich einfach eine Runde joggen oder schwamm im Meer. Sie freute sich sehr darauf und beglückwünschte sich erneut zu der Wahl, sich hier zu bewerben. Eine perfektere Arbeitsstelle konnte sie sich nicht vorstellen. Gut, es war erst der erste Tag, aber irgendwie hatte sie ein gutes Gefühl.

Abends lag Isobel im Bett, angenehm müde von einem Poweryoga-Kurs, den vielen neuen Eindrücken und einem ausgedehnten Abendspaziergang mit Colette durch den gesamten Park und am Ufer der Seine entlang. Es war eine wundervolle Gegend. Isobel fühlte sich einfach nur glücklich.

Plötzlich vibrierte ihr Handy laut auf dem Schreibtisch. Sie schielte hinüber und überlegte, ob sie noch einmal aufstehen sollte. Doch es war schon spät, vielleicht war es etwas Wichtiges. Vielleicht war es Jean-Luc. Ihr Herz klopfte schneller, und sie sprang auf und rannte zum Sekretär. Die Nummer, die ihr entgegenblinkte, gehörte allerdings Tante Vivienne. Hoffentlich wollte sie nur wissen, wie Isobels erster Tag gewesen war. Isobel drückte auf die Annahmetaste.

»Isobel, Liebes?«

»Ja, Tante Vivienne. Geht's dir gut?«

»Oh, phantastisch! Du wirst es nicht glauben. Ich war heute bei Diamond Love, um mit dem neuen vorübergehenden Geschäftsführer ein Pläuschchen zu halten, und da kam mir dieser Mann entgegen. Es war wie ein kleines Gewitter in meinem Herzen, mich hat förmlich der Blitz getroffen, und als er in meine Augen gesehen hat, habe ich die gleichen Blitze bei ihm gesehen. Stell dir das vor! Er heißt Jerôme, wie mein Lieblingsschauspieler, und er ist haargenau so wie der Held in dem Roman, den ich gerade lese. Umwerfend, das glaubt man kaum! Wir sind sofort einen Kaffee trinken gegangen, und stell dir vor, seine Frau ist am gleichen Tag gestorben wie mein Bernard! Wie ein Zeichen, oder nicht? Wir hatten gleich so viele gemeinsame Themen, und es war ein wundervoller Nachmittag.«

»Das hört sich toll an, Tante Vivienne.« Isobel freute sich

wirklich für ihre Tante, und es tat gut, sie so vergnügt zu hören. »Mein erster Tag hier war auch wunderbar.« Isobel erzählte von ihren neuen Kolleginnen, ihrem Büro und der Aussicht aus dem Fenster. »Du musst mich unbedingt einmal besuchen kommen. Und Jerôme kannst du natürlich mitbringen.«

»Ja, Liebes, das ist eine wunderbare Idee, ich werde es ihm morgen erzählen. Wir treffen uns schon zum Frühstück und fahren dann nach Nizza. Er will mir zeigen, wo er aufgewachsen ist. In Nizza! Wunderbar, oder? So eine schöne Stadt. Und er ist so charmant und witzig. Ein Traummann.«

Isobel lächelte. »Das hört sich toll an.« Sie hoffte, dass dieser neue Traummann nicht irgendwann seine Maske abstreifen würde, wie es manchmal war.

Sie verabschiedeten sich und wünschten sich eine gute Nacht. Isobel öffnete noch einmal das Fenster und hielt ihre Nase in die kühle Luft. Es roch schon ein ganz kleines Bisschen nach Winter. Sie versuchte, nicht an Jean-Luc zu denken. Nein, sie würde sich jetzt für Tante Vivienne freuen und weiter glücklich sein über ihren neuen, perfekten Job. Sie schloss leise das Fenster, zog die Gardinen wieder zu und ging zurück ins Bett.

* * *

Jean-Luc

»Na, was macht die Liebe?«, schallte Benoîts fröhliche Stimme an Jean-Lucs Ohr. Genau der Satz, den er nicht hatte hören wollen.

»*Ça va.* Und bei dir?« Die Untertreibung des Jahres. Nichts ging. Gar nichts. Jean-Luc musste sich jeden Tag aufs Neue ermahnen, nicht ständig an Isobel zu denken, an ihr Lächeln, ihre Stimme, ihre Blicke.

»Bei mir? Fabelhaft«, schwärmte Benoît. »Marie-Claire zu

heiraten, war eine gute Idee. Aber das wusstest du ja sowieso schon. Was ist? Kommst du uns besuchen?«

»Wann?« Jean-Luc konnte sich amüsantere Dinge vorstellen, als jetzt ein frisch verliebtes oder zumindest frisch verheiratetes Paar zu besuchen, aber Benoîts Gesellschaft war bestimmt gut für ihn. Er konnte ja nicht bis in den Winter einfach hier auf seiner Terrasse oder auf dem Sofa hocken, hin und wieder laufen gehen und zur Arbeit. Wenigstens gab es nach wie vor genauso viele Häuser, die aufgrund von Trennungen verkauft wurden. Er war also nicht der Einzige, der es nicht schaffte, eine Beziehung aufrechtzuerhalten.

Jean-Luc packte fürs Wochenende seine Tasche und flog nach Paris. Ausgerechnet. Aber die Stadt war so groß, da würde er wohl kaum Isobel begegnen.

»Ah! Jean-Luc! Du siehst wunderbar aus«, fand Marie-Claire, musterte ihn aber mit leichten Sorgenfalten auf der Stirn. »Hast du abgenommen?«

»Ich mache viel Sport«, sagte Jean-Luc und spürte umso deutlicher, wie locker seine Hosen geworden waren.

»So, ich muss los«, sagte Marie-Claire. »Es war schön, dich noch gesehen zu haben, habt eine gute Zeit.« Sie küsste Benoît ausgiebig, hauchte Jean-Luc zwei Küsschen auf die Wange und verschwand mit ihrem Wochenendgepäck im Treppenhaus.

Jean-Luc mochte Marie-Claire, aber er freute sich sehr auf zwei Tage nur mit seinem besten Freund Benoît.

»So, komm mit in die Küche, und dann erzählst du. *Ça va*, von wegen. Da ist doch etwas im Busch! Was ist mit Isobel?«

»Isobel lebt jetzt in Paris«, sagte Jean-Luc und ließ sich auf einen der beiden Holzstühle sinken.

»Hier bei uns? Sie pendelt also?«

»Nein. Sie hat Schluss gemacht.«

Benoît fixierte Jean-Luc und hielt ihm wortlos eine Flasche Bier hin. Dann lehnte er sich zurück und nahm einen großen

Schluck aus seiner eigenen Flasche. »So so.« Er nahm einen weiteren Schluck und stellte das Bier auf die Theke vor ihnen. »Erzähl.«

Jean-Luc wusste nicht, wo er anfangen sollte, weil er nicht wusste, ab welchem Moment es schiefgelaufen war. »Ja. Sie hat sich in Paris beworben, bei so einer riesigen Agentur für Arbeit, nur für Frauen, und sie hat es mir erst später erzählt. Dann hat sie den Job auch noch bekommen und war erst ganz euphorisch und meinte, wir könnten ja eine Fernbeziehung führen. Sie würde jedes zweite Wochenende zu mir kommen, und ich sollte die anderen Wochenenden zu ihr fliegen. Es sind neun Stunden Fahrt, da muss man also fliegen. Das geht ganz schön ins Geld auf die Dauer – und wie viel Zeit man unterwegs verbringt! Im Auto zum Flughafen, im Flugzeug, dann wieder im Auto. Die Warterei am Flughafen. Ein ganzer Tag geht dabei drauf oder eine Nacht. Sie hätte also über hundert Tage unserer Wochenenden verschenkt.« Jean-Luc sah sich das Etikett seiner Flasche an, las aber nicht, was darauf stand.

»Man könnte schon vorher einchecken, dann wartet man nicht lange am Flughafen«, schlug Benoît vor.

»Nein. Es ist vorbei. Und es ist besser so«, sagte Jean-Luc. Er versuchte immer noch, sich zu überzeugen.

»Wenn du meinst«, murmelte Benoît. »Dann gehen wir nachher in einen Club?«

Jean-Luc hatte keine Lust, alles in ihm sträubte sich dagegen. Aber vielleicht würde es ihn auf andere Gedanken bringen.

Kapitel 27

Isobel

Seitdem Tante Vivienne das Internet für sich entdeckt hatte und ein Smartphone besaß, schickte sie Isobel ständig Fotos. Isobel hatte Jerôme bereits in allen möglichen Posen gesehen. Mit einer Tasse Kaffee in der Hand, schwimmend im Meer, mit seinem Arm um Tante Vivienne und sogar beim Tanz auf einer mit tausenden von Kerzen geschmückten Terrasse bei Sonnenuntergang. Isobel musste lächeln, aber als ein Foto kam, auf dem Vivienne und Jerôme sich küssten, versetzte es ihr einen Stich. Genauso hatte auch Jean-Luc sie manchmal gehalten, und sie spürte seine warmen Hände beinahe wieder auf ihrer Taille und ihrer Schulter. Sie klickte das Foto weg und nahm einen Schluck von ihrem Kaffee.

»Denkst du an jemanden?«, fragte Colette und legte ihr eigenes Handy weg.

»Nein, nur an zu Hause«, log Isobel und wurde sich im gleichen Moment bewusst, dass es gar keine Lüge war. Jean-Luc hatte sich angefühlt wie ihr Zuhause. Aber das tat es ja immer am Anfang einer Beziehung, oder nicht? Isobel war sich nicht mehr sicher. Im Moment wusste sie überhaupt nichts. Die Liebe fühlte sich so fern an wie nie.

»Ich nicht«, sagte Colette fröhlich und wies mit einer ausschweifenden Handbewegung auf den Platz vor ihnen. »Hier ist es so schön, ich möchte nirgendwo sonst sein.«

»Ja, du hast recht.« Isobel rang sich ein Lächeln ab und versuchte, nicht zu den Pärchen zu schauen, die sie auf einmal überall entdeckte. So viele Menschen waren glücklich verliebt oder zumindest verliebt.

»Hast du schon gehört, dass Blanche & Rouge expandieren wollen?«, fragte Colette plötzlich.

»Nein, wirklich?« Verwundert war Isobel nicht, denn soweit sie es beurteilen konnte, lief es wahnsinnig gut in der Agentur. Die arbeitssuchenden Frauen und auch die Arbeitgeber rannten ihnen beinahe die Türen ein, so gut waren sie darin, genau die richtigen Stellen für jeden zu finden. Und genau die richtige Arbeitskraft. Es war fast ein wenig unheimlich, wie glücklich alle waren.

»Und wohin?«, fragte Isobel schließlich. »In andere Länder?«

»Keine Ahnung.« Danach erzählte Colette von einem Film, den sie am Vorabend gesehen hatte. Offenbar eine rührende Liebesgeschichte, aber Isobel schaffte es nicht so recht, zuzuhören. In ihren Gedanken sah sie immer wieder die Küste vor sich. Antibes mit seinen romantischen Gassen. Jean-Lucs Lächeln. Nein. Selbst wenn sie wieder in seine Nähe ziehen würde, Jean-Luc wollte sie nicht mehr.

* * *

Jean-Luc

Es war ein kühler Abend und Jean-Luc ärgerte sich, dass er keine wärmere Jacke angezogen hatte. Der Duft von Knoblauch und gebratenem Fleisch lag in der Luft, als sie an einer Reihe von Restaurants vorbeischlenderten. Jean-Lucs Magen knurrte, obwohl er bereits vorhin mit Benoît gegessen hatte. Wie früher hatten sie gemeinsam gekocht, schon dabei jeder zwei Gläser Wein getrunken und sich an ihr gemeinsames Studium erinnert. Benoît hatte Marie-Claire kein einziges Mal erwähnt, vielleicht um Jean-Luc zu schonen. Er war dankbar. Er hatte keine Lust, daran zu denken, wie es wäre, wenn er mit Isobel so lange zusammen gewesen wäre wie die beiden.

»Hier ist es«, sagte Benoît mitten in Jean-Lucs Gedanken hinein und deutete auf eine geschlossene, vermutlich grün lackierte Tür, die von allen Seiten pink beleuchtet wurde. Auf einer schmalen Markise darüber prangte der Name Cette Nuit. Benoît strich sein Jackett glatt, drehte sich zu Jean-Luc um und überflog seine Frisur und seine Kleidung. Er nickte knapp und klopfte dann an die Tür.

»Ein exklusiver Club?«, raunte Jean-Luc ihm zu.

Benoît nickte, und schon wurde ein Fenster, so groß wie ein Gesicht, in der Mitte der Tür geöffnet. Eine hübsche Nase, zwei dunkelbraune Augen und ein kaugummikauender Mund kamen zum Vorschein.

»*Oui?*«, sagte der Mund mit einer leicht rauchigen Stimme.

»Wir würden gerne tanzen.«

Sie lachte, schloss das Fenster und öffnete die Tür. »Benoît, wie schön!«, sagte sie und schmatzte ihm zwei Küsschen auf die Wangen. Dann sah sie zu Jean-Luc. »Ah, du hast jemanden mitgebracht?«

»Jean-Luc, langjähriger Freund von der Côte d'Azur. Er muss mal erfahren, wie man in Paris feiert.«

»Christine«, sagte die junge Frau, die breitschultrig wie ein Bodyguard war, aber in ihrem schwarzen Hosenanzug trotzdem feminin wirkte. Ihr Blazer stand offen. Darunter trug sie ein pinkes, tief ausgeschnittenes Shirt und an den Füßen pinke Ballerinas. Jean-Luc bemerkte die ihm hingehaltene Hand und drückte sie.

»Jean-Luc«, sagte er und verbeugte sich ein wenig.

»Ja, ich weiß«, raunte sie an sein Ohr. »Willkommen in Paris.«

Ein leichter Schauder rann über Jean-Lucs Rücken. Wenn sie ihre Stimme so senkte, erinnerte sie ihn an Isobel. Auch schien sie ein ähnliches Parfum zu tragen, stellte er fest, als sein Herz wild zu klopfen anfing. Verdammt. Er hatte noch eine lange Zeit vor sich, bis er Isobel vergessen konnte.

Christine gab seine Hand frei und bedeutete ihm und Benoît, einzutreten. Sie gingen durch einen schwarz gestrichenen Gang, der von kleinen pinken Glühbirnen beleuchtet wurde. Von den Tiefen des Gebäudes drang eine hypnotische Musik mit hektischen Beats zu ihnen herauf. Es war lange her, dass Jean-Luc in so einem Club gewesen war. Er folgte Benoît eine Treppe hinunter. Hinter einem dichten schwarzen Vorhang lag der eigentliche Club.

Der Raum war riesig. In Nischen standen abwechselnd schwarze und weiße Tische mit gepolsterten halbrunden Bänken. Auf den Tischen befanden sich Gläser, deren Flüssigkeiten im Schwarzlicht glühten, und kleine, flackernde Lampen. Über jedem Tisch hing eine Diskokugel, angestrahlt von pinkem, rotem oder blauem Licht, so dass überall auf dem Fußboden bunte Lichtflecken tanzten. In der Mitte des Raumes war die Tanzfläche, und Jean-Luc stellte erleichtert fest, dass die Tanzenden nicht alle so jung waren wie Christine oben an der Tür. Die Gäste waren eine gute Mischung aus Mittzwanzigern und Mittdreißigern vielleicht. Nur hier und da fiel ihm ein noch jüngeres Gesicht auf. Viel älter allerdings waren die Gäste nicht.

»Willst du was trinken?«, brüllte Benoît über die Musik hinweg und deutete auf eine Theke hinter den Tanzenden. Dicht an den Tischen entlang bahnten sie sich einen Weg zur Bar.

Sie bestellten zwei Martinis und suchten sich einen Tisch, an dem noch Plätze frei waren. Ganz freie Tische gab es nicht, aber es schien ohnehin üblich, sich irgendwo dazuzusetzen. Benoît wählte einen Tisch aus, an dem nur zwei weitere Männer saßen, dafür aber vier junge Frauen, die auf den ersten Blick gut gelaunt und ungefähr in Isobels Alter zu sein schienen. Jean-Luc schloss kurz die Augen. Hörte das denn nie auf? Jede Minute schlich sie sich in seine Gedanken. Warum tat sie das? Immerhin hatte sie sich für Paris und gegen ihn entschieden.

Paris. Isobel war in diesem Moment irgendwo da draußen, in dieser Stadt. Er nippte an seinem Glas und verschluckte sich beinahe, als Benoît ihn anstieß. Die brünette Frau, die ihm gegenüber saß, hatte ihn offenbar angesprochen, und Jean-Luc hatte es gar nicht gemerkt. Er lächelte sie über den Tisch hinweg an. Sie deutete mit Blicken auf die Tanzfläche, aber Jean-Luc klammerte sich an seinem Glas fest. Er wollte nicht mit ihr tanzen.

Andererseits war es nur ein Tanz, und er war schließlich hier, um Isobel zu vergessen. Vielleicht würde es ihm so besser gelingen. Es war inzwischen mehrere Wochen her, dass sie sich getrennt hatte. Wie lange konnte Liebeskummer noch dauern? Er grinste über sich selbst, er wusste doch aus eigener Erfahrung, wie lange Liebeskummer dauern konnte. Also stand er auf und nickte der jungen Frau zu. Sie trug ein knielanges, weißes Kleid, das ihre kurvigen Hüften und ihre hübsche Oberweite betonte. Sie hatte wirklich eine Traumfigur, besonders wenn sie tanzte, raubte sie vermutlich zahlreichen Männern den Verstand.

»Marie«, brüllte sie in Jean-Lucs Ohr.

»Jean-Luc«, brüllte er zurück. Mehr war an Gesprächen hier unten nicht möglich, und Jean-Luc war froh darum. Er tanzte, wie er schon lange nicht mehr getanzt hatte. Der Rhythmus der Musik schien in seinen Adern zu pulsieren, und seine Füße bewegten sich beinahe von alleine. Auch Marie sah aus, als würden ihr die Musik und auch ihr Tanzpartner gefallen. Irgendwann schloss Jean-Luc einfach die Augen und gab sich der Musik hin. Er sah immer noch ihre tanzenden Umrisse, die sich durch das Licht in seine Netzhaut gebrannt hatten. Allerdings hatte sie längst Isobels Gesicht.

Mehr Martini, dachte sich Jean-Luc und öffnete jäh wieder

die Augen. Marie war noch da, und wenn er sie genau betrachtete, hatte sie nicht allzu viel von Isobels Eleganz – und zum Glück auch nicht annähernd solche Augen, in denen man versinken konnte.

Kapitel 28

Isobel

Wie in Trance hörte Isobel zu, als Mademoiselle Rouge erzählte, wo sie die ersten beiden neuen Filialen von Blanche & Rouge aufmachen wollten. Nantes und Marseille waren die derzeitigen Favoriten. Natürlich sollten es große Städte sein. Marseille lag wenigstens am Meer, das vermisste Isobel schon ein wenig. Allerdings war es nicht der Küstenabschnitt, den Isobel kannte. Sie dachte nicht daran, Antibes vorzuschlagen, aber dennoch … irgendetwas zog sie in ihre alte Heimat. Jean-Luc. Ja, sie wusste es doch. Sie wollte wieder in seiner Nähe sein. Vielleicht …

»Wie wäre Nizza?«, hörte sie sich sagen und presste dann die Lippen zusammen.

»Isobel?«, fragte Mademoiselle Rouge mit leichtem Tadel in der Stimme.

»Entschuldigung«, murmelte Isobel.

»Gut. Was sagtest du?«

»Nizza«, wiederholte Isobel, und plötzlich fielen ihr tausend Argumente ein, die für Nizza sprachen. »Es ist die zweitgrößte Stadt der Provence und hat einen wirklich guten Ruf. Es ist eine Kunstmetropole und würde wunderbar zu Nantes passen. Nizza liegt ja noch ein wenig weiter östlich, sogar in der Nähe zu Italien. Vielleicht würden sogar Italienerinnen zu uns kommen. Ich finde die Kombination Paris–Nantes–Nizza sehr schön, auch klangvoll, oder nicht?«

Isobel hielt inne. Es kam ihr vor, als redete sie sich um Kopf und Kragen. Ihre Leidenschaft für den Ort überraschte sie. Ja, sie mochte Nizza, aber sie mochte auch Marseille. Nur war Marseille weiter weg von Jean-Luc. Sie musste wohl einsehen, dass sie noch lange nicht über ihn hinweg war. Aber selbst wenn es eine Niederlassung in Nizza geben würde, das hieß ja noch lange nicht, dass sie selbst dorthin gehen konnte …

»Nizza«, wiederholte Mademoiselle Rouge langsam. »Paris, Nantes, Nizza. Ja, das kann man wirklich nicht abstreiten, das klingt gut. Mir gefällt es.« Sie drehte sich zu Madame Blanche, aber diese schüttelte unwirsch den Kopf.

»Marseille ist größer, wir werden dort mehr Kundinnen haben, da bin ich mir sicher. Marseille hat eine viel höhere Arbeitslosenquote als Nizza. Und was den klangvollen Mix der drei Städtenamen angeht, also wirklich …« Sie warf einen tadelnden Blick zu Mademoiselle Rouge, die ihrerseits die Arme verschränkte.

»Marseille mag zwar Kulturhauptstadt gewesen sein, aber du kennst doch auch die ganzen Nachrichten. Es gibt haufenweise Bandenkriege dort. Ich glaube, Marseille ist in der Tat kein Pflaster für unsere Mitarbeiterinnen.«

Ein aufgeregtes Raunen ging durch den Raum.

»Wir helfen dort, wo geholfen werden muss.« Die beiden funkelten sich an.

Isobel zückte ihr Handy und suchte im Internet nach Informationen über Nizza. Sie fand einen interessanten Artikel und hob ihre Hand, um etwas sagen zu dürfen.

»Wir sind hier doch nicht in der Schule«, knurrte Madame Blanche.

Mademoiselle Rouge nickte ihr aufmunternd zu, und Isobel erzählte, was sie eben gelesen hatte. »Auch in Nizza brauchen

Frauen unsere Hilfe, vor allem junge Frauen. Man müsste dieses Problem an der Wurzel packen«, endete sie.

»Zeigen Sie her«, forderte Madame Blanche, und Isobel bahnte sich einen Weg nach vorne. Sie hielt ihrer Chefin das Handy hin, und Madame Blanche überflog den Text mit zusammengekniffenen Augenbrauen. Es war still im Raum und niemand tuschelte. Es klang sogar so, als würden alle ihren Atem anhalten.

Isobels Herz klopfte bis zum Hals. Auf einmal wünschte sie sich nichts sehnlicher, als wieder an der Côte d'Azur zu sein. In Jean-Lucs Nähe. Sie würde noch einmal mit ihm sprechen. Wenn es noch nicht zu spät war. Und dass sie in Nizza gerade Jugendliche vermitteln konnten, gab ihr die Kraft, weiter zu argumentieren.

»Isobel, Sie scheinen sich ja auszukennen«, murmelte Madame Blanche und klang schon etwas weniger wütend. »Bis morgen früh um zehn möchte ich einen Bericht von Ihnen. Vergleichen Sie bitte die Städte Marseille und Nizza im Hinblick darauf, wie sinnvoll es ist, gerade dort eine Filiale von Blanche & Rouge aufzumachen. Das Meeting ist beendet.«

Isobel zuckte zusammen. Der letzte Satz war etwas lauter gewesen, und sie stand noch immer direkt neben Madame Blanche. Bis morgen Vormittag? Gut. Isobel steckte ihr Handy ein, verließ den Raum und wartete im Flur auf Colette. Sie gingen zurück zu ihrem Büro, um noch die letzte Stunde vor Feierabend zu arbeiten.

»Du würdest gerne wieder an die Küste, ja?«, fragte Colette und ersparte Isobel zum Glück jede weitere Nachfrage nach dem genauen Wieso.

Isobel wischte sich eine Träne aus dem Augenwinkel und dachte an Jean-Luc. Selbst wenn sie dorthin zurückkonnte, ganz in seine Nähe, vielleicht sogar wieder in Antibes wohnte, es hieß noch lange nicht, dass er ihr jemals vergeben würde.

* * *

Jean-Luc

»Ach, beim nächsten Mal klappt es bestimmt«, sagte Benoît und klopfte brüderlich auf Jean-Lucs Schulter.

Jean-Luc schreckte aus seinen Gedanken hoch und sah seinen Freund an. »Was meinst du?«

»Na, dass du eine Frau kennenlernst. Eigentlich hast du das ja. Aber dass sie danach auch mit zu dir kommt oder dir ihre Nummer gibt.«

Jean-Luc hielt einen Zettel hoch, auf den Marie ihre Nummer geschrieben hatte.

»Oh là là, dann will ich nichts gesagt haben. Wann rufst du sie an? Sie war ja wirklich eine Augenweide, Mannomann.«

»Ich rufe sie überhaupt nicht an«, sagte Jean-Luc. »Es ist viel zu früh.« Bei diesen Worten musste er erneut an Isobel denken, daran, dass sie es zu früh gefunden hatte, sich zu verloben. Zu früh, zu spät. Die meisten Dinge waren eins von beidem, stellte Jean-Luc fest. Heute war es für ihn jedenfalls definitiv zu spät, sein Kopf dröhnte von den vier Martinis, die er gehabt hatte, sein Ohr fiepte von der lauten Musik und er war einfach nur müde.

»Du könntest drei Tage warten, bis du sie anrufst. Ich rede ja nicht von heute.« Benoît sah allerdings so aus, als hätte er genau verstanden, was Jean-Luc mit dem »zu früh« meinte. Vermutlich war er einfach zu taktvoll, um es zu erwähnen.

»Hm«, machte Jean-Luc unbestimmt. Vielleicht sollte er sich doch mit Marie treffen. Mal sehen, wie sie so war, außerhalb des Schwarzlichts, am helllichten Tage und mit normal lauter Stimme. Sich ein bisschen unterhalten. Aber er vermisste etwas. Da war kein Funke gewesen, Marie hatte nichts in ihm berührt, nicht so wie Isobel.

»Verdammt, wann hört das auf?«, murmelte Jean-Luc.

»Bestimmt bald, gib dir noch etwas Zeit und lenk dich ab, das hilft ganz sicher.«

»Du sprichst aus Erfahrung«, witzelte Jean-Luc, doch sie wussten beide, dass Benoît eigentlich schon sein ganzes Erwachsenenleben in Marie-Claire verliebt gewesen war, genauso wie sie in ihn. Davor hatte er nur zwei kurze Beziehungen gehabt, noch zu Schulzeiten. Das zählte kaum.

Jean-Luc drehte den Zettel mit der Nummer hin und her und steckte ihn dann zurück in seine Hosentasche.

Kapitel 29

Isobel

Der Morgen begann anders als sonst, das Licht im Zimmer war grau und dunkel, und Isobels Blick aus dem Fenster bestätigte, was sie vermutet hatte: Es regnete. Der Himmel war dicht mit Wolken behangen, der Regen wusch vermutlich den ganzen Stadtstaub aus der Luft, aber er verwischte auch die Aussicht. Alles sah grau und trüb aus. Isobel versuchte, ein fröhliches Lied zu pfeifen, aber sie bekam die Melodie nicht richtig hin und driftete immer wieder zu merkwürdigen Filmmelodien ab, die eher zu Krimis oder Dramen gehören mochten als zu romantischen, fröhlichen Filmen.

Mit einem Seufzer machte sie sich fertig, ging in die Küche und traf auch hier niemanden an. Colette hatte vor zwei Tagen eine eigene Wohnung gefunden, ganz in der Nähe, aber trotzdem war sie zum Frühstück nicht mehr hier, sondern aß natürlich in ihrer eigenen kleinen Küche. Isobel legte die Zeitung auf den Tisch, kochte sich einen Kaffee und setzte sich mit einem Croissant hin. Lieblos strich sie zwei Wohnungen an. Bei der einen würde sie heute Mittag anrufen.

Irgendwie kamen alle weiter, nur sie nicht, hatte Isobel das Gefühl. Sophie war dabei, ihr neues Traumhaus einzurichten, Colette hatte ihre Wohnung und einen netten Mann kennengelernt, mit dem es ernst zu werden schien. Nur Isobel wohnte immer noch in einer Einzimmerwohnung über dem Büro und hatte seit Jean-Luc kein einziges Date gehabt.

Isobel setzte sich an den Schreibtisch und richtete sich auf ihre erste Kundin ein. Schon als sie den Computer hochfuhr, den Kalender umblätterte und durch ihre Unterlagen schaute, fühlte sie sich besser. Der Job war trotzdem genau das Richtige für sie. Natürlich hatte sie nicht so eine hohe Position wie bei Diamond Love, aber von ihrem neuen Gehalt konnte sie beinahe genauso gut leben.

Es klopfte, aber herein kam nicht die junge Frau, die einen Job suchte, sondern Mademoiselle Rouge.

»*Bonjour*, Isobel«, sagte sie fröhlich. »Unser nächstes Meeting ist ja erst am Montag, da wollte ich es Ihnen jetzt schon sagen.« Sie setzte sich auf den linken Besucherstuhl und faltete die Hände auf ihrem Knie. Kurz sah sie sich im Büro um und lächelte. »Sie haben es sich ja ganz hübsch eingerichtet hier.«

Isobel nickte. Aus irgendeinem Grund schlug Isobels Herz bis in ihren Hals.

Was wollte Mademoiselle Rouge ihr sagen? Würde sich etwas ändern? Hatte sie neue Aufgaben für sie? Würde Isobel sie schaffen?

»Sie hatten uns ja auf die Idee mit Nizza gebracht«, sagte Mademoiselle Rouge schließlich.

Isobels Herz schlug noch schneller.

»Da Sie sich in der Gegend gut auskennen, würde ich vorschlagen, dass Sie das neue Team begleiten.«

»Ich verstehe nicht«, murmelte Isobel.

»Sie gehen nach Nizza, eröffnen dort mit Ihren Kolleginnen unser neues Büro und dann sehen wir erst mal, wie es läuft. Am Anfang werden vier Kolleginnen mit Ihnen gehen. Wir sind bereits auf der Suche nach geeigneten Räumlichkeiten, Sie könnten die Gebäude, die in Frage kommen, mit uns gemeinsam besichtigen. Nächstes Wochenende?«

Isobel fühlte sich wie ein Vogel, der zum ersten Mal flog und es auf Anhieb schaffte. »Ich darf nach Nizza?«, fragte sie und räusperte sich. »Ich weiß gar nicht, was ich sagen soll!«

»Ein einfaches Ja würde genügen.« Mademoiselle Rouge lachte.

»Ja!«, rief Isobel, lief um den Tisch herum und umarmte Mademoiselle Rouge spontan. »Oh, Entschuldigung«, stammelte sie. Vermutlich war es nicht der feine Ton, einfach die Chefin zu umarmen. Aber Mademoiselle Rouge lachte nur.

»Das freut mich sehr, ich glaube, die Idee war wirklich gut.«

Mademoiselle Rouge erläuterte noch ein paar Details, dann ging sie und wurde direkt von der Kundin abgelöst.

Isobel konnte während des ganzen Gesprächs nicht aufhören zu lächeln, sie fand auf Anhieb drei Stellen, auf die sich die junge, etwas schüchterne Frau ihr gegenüber bewerben konnte, und nach einer halben Stunde bedankte diese sich leise und ging. Es kamen noch drei weitere Frauen, und für jede fand Isobel mindestens eine passende Stelle. Sie half bei den Bewerbungsunterlagen, gab Tipps und bot an, sie sich in ein paar Tagen anzusehen, bevor sie abgeschickt wurden, wie sie es immer tat. Sie boten schließlich einen Rundum-Service.

»Wenn Sie möchten, können Sie auch nach oben in den dritten Stock gehen. Dort haben wir einen Computerraum, wo Sie Ihre Bewerbung schreiben können.«

Die Frau bedankte sich und ging ebenfalls. Nach der Mittagspause erledigte Isobel wie im Flug alles Schriftliche, was sie noch zu tun hatte, und verließ beschwingt ihr Büro. Als sie in einem kleinen Restaurant am Seine-Ufer saß, rief sie Sophie an.

»Du wirst es nicht glauben, wo ich demnächst arbeite«, sprudelte es aus Isobel heraus, sobald Sophie sich gemeldet hatte.

»Okay«, lachte Sophie. »Wenn es nicht gerade auf dem Mond ist, glaube ich fast alles.«

»Nizza!«, sagte Isobel und lächelte die Speisekarte an.

»Nizza?«, fragte Sophie. »Du meinst, du kommst wieder runter an die Küste? Oh, Isobel! Das ist ja fabelhaft! Wann? Erzähl mir alles!«

Isobel erzählte von dem Gespräch mit Mademoiselle Rouge und erwähnte, dass sie sogar wieder in Antibes wohnen könnte. Von Jean-Luc sagte sie nichts, obwohl sie gerne gewusst hätte, ob Sophie ihn zwischenzeitlich in der Stadt gesehen hatte.

»Und genau rechtzeitig«, meinte Sophie.

»Wofür denn?«, fragte Isobel und versuchte, nicht ständig Jean-Lucs Stimme im Ohr zu haben, wenn sie sich die Getränke und Desserts durchlas.

»Das sage ich dir, wenn du hier bist. Suchst du dann bald eine Wohnung? Vielleicht kann ich dir helfen. Oh, das wäre zu gut, um wahr zu sein, wenn du wieder hier wohnst. Es ist einfach nicht dasselbe im Moment.«

Isobel bestellte sich einen Café au Lait und ein Stück Orangentarte und sah glücklich ein paar Tauben zu, die aus dem Brunnen am Platz tranken. Sie liebte Paris, aber es war nicht das Zuhause geworden, wie es Antibes für sie war. Schon von der ersten Sekunde hatte Isobel sich in dem kleinen Künstlerstädtchen wohl gefühlt, als ob es sie mit offenen Armen begrüßte wie eine lang vermisste Freundin. Und so war es immer geblieben. Der gute Job hier hatte die Sehnsucht nach der kleinen Stadt zwar ein wenig gedämpft, aber jetzt konnte sie beides haben: ihren Traumjob und ihren Traumwohnort. Fehlte nur noch der Traummann, dachte sie plötzlich und ärgerte sich über sich selbst. Sie würde Jean-Luc anrufen, wenn sie wieder in Antibes war. Und dann würde sie herauszufinden versuchen, ob es noch etwas zu retten gab.

* * *

Nach dem Telefonat mit Marie war Jean-Luc viel weniger euphorisch, als er erwartet hatte. Vermutlich war es einfach die Ungewissheit, wie Marie im Tageslicht auf ihn wirken würde, genau genommen wusste er nicht einmal, wie ihre Stimme in natura klang. Am Telefon war das ja immer ein wenig anders, fand er. Er sah sich den Inhalt seines Koffers an, den er auf Benoîts Bett ausgebreitet hatte, und wählte schließlich ein blaues Hemd zu seiner grauen Hose aus, legte den Rest zurück und fand die Idee, Marie zu treffen, selten idiotisch. Immerhin wäre er nur noch drei Tage hier und danach wieder eine neunstündige Fahrt von ihrem Wohnort entfernt. Aber es ging ja nur um ein Treffen. Nichts weiter.

Marie sah im Tageslicht tatsächlich genauso hübsch aus wie in dem schummrig beleuchteten Club. Mit kokettem Hüftschwung kam sie auf Jean-Luc zu, der bereits in dem Café wartete, wo sie sich verabredet hatten. Er hatte sie gesehen, obwohl er nur die Tauben durchs Fenster beobachtet hatte.

Marie lächelte. Sie trug die Haare offen und ein recht kurzes, rot geblümtes Kleid unter einem roten Mantel. Tatsächlich sah sie viel jünger aus, als Jean-Luc gedacht hatte. Noch bevor er den Gedanken zu Ende gedacht hatte, stand sie vor ihm, bückte sich zu ihm hinunter und küsste ihn auf beide Wangen. Eine Wolke blumigen Parfums umnebelte Jean-Luc, und ohne es zu wollen, fiel sein Blick in ihren Ausschnitt, als sie sich vorbeugte.

»*Salut*«, flötete Marie, zog den Mantel aus und setzte sich ihm gegenüber. »Hast du schon bestellt?«

»Natürlich nicht«, sagte Jean-Luc und reichte ihr eine der beiden Speisekarten. »Ich habe auf dich gewartet.«

»Das ist ja lieb«, sagte sie. »Was nimmst du denn?«

»Einen Café au Lait und die Orangentarte«, entschied sich Jean-Luc spontan und klappte die Karte zu.

»Das klingt sehr gut, das nehme ich auch.« Marie ließ ihn

nicht aus den Augen, während auch sie die Speisekarte schloss. »Wartest du schon lange?«

»Zehn Minuten«, sagte Jean-Luc. »Ich wusste nicht, ob ich das Café gut finden würde.«

»Du warst hier noch nicht? Wir hätten uns auch woanders treffen können. Welches ist denn dein Lieblingscafé?«

»Das Café Jardin«, sagte Jean-Luc spontan und schüttelte den Kopf über sich. Er hätte doch wenigstens den Nachmittag genießen können, ohne gleich allem den Hauch einer Hoffnung zu nehmen.

»Oh, das kenne ich gar nicht, wo liegt es?«, fragte Marie und beugte sich interessiert vor. Ob sie diese Haltung aus einem Frauenmagazin hatte? Wurde einem dort so etwas empfohlen?

»In Antibes.« Jean-Luc konnte die Worte nicht stoppen, es war beinahe so, als schützte ihn sein Unterbewusstsein vor dieser Torheit, die er hier begehen wollte. Es war jedoch nicht fair Marie gegenüber.

»Oh, das ist ja toll«, sagte sie. »Wunderschön. Du warst im Urlaub dort? Das kenne ich, oft verzaubert mich ein Ort so sehr, dass ich ständig daran denken muss. Ich mochte zum Beispiel Puerto del Carmen auf Lanzarote sehr. Dort gab es auch ein wunderbares kleines Café.« Sie beschrieb das Café und den Ort in mindestens tausend Sätzen, und Jean-Luc war erleichtert, als endlich ihr Kaffee gebracht wurde.

»Ich wohne in Antibes«, sagte er schließlich. »Zurzeit besuche ich einen Freund hier in Paris. Es tut mir leid.« Was genau er meinte, ließ Jean-Luc offen, aber Marie schien es auch so zu verstehen.

»Wie lange bleibst du noch hier?«, fragte sie betont munter, aber man hörte ihre Enttäuschung deutlich heraus.

»Noch drei Tage«, sagte Jean-Luc mit einem Seufzen.

»Oh.« Ihre Miene hellte sich auf. »Dann könnten wir uns ja noch ein paar schöne Tage machen. Ich könnte dich auch an der Küste besuchen. Ich war schon eine Weile nicht mehr am

Meer, dabei liebe ich es sehr. Beschreib mir, wie du wohnst«, bat Marie.

Jean-Luc hatte keine große Lust dazu, und irgendwie sträubte sich alles in ihm, Marie zu sich einzuladen. Vielleicht hatte sie es auch nur so dahingesagt, das machten die Leute ja oft. Nur Isobel nicht. Sie sagte immer, was sie meinte. Jean-Luc schloss die Augen und stellte sich ganz fest vor, dass er mit Marie am Strand spazieren ging. Sie küsste. Aber es ging nicht. Marie sah schon nach wenigen Momenten verdächtig nach Isobel aus und fühlte sich auch genauso an. Es half nichts. Er musste es tun, um sich aus dieser Erinnerung lösen zu können. Eine andere Frau musste Isobel verdrängen, sonst würde er für immer von ihr verfolgt werden, da war sich Jean-Luc sicher.

»Das wäre schön«, sagte er also. Bevor er es sich anders überlegte, notierte er Marie seine Telefonnummer und seine Adresse. Seine Mobilnummer hatte er ihr schon im Club gegeben. Er reichte ihr den Zettel und beobachtete mit einem halben Lächeln, wie sie ihn in ihre Handtasche steckte.

»Und gleich zeige ich dir meine Lieblingsplätze in der Stadt, ja? Wir könnten einen schönen Spaziergang machen. Mein Auto habe ich nicht weit von hier geparkt, dann könnte ich dir wirklich alle meine Lieblingsorte zeigen.« Marie schwärmte von einem Abschnitt des Seine-Ufers und einem anderen Café, von einem kleinen Restaurant mit hervorragender Küche und dem Park unterhalb des Eiffelturms, der einfach zu jeder Jahreszeit wunderschön war.

Jean-Luc versuchte zuzuhören, aber da Marie so begeistert war, fiel es ihm nach einer Weile wirklich nicht mehr schwer. Sie hatte eine charmante Art zu sprechen, und ihre Augen leuchteten. Wahrscheinlich dachte sie selbst in den buntesten Farben von diesen Orten oder verband andere schöne Erinnerungen damit. Plötzlich ergriff Marie Jean-Lucs Hand und drückte seine Finger.

»Es ist schön, dass wir uns begegnet sind«, sagte sie.

Jean-Luc bekam ein noch größeres schlechtes Gewissen, aber er sagte sich, dass er es ja versuchen wollte. Sie wusste, dass er nicht hier wohnte, sondern neun Autostunden oder sogar einen Flug entfernt. Nur von Isobel, die ständig durch seine Gedanken und tief in seinem Herz herumgeisterte, erzählte er ihr natürlich nichts. Aber das hatte vielleicht jeder in sich: die Geister früherer Liebschaften, oder? Vielleicht auch Marie.

Der Nachmittag wurde wirklich sehr schön, Marie war charmant und witzig. Ihre unbefangene Art gefiel Jean-Luc, und so störte es ihn auch nicht, als sie sich bei ihm einhakte und ihn völlig unvermittelt auf die Wange küsste oder seinen Arm streichelte. Es fühlte sich an, als müsste er ihr dafür kein besonderes Versprechen geben, aber er tat es trotzdem. Als sie sich verabschiedeten, wiederholte er seine Einladung, und sie verabredeten sich für den nächsten Abend zum Essen in Maries Lieblingsrestaurant.

»Ich hole dich ab. Pünktlich um sieben«, sagte sie, warf ihm eine Kusshand zu und brauste davon in ihrem uralten roten Porsche.

Jean-Luc lächelte, als sie davonfuhr. Er war mit Sicherheit auf einem guten Weg, endlich bereit für etwas Neues.

Kapitel 30

Isobel

Die Wohnungssuche in Antibes lief bedeutend besser als die in Paris, und Isobel hatte schon bei ihrem dritten Anruf Glück. Eine ältere Dame war erfreut, ihre Wohnung an eine junge Frau zu vermieten. Sophie hatte sich die Wohnung stellvertretend angeschaut und war ganz begeistert. Fotos und Grundrisse hatte sie Isobel gemailt, und diese musste ihr recht geben: Es war eine schöne Wohnung. Kleiner als Isobels frühere, aber groß genug für sie alleine.

Sie seufzte. Ob sie jemals mit einem Mann zusammenwohnen würde? Länger als ein Wochenende? Sie musste lächeln, als sie an Sophies Worte dachte, dass sie in den letzten Monaten zwei Heiratsanträge bekommen hätte und sich gefälligst nicht so anstellen solle.

»Diese Dinge kann man sowieso nicht erzwingen«, hörte sie Sophies Stimme. »Irgendwann kommt schon der Richtige.«

Isobel fiel es manchmal schwer, sich den Richtigen vorzustellen, ohne dass er auch nur eine Eigenschaft von Jean-Luc hatte. Und manchmal überlegte sie auch, was passiert wäre, wenn sie über ihren Schatten gesprungen wäre und Ja gesagt hätte. Aber das war keine Option gewesen. Jean-Luc hatte aus einer Art Mitleid gefragt, nicht, weil er es wollte. Isobel packte ein paar

Sachen für das Wochenende ein. Sie sah auf die Uhr. Es war schon bald sieben, und prompt klopfte es an ihrer Tür.

»Herein«, rief Isobel. Sie kam sich albern vor, überquerte die paar Meter des Raumes und öffnete die Tür. Colette strahlte über das ganze Gesicht. Sie gab ihr die üblichen zwei Küsschen auf die Wange und begann sofort von René, ihrem Freund, zu erzählen. »Du musst uns unbedingt mal besuchen kommen und ihn kennenlernen.«

»Sehr gerne«, sagte Isobel und musste sich sehr zurückhalten, um nicht sofort mit ihrer erfolgreichen Wohnungssuche und den neuen Büroräumen herauszuplatzen. Bisher hatte Colette nur, wie alle anderen bei Blanche & Rouge, erfahren, dass zwei neue Büros eröffnet werden sollten. In Nantes und in Nizza. Die Teams, die die Zweigstellen dort aufbauen sollten, waren natürlich von Mademoiselle Rouge und Madame Blanche informiert worden, aber nicht jeder kannte die genauen Namen. Isobel hatte Colette schon erzählt, dass sie nach Nizza gehen würde, aber mehr auch nicht.

Sobald sie in dem kleinen Restaurant am Rande eines Parks saßen, erzählte Isobel alles, und Colette bekam immer größere Augen.

»Wow! Das ist so nah an deinem alten Wohnort? Das hattest du dir ja gewünscht, ich freue mich so für dich!«

»Nur schade, dass wir uns dann nicht mehr so oft sehen werden«, meinte Isobel. »Du musst mich unbedingt dort besuchen, versprichst du mir das?«

»Natürlich! Jetzt lass uns etwas bestellen, um das zu feiern. Champagner?«

»Gerne«, sagte Isobel, als sie ein Lachen hörte. Irritiert sah sie sich um. Jetzt hörte sie ein anderes Lachen, das wie Jean-Lucs klang. Vielleicht war es nur jemand, der die gleiche Stimme hatte.

»Was ist los?«, fragte Colette. »Du siehst aus, als wären die Geister der Vergangenheit hinter dir her.« Sie lachte.

Die ganze Wärme wich aus Isobels Gesicht, und ihr Herz begann zu rasen. Sie konnte den Blick nicht von dem Mann lösen, der gerade seine Hand über den Tisch streckte und seiner hübschen Begleitung eine Strähne hinter das Ohr strich. Seine Begleitung lächelte und küsste einfach seine Finger. Der Mann lachte erneut und klang tatsächlich genau wie Jean-Luc. Weil es Jean-Luc war.

»Alles okay?«, fragte Colette.

Isobel schüttelte stumm den Kopf. »Was macht er hier?«, murmelte sie.

»Wer denn?«, fragte Colette und versuchte zu erkennen, zu wem Isobel hinüberstarrte.

»Jean-Luc«, hauchte Isobel und riss sich mit Mühe von dem Anblick los. »Ich muss … ich kann nicht bleiben«, sagte sie mühsam und stand auf. Fahrig fummelte sie zwei Geldscheine aus ihrem Portemonnaie und streckte sie Colette hin. »Kannst du für mich zahlen?«

Ihre Stimme zitterte, und sie war sich selbst unheimlich. Wieso hatte Jean-Luc immer noch diesen Effekt auf sie? Da brauchte sie ihn nur zu sehen, und sie drehte völlig durch. Nein, korrigierte sie sich, hätte sie nur ihn gesehen, wäre ihre Reaktion garantiert anders ausgefallen. Sie ist schuld, dachte Isobel wie durch feinen Nebel. Jean-Luc war verliebt. Isobel kannte diesen Blick.

»Isobel«, sagte Colette. »Was ist denn nur los? Wer ist das?«

»Später, ja?«, presste Isobel hervor. Sogar das Sprechen fiel ihr schwer. Kein Wunder, sie konnte kaum richtig atmen. »Ich warte im Park am Büro, ja?«

Isobel wartete nicht, bis Colette antwortete, sondern stürmte an einem Kellner vorbei. Hinter sich hörte sie einen erschreckten Schrei und ein Scheppern. Danach ein Fluchen. Sie spürte alle Blicke auf sich und lief einfach los. Er durfte sie auf keinen Fall sehen!

Isobel riss die Tür des Restaurants auf und tauchte zwischen flanierende Menschen. Sie rannte die nächstbeste Straße entlang. Als sie die Schatten der Häuser auf ihren Schultern spürte, blieb sie stehen und lehnte sich an eine kühle Steinwand. Ihr Atem ging stoßweise, und sie sah bunte Punkte vor sich auf und ab tanzen.

Jean-Luc hatte eine andere Frau kennengelernt. Warum war das so ein Problem? Sie waren kein Paar mehr, und er hatte ihr nie Hoffnung gemacht, dass sie wieder eins werden konnten. Er hatte sich schließlich nicht mehr gemeldet. Aber in Isobels Gedanken war Jean-Luc genauso traurig über ihre Trennung wie sie. In ihren Gedanken hatte er alleine auf der Terrasse gesessen mit einem unberührten Glas Whiskey in der Hand, sein Gesicht von der untergehenden Sonne golden gefärbt. »Du elende Romantikerin«, murmelte Isobel und schluchzte.

Sie fühlte sich kraftlos, blieb einfach an eine Häuserwand gelehnt in einer fremden Straße stehen. Manche Passanten, von denen es hier glücklicherweise nicht viele gab, musterten sie neugierig. Einmal sprach sie jemand an, aber sie schüttelte nur den Kopf, ohne die Frage verstanden zu haben. Und ihr wurde eine Sache ziemlich klar: Sie hatte nach Nizza gehen wollen, um Jean-Luc wiederzusehen. Um das Unmögliche zu schaffen, um ihn zurückzugewinnen. Aber dafür war es offenbar zu spät.

* * *

Jean-Luc

»Offenbar eine Verrückte«, murmelte Marie und sah Jean-Luc kurz an.

»Wer?«, fragte er und erwiderte ihren Blick. Sie hatte wirklich schöne Augen, ein leichter Schimmer Grün war darin. Grün wie die schönsten Augen dieser Welt. Er seufzte über seine merkwürdigen, unhilfreichen Gedanken.

»Irgend so eine Touristin«, meinte Marie. »Sie ist einfach aufgestanden und weggelaufen. Vermutlich hat sie gemerkt, dass sie kein Geld hat. Auf ihrer Flucht hat sie auch noch einen Kellner umgerannt, und jetzt liegt diese wunderbare Tarte auf den Dielen.« Sie seufzte theatralisch und riss endlich ihren Blick los.

Der Kellner trat an den Tisch und brachte für Marie einen Salat und für Jean-Luc die Bouillabaisse in einer Kaffeetasse.

»Wie hübsch!«, fand Marie und deutete auf seine Suppe.

»Nicht so hübsch wie du«, sagte Jean-Luc. Die Worte kamen nicht ganz natürlich über seine Lippen, er war wohl ein wenig aus der Übung.

Marie lachte und es klang irgendwie wie … Mondlicht. So hell und perlend. Er sollte Dichter werden, dachte er amüsiert, erhob noch einmal sein Weinglas und stieß leise mit ihr an.

»Auf ein paar wunderschöne Tage in Paris«, sagte Marie.

»Auf weitere schöne Tage an der Küste«, sagte Jean-Luc. Es war ein schöner Abend, und er hatte letztlich ein gutes Gefühl bei diesem Date. Beinahe konnte er fühlen, wie Marie sein gebrochenes Herz mit ihren Worten flickte, mit ihrem Lächeln und ihren Berührungen. Hätte er gewusst, wie einfach das war, weiterzugehen, er hätte es vielleicht schon früher probiert. Aber woher sollte er es wissen? Vor Isobel hatte ihm noch keine Frau so viel bedeutet.

Kapitel 31

Isobel

»Damit ist es wirklich vorbei«, sagte Isobel und unterdrückte ein weiteres Schluchzen.

»Was denn?«, fragte Colette. »Nun erzähl doch endlich.«

Isobel sah Colette irritiert an. Sie hatte völlig vergessen, dass sie nicht alleine war, denn so alleine wie heute hatte sie sich noch nie gefühlt.

»Und das ist wirklich traurig«, sagte Isobel.

»Okay, dann rate ich.« Colette musterte sie einen Moment. »Du hast dich in jemanden hier in der Stadt verliebt, und jetzt ziehst du wieder an die Küste und wirst ihn nicht mehr sehen können? Mach dir doch keine Gedanken, es gibt viele Paare, die weit auseinander wohnen. Das muss euch doch nicht aufhalten. Was sagt er denn dazu?«

»Was?« Isobel musterte Colette. Sie trug kleine silberne Herzchen in den Ohren. Ihre Augen wirkten besorgt.

»Ich sagte, Beziehungen können auch über eine gewisse Distanz gut funktionieren.«

»Über eine Distanz vielleicht. Aber nicht, wenn er eine Neue hat.« Isobel musste sich schütteln, wie um das Bild aus dem Restaurant loszuwerden. Es half trotzdem nicht. Immer wieder sah sie Jean-Lucs Hand vor sich, wie er dieser fremden Frau eine

Haarsträhne hinters Ohr strich. Nun, fremd war sie für ihn offenbar nicht gewesen.

»Das tut mir leid«, sagte Colette. Sie setzte sich neben Isobel und legte ihr einen Arm um die Schulter. »Was für ein Idiot, dich wegen einer anderen sitzenzulassen. Wann ist das passiert?«

Isobel versuchte, sich zu erinnern. Wann war das passiert? Bestimmt in dem Moment, als sie beschlossen hatte, nach Paris zu gehen. »Ich bin Schuld«, murmelte sie. »Mir war der Job wichtiger, aber nie hätte ich gedacht, dass es gleich das Ende sein muss.«

»Er wollte nicht, dass du arbeitest?«, fragte Colette ungläubig. »Ich dachte, wir leben in einer modernen Welt.«

»Dagegen, dass ich arbeite, hatte er nichts. Nur dagegen, dass ich nach Paris gegangen bin, wo er doch in Antibes wohnt.«

»Aber dieser Job war doch dein Traum, hast du das nicht erzählt? Und er wollte, dass du das für ihn aufgibst?«

»Er wollte, dass ich ihn heirate«, erklärte Isobel.

»So, jetzt fang aber mal am Anfang an«, bat Colette.

Isobel sah sie verständnislos an.

»Okay, wie heißt er?«

»Jean-Luc.« Isobel zog die Nase hoch.

Colette stellte die Fragen, und Isobel antwortete, bis alles raus war und sie erstaunt feststellte, dass ihr Herz ein klitzekleines bisschen leichter geworden war. Endlich schaffte sie es wieder, eigenständige Sätze zu formen, und sie erzählte Colette auch noch den Rest der Geschichte: von dem Testament, von ihrer Tante, von Andrew und noch einmal von Jean-Luc.

»Unglaublich«, sagte Colette. »Und nun?«

»Tja«, sagte Isobel. »Ich weiß es nicht.«

»Ich aber.« Colette stand auf, zog Isobel auf die Füße und hielt sie an beiden Schultern fest, damit sie nicht wieder aufs Bett fiel. »Wir gehen raus. Du darfst aussuchen: eine Runde durch den Park joggen oder auf den Eiffelturm steigen. Von dort oben sieht alles ganz klein aus. Das hilft mir immer.«

* * *

Jean-Luc

»Ich muss wirklich los«, seufzte Jean-Luc und stand auf. Marie folgte ihm und umarmte ihn. »Ich komme dich bald besuchen, ja?«

»Wann?«, fragte Jean-Luc. »Morgen?«

Sie lachte wieder ihr perlendes Mondscheinlachen, dass er in den vergangenen Tagen so oft gehört hatte.

»Am Freitag, ja? Ich nehme das Flugzeug und bin ganz schnell bei dir.«

Jean-Luc fühlte sich entspannt wie lange nicht mehr. Er hatte seine gepackten Taschen bereits ins Taxi gestellt und schickte noch eine SMS an Benoît, dass er jetzt losfuhr.

Guten Flug, alter Junge, kam es postwendend zurück.

Pfeifend stieg Jean-Luc ins Taxi und der Fahrer fuhr los. Die Strecke kam ihm kürzer vor als sonst, und sogar das Sandwich an Bord des Flugzeugs schmeckte wunderbar. Vielleicht lag das aber auch einfach an seiner Laune.

Kapitel 32

Isobel

Die erste Zeit zurück in Antibes war nur langsam vergangen. Isobel hatte versucht, die Plätze zu meiden, an denen sie Jean-Luc begegnen konnte, aber vielleicht wohnte er auch schon längst in Paris. Sie hatte ihre Tante besucht, die zum Glück keine einzige Frage nach Isobels Liebesleben gestellt hatte, sondern nur von ihrem neuen Freund schwärmte, mit dem sie in drei Tagen eine Weltreise machen würde.

»Dann bist du zur Eröffnung ja gar nicht da«, hatte Isobel gesagt.

»Oh, Liebes. Das tut mir leid! Jerôme hat mir diese Reise schon vor sieben Wochen geschenkt, da wusstest du ja noch nicht mal, dass du wieder herkommen würdest. In Gedanken bin ich bei dir, und danach erzählst du mir alles am Telefon, ja? Und sobald wir wieder da sind, komme ich dich an deinem neuen Arbeitsplatz besuchen. Ich freue mich, dass du wieder hier bist, hier, wo du hingehörst. Oh, das wird Jerôme sein!« Sie sprang auf und lief zum Telefon.

Isobel sah ihr verwundert hinterher. So schnell hatte sie ihre Tante noch nie laufen sehen, und dabei war sie doch sowieso eine der hektischsten Personen, die sie kannte.

Egal, die anderen Einladungen hatte Isobel natürlich schon

lange verschickt, die persönlichen. Außerdem hingen in ganz Antibes und Nizza und weiteren Städten an der Küste Plakate zur feierlichen Eröffnung. Es war Isobels Idee gewesen. Sie hoffte einfach, dass möglichst viele kommen würden und es sich schnell herumsprechen würde, dass es von nun an in Nizza eine Niederlassung von Blanche & Rouge gab.

An Jean-Luc dachte sie immer weniger, nur noch dreimal am Tag. Und jetzt. Verdammt.

»Entschuldige, Liebes«, sagte Tante Vivienne auf einmal mitten in ihre Gedanken hinein. »Die letzten Vorbereitungen, weißt du? Soll ich dir zeigen, wo wir überall hinwollen? Du kannst dir nicht vorstellen, was für ein begabter Mann Jerôme ist, er hat mir ein Plakat mit unserer Reiseroute gemacht. Selbstgezeichnet! Und sogar mit Fotos. Das musst du sehen.«

Tante Vivienne hatte Isobel auf die Füße und in Onkel Bernards altes Arbeitszimmer gezogen.

»Sieh nur!« Sie deutete auf die Wand und erklärte Isobel noch einmal in allen Einzelheiten, was genau Jerôme dort gezeichnet hatte. Es war wirklich eine wunderschöne Karte. Und ganz kurz war Isobel neidisch darauf gewesen, dass Tante Vivienne hier wegkonnte. Zu Ufern reisen, die sie noch nicht kannte, und vor allem, wo niemand sie kannte und sie keine Gefahr lief, Bekannten von früher über den Weg zu laufen.

Wie albern sie sich benahm. Selbst wenn sie Jean-Luc treffen würde, für sie war er nun jemand, den sie früher einmal gekannt hatte. Sie hatten schon lange nicht mehr miteinander gesprochen. Es wäre doch sicher kein Problem, wenn sie ihn jetzt wiedersehen würde.

Eine Woche später sahen Isobels Gedanken zu diesem Thema völlig anders aus. Sie spähte alle paar Minuten zur Tür und konnte sich kaum auf das Gespräch konzentrieren, das sie gerade führte. So durfte das nicht weitergehen. Ein Quietschen riss sie aus ihren Gedanken.

»Isobel!«, rief jemand.

Sie suchte den Raum ab und fand Colette, die auf sie zulief. An ihrem Arm hielt sie einen gutaussehenden blonden Mann mit stechend blauen Augen, der ein ganz ähnliches Lächeln hatte wie sie.

»Colette! Wie schön!«, rief Isobel.

Die Feier wurde genau so, wie Isobel es sich vorgestellt hatte. Es kamen unzählige Leute, um sich die neuen Geschäftsräume von Blanche & Rouge anzusehen, da die Agentur weit über die Stadtgrenzen von Paris hinaus bekannt war. Selbstverständlich waren auch Mademoiselle Rouge und Madame Blanche persönlich angereist, um feierlich das neue Büro zu eröffnen. Isobel erkannte die Frauen, die einen neuen Job suchten, an ihren Blicken und überlegte bei jeder, welche Stelle wohl für sie geeignet wäre. Endlich war sie wieder in ihrem Element. Menschen helfen, das zu finden, was sie suchten. Und sie würde für all diese Frauen einen Job finden, der ihnen gefiel und der zu ihnen passte.

Erst am Abend, als Isobel mit ihren vier neuen Kolleginnen, die sie natürlich schon aus Paris kannte, aufräumte, fiel ihr auf, dass Jean-Luc nicht gekommen war. Irgendwie war sie froh darüber, aber tief in ihrem Herzen war die Enttäuschung groß.

»Du solltest ihn vergessen«, sagte Andrew. »Oder noch ein letztes Mal mit ihm sprechen. Damit du keinem Traumbild von ihm hinterherschmachtest, sondern siehst, dass ihr jetzt einfach nicht mehr seid als alte Bekannte. Erkaltete Liebe, weißt du?«

Isobel nickte und seufzte. Ja, sie wusste genau, was Andrew meinte. Immer wenn sie an Jean-Luc dachte, sah sie, wie er sie voller Liebe ansah. Das würde er einfach nicht mehr tun. Es war nichts, wonach sie sich sehnen musste, und nichts, was je wieder passieren würde.

»Gut«, sagte sie schließlich. »Ich werde ihn nicht anrufen, aber wenn ich ihn sehe, werde ich ihm auch nicht aus dem Weg gehen.«

»Unverbesserlich, meine Liebe«, sagte Andrew und streichelte ihr über den Rücken. »Komm, ich koche uns einen Tee.«

* * *

Jean-Luc

Jean-Luc öffnete die Tür, und eine strahlende Marie stand davor. »*Salut!*«, rief sie und umarmte ihn stürmisch.

»*Salut.*« Jean-Luc musste lachen. Was war es nur an Marie, das ihn so fröhlich machte? Er fühlte sich zum ersten Mal seit langem überhaupt nicht unter Druck, sie zu beeindrucken, wie er das manchmal bei anderen Frauen hatte. Er genoss einfach die Zeit mit ihr.

»Du kannst deine Sachen hier stehen lassen, wenn du möchtest. Wollen wir gleich ans Meer?«, fragte er.

»Schwimmen im November?«, fragte Marie mit großen Augen. »Oh, ich hatte gehofft, dass du das fragst! Ich liebe das kalte Meer, die leeren Strände. Wie warm ist das Wasser zur Zeit?«

»Angeblich hat es noch siebzehn Grad, aber ganz sicher bin ich mir da nicht. Es fühlt sich kälter an. Man muss schnell schwimmen.« Jean-Luc warf einen Blick nach draußen in den blauen Herbsthimmel.

»Es ist herrlich mild draußen, das geht bestimmt. Und heute Abend in die Stadt, ja? Du musst mir unbedingt dieses wundervolle Örtchen zeigen, von dem du immer so schwärmst.«

»Das machen wir. Dann pack mal schnell ein paar Badesachen ein. Handtücher, warme Decken und ein Picknick habe ich, du brauchst nur deinen Bikini.«

Marie nahm eine fertig gepackte schmale Tasche aus ihrem Koffer und lächelte. »Fertig!«

»Du bist die unkomplizierteste Frau, die ich kenne«, sagte Jean-Luc lachend.

»Ich hatte fünf Brüder, das färbt ab.« Marie drehte sich einmal im Kreis, so dass ihr dünner Mantel wie bei einer Tänzerin flatterte. »Hübsch hast du's hier.«

Sie fuhren zu Jean-Lucs Lieblingsstrand, und er stellte erfreut fest, dass sie hier völlig allein waren. Natürlich kamen im Winter längst nicht so viele Leute wie im Sommer an den Strand, aber ein paar waren meistens schon dort. Maler oder Spaziergänger. Besonders an einem so milden Tag wie heute.

»Gut, dass du dir heute freinehmen konntest«, sagte er.

»Du ja auch.« Marie setzte sich auf ihr Handtuch und schlang ihre Arme um die Knie. Das Meer und die Sonne spiegelten sich in ihren Augen. Sie legte sich zurück und seufzte. »Ich war schon viel zu lange nicht mehr am Meer. Es ist einfach wunderbar. Dieser Duft, das Rauschen, der Sand unter den Füßen. Herrlich!« Sie legte die Arme über den Kopf und streckte sich, dann sprang sie auf und zog sich in Windeseile aus. Im Bikini hüpfte sie ein bisschen von einem Bein aufs andere und schlang die Arme um sich. »Wer als Erster im Wasser ist!«

Jean-Luc folgte ihr lachend, aber Marie war nicht mehr einzuholen. Jauchzend ließ sie sich rücklings ins Wasser fallen. Das Meer war im ersten Moment eiskalt, aber Jean-Luc biss die Zähne zusammen und tauchte unter, sobald das Wasser tief genug war.

»Ein schöner Tag«, sagte Marie verträumt.

Jean-Luc nickte. Ein unbeschwerter Tag, dachte er. Der erste seit langem. Vielleicht war er endlich über Isobel hinweg und sein Herz endlich offen für Neues, wie er es sich vorgenommen hatte.

Marie und Jean-Luc schwammen um die Wette zu einer Boje weiter draußen. Für den Rückweg ließen sie sich Zeit und Marie erzählte von ihren fünf Brüdern. Jean-Luc musste ständig lachen und schluckte nicht nur einmal Wasser dabei. »Ich kann es mir richtig gut vorstellen«, prustete er.

Am Strand aßen sie die mitgebrachten Törtchen, die Weintrauben und den Käse. Dazu gab es einen von Jean-Luc selbstgemachten Schokoladen-Gewürz-Kaffee aus der Thermoskanne. Sie lachten viel und genossen die entspannte Atmosphäre. Erst als die Sonne unterging, machten sie sich auf, um zurück zu Jean-Lucs Haus zu fahren. Frisch geduscht fuhren sie nach Antibes.

»Du hattest doch mal von deinem Lieblingsrestaurant erzählt«, fiel Marie ein. »Irgendwas mit Jardin.«

»Le Café Jardin«, sagte Jean-Luc und lächelte. Er war eine Weile nicht dort gewesen. Erst jetzt mit Marie an seiner Seite fühlte er sich wieder dazu in der Lage. Denn ohne Isobel war es ihm seit ihrer Trennung einfach nur trostlos vorgekommen.

Kapitel 33

Isobel

Isobel hakte sich bei Andrew unter, der in der letzten Zeit ein noch besserer Freund geworden war als zu der Zeit, wo sie heiraten wollten.

»Wollen wir etwas essen gehen?«, fragte Andrew. »Ich habe heute frei, wie an den meisten Abenden.«

»Nimm es dir nicht so zu Herzen. Du weißt ja, warum dein Freund es so macht. Es ist ja nicht so, als wäre er mit einem anderen Mann unterwegs.«

»Nein, nur mit seiner Ehefrau, die vermutlich immer noch darauf hofft, die Ehe irgendwie zu kitten. Er hat mir anvertraut, dass im Bett nur jedes halbe Jahr etwas läuft und es zu einer reinen Routine geworden ist.«

»Ich finde das seiner Frau gegenüber sehr unfair.« Isobel wollte sich gar nicht vorstellen, wie sie sich wohl fühlen mochte.

»Sie weiß es doch nicht.«

»Sie spürt es garantiert.«

Sie schwiegen beide, bis sie am Le Café Jardin vorbeikamen. Ein Lachen ertönte, das Isobel nur allzu gut kannte. Ihr Herz begann zu tanzen, obwohl sie es nicht wollte.

»Das klang verdächtig nach deinem Jean-Luc«, sagte Andrew leise und warf ihr einen Blick zu.

»Er ist nicht allein«, gab Isobel zu bedenken. Sie wollte nicht stören. Wenn sie mit ihm sprach, dann alleine.

»Du störst bestimmt nicht. Komm, wir sehen mal unauffällig nach. Wir könnten doch auch hier essen, dann ergibt sich bestimmt ein Gespräch.«

Irgendwas in Isobel sträubte sich dagegen. »Was, wenn er mit einer Frau hier ist?«

»Bestimmt nicht«, meinte Andrew. »Er denkt garantiert noch genauso oft an dich wie du an ihn.« Er schob sie sanft vorwärts in den schummrigen Raum und weiter bis zum begrünten Hinterhof, wo jetzt überall Heizpilze standen.

Isobel entdeckte Jean-Luc sofort und blieb stehen, weil ihre Füße einfach nicht weitergehen wollten. Sie waren schlagartig eiskalt. Genau wie Isobels Herz. Die Frau erkannte sie mit Leichtigkeit sogar von hinten. Es war die gleiche wie in Paris. Sie war hier. Und das bedeutete wohl, dass Jean-Luc in ihrem Fall nichts gegen eine Fernbeziehung gehabt hatte. Nur bei ihr.

»Oh«, sagte Andrew. Er trat vor sie, um ihr den Blick zu verstellen, und schob sie sanft rückwärts ins Restaurant zurück. »Wir gehen woanders hin. Zu mir. Ich koche uns etwas. Seelennahrung, vielleicht ein Full English Breakfast?«

Isobel konnte nichts sagen, in ihrem Hals war alles zugeklebt oder eingefroren. Ihre Augen verschleierten sich, und das ärgerte sie am meisten. Warum war sie noch immer nicht über ihn hinweg? Es war so lange her, dass sie zuletzt miteinander gesprochen hatten, ohne zu streiten. Noch länger, dass sie sich geküsst hatten. Und jetzt küsste er eine andere Frau und lachte mit ihr.

Wie in Trance hob Isobel die Füße, während Andrew sie zu seiner Wohnung über der Buchhandlung führte. Er redete auf sie ein, das bekam Isobel mit, aber sie hörte seine Worte nicht. Sie hörte die ganze Zeit nur Jean-Lucs Lachen und sah, wie seine Augen auf diese andere Frau gerichtet waren, die ebenfalls lachte und ihren Kopf dabei kokett zurückwarf.

* * *

Jean-Luc

»Was ist?«, fragte Marie und drehte sich um.

Jean-Luc schüttelte den Kopf über sich. »Ich dachte nur, ich hätte jemanden gesehen, den ich kenne.«

»Einen männlichen oder einen weiblichen Jemand?«, fragte Marie mit einem Lächeln, als ob sie ganz genau Bescheid wüsste.

»Ich habe mich geirrt«, sagte Jean-Luc. Aber danach konnte er sein Rinderfilet nicht mehr so gut genießen. Er hätte schwören können, dass er soeben Isobel gesehen hatte – dass sie traurig aussah und ihn genau angesehen hatte, bis jemand vor sie getreten war. Aber Isobel war nicht hier, sie war in Paris. Seine Sinne spielten ihm einen Streich.

»Gut«, sagte Marie. »Dann nehmen wir noch ein Dessert, ja?«

Sie wählten ihre Desserts aus und aßen sie, und nachdem Jean-Luc bezahlt hatte, gingen sie nach Hause. Marie schlug vor, sich noch ins Wohnzimmer zu setzen und ein Würfelspiel zu spielen. Als Jean-Luc die Vorhänge zuzog, bekam er eine Gänsehaut, wenn er daran dachte, dass er die Sterne nie wieder mit Isobel betrachten würde.

Kapitel 34

Isobel

Es tat gut, mit Andrew zu sprechen, und auch Colette machte Isobel am Telefon Mut. Die Welt würde nicht untergehen, bloß weil sie ihre Chance vertan und Jean-Luc aufgegeben hatte. Zweimal hatten sie sich schon getrennt, es konnte doch sowieso nicht gutgehen mit ihnen. Und es ging Isobel ja gut. Sie wohnte wieder in ihrer Traumstadt und hatte zudem noch ihren Traumjob mit dorthin genommen. Die ersten Wochen im neuen Büro in Nizza liefen phantastisch. Jede von ihnen vermittelte mehrere Frauen, es kamen immer mehr Jobangebote rein und auch die großen Datenbanken, die sie täglich durchsahen, hatten jede Menge passende Angebote. Auch an arbeitssuchenden Frauen mangelte es nicht. Isobel bekam nicht selten danach eine Postkarte oder eine liebe E-Mail von den vermittelten Kundinnen.

Heute wollte sie sich mit einem schönen neuen Roman belohnen. Sie hatte davon in einer Zeitschrift gelesen, die ihre Mutter ihr geschickt hatte. Der Roman erinnerte sie an ihre eigene Geschichte, er handelte von einer jungen Frau, die nach Südfrankreich zog, um ihren Traum zu finden. Es war ein Liebesroman, aber mit einem hoffnungsvollen Ende, so hieß es in der Besprechung. Isobels Lieblingsredakteurin hatte ihn empfohlen, und in der Regel waren alle von ihr empfohlenen Bücher genau Isobels Fall gewesen.

Dieses Mal würde Isobel den Liebesroman bis zum Ende lesen. Vielleicht half das ja. Sie schlenderte leise summend die Straße hinunter, warf einen Blick ins Schaufenster des Salon du Savon, kaufte sich spontan eine Zimtseife für ihr Badezimmer und trat in Andrews Buchladen ein. In dem Duft von Büchern und schwarzem Tee fühlte sie sich sofort wohl. Isobel wollte zuerst selbst nach dem Roman suchen. Vielleicht entdeckte sie auch noch ein weiteres Buch, das ihr gefallen könnte. Gerade umrundete sie ein Regal, den Blick auf die Buchrücken der gebundenen Klassiker geheftet, da stieß sie mit jemandem zusammen. Ganz leicht. Automatisch hob sie die Hände und berührte einen weichen Pullover. Sofort erkannte sie das Waschpulver und das Aftershave.

»Hallo Isobel«, sagte Jean-Luc. Er musste sich zweimal räuspern, bevor die Worte verständlich herauskamen. Isobel und er lachten nervös. »Du bist es doch«, sagte er. »Besuchst du deine Tante?«

»Nein, ich wohne hier. In der Rue Nord, gleich über dem kleinen Café Marie.« Ihr Herz klopfte überall, sogar in ihren Fingerspitzen, oder war das ein glückliches Kribbeln? Es war schön, endlich wieder mit Jean-Luc zu sprechen.

In diesem Moment fasste Isobel einen Entschluss. Sie würde mit ihm reden. Über alles. Vielleicht konnten sie wenigstens Freunde bleiben, auch wenn ihr Herz bei diesem Gedanken nicht gerade Luftsprünge machte. Nur Freunde. Sie liebte ihn noch immer, da half es nicht, dass sie sich ständig sagte, sie hätten keine Chance.

»Du wohnst wieder in Antibes? Hat es mit dem Job nicht geklappt?«, fragte Jean-Luc besorgt.

»Oh, doch! Wir expandieren. Blanche & Rouge hat seine erste Filiale außerhalb von Paris eröffnet, in Nizza! Stell dir vor, das war mein Vorschlag. Ich habe die Küste vermisst. Paris ist schön, aber hier wohnt mein Herz.« Beinahe hätte sie gesagt, dass sie auch ihn vermisst hatte. Aus dem Augenwinkel sah sie, wie Andrew hinter dem Ladentisch aufgetaucht war und ihr wild zuwinkte. Aber sie konnte ihren Blick nicht von Jean-Lucs Augen abwenden.

»In Nizza? Das sind ja gute Neuigkeiten«, sagte Jean-Luc.

»Und du? Wie geht es dir?« Isobel hätte am liebsten gefragt, ob er noch immer mit dieser Frau zusammen war, die sie in Paris und später sogar hier in Antibes gesehen hatte, aber sie brachte es nicht übers Herz.

»Gut, sehr gut«, sagte Jean-Luc. Es sah aus, als wolle er etwas anfügen, aber auch er sagte offenbar nicht alles, was er sagen wollte.

»Wollen wir …«

»Hättest du Lust …«

Sie mussten beide lachen. Und auf einmal war es wie früher. Beinahe konnte man das Eis brechen hören zwischen ihnen, und Jean-Luc begann zu erzählen, was er in der Zwischenzeit erlebt hatte.

Dann hob er das Buch, das er in der Hand hielt. »Hast du davon gehört?«, fragte er. Isobel stutzte.

»Ja, das wollte ich mir auch heute kaufen.« Sie lächelte. »Ich habe eine Besprechung darüber gelesen. Ich hätte nicht gedacht, dass es ein Buch wäre, das du lesen würdest.«

»Es hat mich so sehr an dich erinnert.« Er lächelte, und Isobel wurde augenblicklich warm. »Andrew hatte nur noch dieses eine. Ich könnte es dir leihen.«

»Dann aber erst, wenn du fertig bist.«

Andrew stöhnte theatralisch im Hintergrund. Isobel versuchte, ihn zu ignorieren, aber auch sie bemerkte, wie Jean-Luc und sie ein wenig mit Worten umeinander tänzelten.

»Sonst wolltest du nichts kaufen?«, fragte Jean-Luc.

»Doch, vielleicht einen Krimi«, sagte Isobel, weil ihr nichts Besseres einfiel und sie Krimis mochte. Sie hatte zwar noch zwei ungelesene zu Hause liegen, aber es konnte ja nicht schaden, ein wenig mehr Auswahl zu haben.

»Stimmt, ich wollte auch noch einen Krimi«, sagte Jean-Luc. Sie gingen nebeneinander zu dem Regal mit den Krimis. Ein paarmal berührten sich ihre Arme. Jedes Mal lief ein wohliger Schauer über Isobels Haut. Sie hatte Jean-Luc so vermisst. Seine Nähe und einfach nur mit ihm zu reden, das tat schon so gut. Viel mehr würde sie gar nicht aushalten, redete sie sich ein.

Auch vor dem Krimiregal blieben sie dicht nebeneinander stehen, und Jean-Luc drehte sich zu Isobel um. Sie musste ein wenig zu ihm aufsehen, und sein Blick glitt kurz über ihre Lippen, dann sah er eilig weg.

»Dieses sieht interessant aus«, sagte er.

Isobel sah auf seine Hand und las den Buchrücken. *Die andere Frau*, stand dort. Jean-Luc hatte gar nicht richtig hingesehen, aber das war ja wohl der Wink des Schicksals. Isobel fasste sich ein Herz.

»Ich habe dich einmal in Paris und einmal hier mit einer hübschen Frau gesehen. Ist sie deine Freundin?«, fragte sie und senkte den Blick. Wenn er Ja sagte, musste sie vielleicht Tränen wegblinzeln. Sie benahm sich wirklich albern, aber im Moment war ihr das völlig egal.

»Du warst wirklich dort«, murmelte Jean-Luc. »Meine Freundin? Ja, aber nicht meine Geliebte«, sagte er. »Wir haben noch in Paris festgestellt, dass es nicht geht. Ihr Herz hängt an einem anderen, und mein Herz ist auch nicht frei.«

Isobel starrte auf den Teppich.

»Und bei dir?«, fragte Jean-Luc schließlich. »Hast du einen Freund?«

Isobel schüttelte den Kopf, sah ihn aber noch immer nicht an. Er trug die gleichen Schuhe wie bei ihrer ersten Begegnung, fiel ihr auf. Und die Hose, die sie am liebsten an ihm sah. Seine Hand hing entspannt neben seinem Oberschenkel, jetzt hob er sie an und legte sie unter Isobels Kinn. Sanft schob er ihren Kopf nach oben, damit sie ihn ansah.

»Du hast mir gefehlt«, murmelte er und trat einen Schritt auf sie zu.

Isobel bekam vor Schreck Schluckauf, und der Moment war vorbei. Sie mussten lachen. Andrew stöhnte leise und kam mit zwei dampfenden Tassen zu ihnen. »Tee?«, fragte er.

Jean-Luc schüttelte den Kopf. »Ich sollte gehen«, sagte er plötzlich. Isobel nickte, aber eigentlich wollte sie ihn nicht gehen lassen.

»Darf ich dich heute Abend zum Essen einladen?«, fragte sie schnell, bevor er tatsächlich ging.

»Meinst du, das ist eine gute Idee?«, fragte Jean-Luc.

Sie nickte. »Ich könnte für uns kochen.«

»Am besten geht ihr in das neue Restaurant an der Rue Gauche«, sagte Andrew hilfreich. »Ich war dort schon dreimal, und es schmeckt ausgezeichnet. Kennen Sie es, Monsieur Chevalier?«

Jean-Luc schüttelte den Kopf.

»Dann müsst ihr es ausprobieren. Unbedingt.« Andrew zwinkerte Isobel zu, und ihr Schluckauf ließ nach.

»Gut«, sagten Isobel und Jean-Luc gleichzeitig.

»Ich hole dich um sieben ab?«, fragte Jean-Luc. »Über dem Café Marie, sagtest du?«

»Ja«, sagte Isobel.

Als Jean-Luc den Laden mit einem letzten Winken verließ, ließ Isobel mit einem Mal die Luft ausströmen, die sie angehalten hatte.

»Ihr stellt euch vielleicht an«, sagte Andrew und legte seine Hand auf ihre Schulter. »Hoffentlich findest du heute Abend noch ein paar mehr Worte.«

»Ach, es hat doch keinen Sinn. Wir haben uns zweimal getrennt.«

»Dann solltet ihr euch wenigstens die Möglichkeit geben,

euch noch ein drittes Mal zu trennen«, witzelte Andrew. »Aller guten Dinge sind drei.«

»Na toll«, sagte Isobel.

»Das war ein Scherz. Ihr werdet euch kein drittes Mal trennen. Ihr seid beide weiser geworden.« Er lachte. »Komm schon, Isobel. Jeder Blinde sieht doch, dass da bei euch beiden noch jede Menge Gefühle im Spiel sind. Jean-Luc liebt dich immer noch.«

Die Worte taten gut, aber glauben konnte Isobel sie nicht. Mit Herzklopfen ging sie nach Hause, und ihr Herz beruhigte sich auch zwischendurch nur kurz. Jedes Mal, wenn sie an die heutige Begegnung dachte, begann es wieder zu rasen. Vor allem, je näher der Stundenzeiger der Sieben kam.

* * *

Jean-Luc

Jean-Luc wusste nicht, was er anziehen sollte. Dann sagte er sich, dass es nur ein Treffen war. Ein Abendessen mit Isobel. Es war nicht so, dass es ihr erstes Rendezvous sein würde, und trotzdem fühlte es sich so an. War es überhaupt ein Rendezvous, oder eher ein Treffen unter Freunden?

Schließlich entschied er sich für die hellgraue Hose, die Isobel einmal gelobt hatte, und dazu ein neues, weißes Hemd. An diesem Nachmittag sah er bestimmt hundertmal auf die Uhr, zweimal hatte er sogar das Gefühl, die Zeit würde rückwärts gehen. Er musste einfach mit jemandem darüber sprechen. Jean-Luc zog sich eine Jacke über, ging auf die Terrasse und rief Benoît an.

»Du musst mir helfen«, sagte er und kam sich lächerlich vor. Meine Güte, er war doch erwachsen. Und er traf sich mit einer hübschen Frau, ja, aber er kannte sie doch!

»Wobei denn?«, fragte Benoît, und schon war sich Jean-Luc nicht mehr sicher, wie er das wohl erklären sollte.

»Ich treffe mich mit Isobel. Zum Abendessen. Ich habe Angst, dass wir uns ein drittes Mal trennen.« Die Worte kamen schneller über Jean-Lucs Lippen, als er den Gedanken überhaupt zu Ende gedacht hatte.

»Ihr seid wieder zusammen? Das freut mich, und ich habe es mir gleich gedacht. Ihr könnt einfach nicht ohne einander. Warum wollt ihr euch länger dagegen sträuben?«

»Ich sträube mich gegen gar nichts«, sagte Jean-Luc und fuhr sich durch die Haare.

»Doch, das tust du, mein Freund. Und ich sage dir: Hört auf damit, alle beide. Ihr seid wie geschaffen füreinander, das habe ich im Gefühl.«

»Du kennst Isobel doch überhaupt nicht.«

»Doch, du hast mir genügend von ihr erzählt. Und ich brauche sie überhaupt nicht zu kennen, um das zu wissen. Du liebst sie, und sie liebt dich. Und das ist alles, was man braucht. Der Rest wird sich fügen, wenn ihr beide euch nicht dagegen wehrt.«

»Aber wenn wir uns wieder trennen?«

»Dann trennt ihr euch. Aber dagegen kann man schließlich etwas tun. Ihr müsst euch nur entscheiden.«

Kapitel 35

Isobel

Isobel stand auf ihrem kleinen Balkon und sah die Straße hinunter. Sie warf einen Blick auf ihre Armbanduhr. Noch zehn Minuten. Gerade wollte sie wieder reingehen, um noch einen Schluck Wasser zu trinken und ihre Frisur zu überprüfen, da entdeckte sie ihn. Jean-Luc. Ihr Herz machte einen freudigen Hüpfer, und sie lächelte ganz automatisch. Auch er warf einen Blick auf die Uhr, dann bog er ab und verschwand in einem Laden.

Isobel reckte sich über die Brüstung, um zu sehen, in welches Geschäft er gegangen war. War das der Juwelier oder der kleine Delikatessenladen? Sie sollte sich ihre Stiefel anziehen, fand Isobel, und nicht die ganze Zeit auf die Straße starren. Und noch einen Schluck Wasser trinken, ihr Hals fühlte sich an wie nach einer durchtanzten Nacht.

Es dauerte ein paar Minuten, bis sie ihn wieder entdeckte. Offenbar hatte er gespürt, dass sie ihn beobachtete, denn er sah zu ihr hoch und winkte. Wenn Isobel nicht schon verliebt gewesen wäre, spätestens jetzt wäre es um sie geschehen gewesen. Sie liebte einfach seinen Gang, sein lässiges Winken, sein Lächeln und die Art, wie er ein bisschen schneller wurde, als er sie sah. Wenig später verschwand er aus ihrem Sichtfeld, und

Isobel rannte in die Wohnung. Sie öffnete die Tür genau in dem Moment, als Jean-Luc schwer atmend davor stand.

»Dritter Stock, ja?«, fragte er lächelnd und küsste sie auf beide Wangen.

»Für das bisschen Extrabewegung«, sagte sie. »Dann darf ich öfter ein Dessert nehmen.«

»Das darfst du sowieso.« Jean-Luc fuhr mit einer Hand sanft an ihrer Seite empor, ließ sie dann aber wieder sinken. Traute er sich nicht, oder war das einfach etwas, das er doch nicht wollte? Isobel war auf einmal unsicher, ob das alles eine gute Idee war. Noch vor einer Sekunde hatte sie sich fast ausgemalt, dass sie sich endlich behalten würden.

Jean-Luc räusperte sich. »Wollen wir los? Bist du fertig?« Er sah auf ihre bestrumpften Füße.

Isobel stellte ihre Stiefel vor sich auf den Fußboden und schlüpfte hinein. »Fertig.«

Sie gingen nebeneinander die Treppe hinunter und berührten sich hin und wieder unabsichtlich. Draußen auf der Straße fasste sich Isobel ein Herz und hakte sich bei Jean-Luc ein.

»Darf ich?«, fragte sie, als sie spürte, wie er sich kurz verkrampfte.

»Natürlich«, sagte er und verbeugte sich leicht. Als wäre es ihr erstes Date. Als wären sie sich nicht vertraut. Isobel versuchte, die Enttäuschung hinunterzuschlucken, und sah sich stattdessen um. Das Restaurant war an einem kleinen Platz an der Rue Gauche gelegen, umgeben von Platanen. Das Laub der Bäume raschelte zu ihren Füßen im Wind. Die Tische standen unter einer mit Stoff überzogenen Pergola und waren mit karierten Tischtüchern bedeckt. Es sah gemütlich aus, genau so, wie Isobel sich früher immer kleine Bistros in Südfrankreich ausgemalt hatte. Zumindest im Sommer hätte es genau so ausgesehen. Nun wirkte es draußen etwas trostlos.

Jean-Luc steuerte auf die Tür zu und sie traten ein. Im Restaurant war es warm und die Stimmen der Gäste, der Duft von

Knoblauch und Kräutern verbreiteten eine gemütliche Atmosphäre.

Ein Kellner kam und führte sie zu einem freien Tisch am Fenster. Sobald sie saßen, tauchte ein zweiter Kellner auf und reichte Isobel die Speisekarte und Jean-Luc die Weinkarte und eine Speisekarte. Nachdem er die Kerze in dem kleinen Porzellanwindlicht in der Tischmitte angezündet hatte, ließ er sie allein.

»Es ist wirklich hübsch hier«, fand Isobel. Vielleicht war es sogar ganz gut, dass sie ein neues Restaurant ausprobierten und nicht wieder in dem Restaurant aßen, wo sie ihr erstes Date gehabt hatten. Vermutlich hätte Isobel den Abend dann ständig verglichen, auch wenn sie sich bemühte, es nicht zu tun. Es war schließlich nicht der gleiche Abend und die Situation eine völlig andere.

Jean-Luc murmelte eine Bestätigung und versteckte sich hinter der Karte. Auch Isobel las sich die Vorspeisen, Salate und Hauptgerichte durch und wählte einen abgewandelten Klassiker. Und eine Tomatensuppe vorweg. Als hätte der Kellner sie beobachtet, stand er neben ihrem Tisch, sobald beide die Karte zugeklappt hatten.

»Haben die Herrschaften etwas gefunden?«, fragte er und lächelte Isobel an.

Sie bestellten ihre Gerichte und einen halben Liter Wein zum Teilen. Ohne Speisekarte in den Händen wusste Isobel plötzlich nicht mehr, was sie tun sollte. Sie strich über die Tischdecke und war erleichtert, als der Kellner einen kleinen Korb mit Brot und hausgemachte Tomatenbutter brachte. Auch Jean-Luc griff sofort zu. So eilig, dass sich ihre Hände kurz berührten. Zuerst zog Isobel ihre Hand zurück, aber dann musste sie über sich lachen.

»Wir benehmen uns wie Kinder«, sagte sie leise.

Jean-Luc sah sie an, lachte aber nicht.

»Entschuldige, ich meinte das nett, weißt du? Wir kennen uns doch schon eine Weile, haben viel zusammen erlebt und jetzt ist es fast, als hätten wir ein bisschen Angst voreinander.«

»Tatsächlich?«, fragte Jean-Luc, aber dann lachte auch er. »Du hast recht. Es ist so, als würden wir beide aufpassen, nichts falsch zu machen.«

Isobel nickte, und sie lächelten sich einen Moment an.

Die Vorspeisen kamen, und endlich begann Jean-Luc, sie nach ihrem Job in Paris und nun in Nizza zu fragen. Isobel berichtete und fragte ihn, was er in der Zwischenzeit so erlebt hatte. Auch Jean-Luc erzählte von seinem Ausflug zu Benoît und von Maries anschließendem Besuch bei ihm.

»Es war verrückt, wir haben gleichzeitig bemerkt, dass das zwischen uns nur eine Freundschaft sein kann. Sie hat noch viel zu sehr an ihren Freund gedacht, mit dem sie jetzt wieder zusammen ist. Und ich …« Er brach ab und sah auf seinen Teller.

Isobel hätte gerne gefragt, ob er an sie gedacht hatte, aber sie ließ es sein. Es fiel ihm schwer genug, darüber zu reden. Vielleicht war er doch enttäuscht, dass es mit Marie nicht geklappt hatte. Sie war sehr hübsch gewesen und hatte so lebensfroh ausgesehen.

Der Abend verlief weiterhin wechselhaft. In manchen Momenten fühlte es sich vertraut an, in anderen lag ein eindeutiges Knistern in der Luft, aber Isobel war sich nicht sicher, ob sie nicht die Einzige war, die es spürte. Sie berührten sich nicht, sprachen höflich miteinander und einmal sah Isobel Jean-Luc so tief in die Augen, dass ihr Herz zu tanzen begann. Nach einer Weile schaute er weg, und Isobel faltete ihre Serviette neu.

Als sie nach dem Kaffee die Rechnung bekamen und aufstanden, war Isobel fast froh. Sie fühlte sich beobachtet, nicht nur von Jean-Luc, sondern von allen Leuten um sie herum. Als wüssten sie genau, in welcher Situation sie sich befanden. Dass alles auf der Kippe stand – oder vielleicht konnten die anderen die Mauer sehen, die zwischen ihnen beiden war. Sicherlich spürte auch Jean-Luc diese Mauer, aber ob er wusste, wie hoch sie war? Isobel wusste es nicht.

* * *

Jean-Luc

Auf dem Rückweg vom Restaurant hakte sich Isobel nicht noch einmal bei ihm ein, und Jean-Luc hätte sich ohrfeigen können, dass er so distanziert war. Er war so aufgeregt, als wäre es sein allererstes Date, und er konnte sich das einfach nicht erklären. Das war Isobel, verdammt noch mal! Sie waren sich schließlich schon um einiges näher gewesen, und so lange war das nicht her. In seiner Hosentasche steckte ein Geschenk für sie, aber auf einmal kam es ihm falsch vor, es ihr zu geben. Nein, nicht falsch, er wusste einfach nicht, ob es eine gute Idee war. Abgesehen davon fühlte er sich nicht gerade mutig an diesem Abend.

Jean-Luc schlug absichtlich einen Umweg ein, um nicht sofort wieder vor Isobels Wohnung zu stehen. Er wusste nicht, was er dann sagen sollte, wie er sich verabschieden sollte.

»Es gibt da ein Haus«, hörte er sich plötzlich sagen.

»Wo?«, fragte Isobel.

Es war genau die richtige Frage.

»An der Küste, oberhalb der Bucht, die du mir … gezeigt hast. Es gibt einen schmalen, sandigen Pfad dort hinunter.« Mehr sagte er nicht, und er traute sich auch nicht, Isobel anzusehen.

Ihre Hand berührte seine, ganz kurz. Dann küsste sie ihn auf eine Wange, sah ihm in die Augen und küsste ihn dann auf die andere. »Gute Nacht«, flüsterte sie.

»Gute Nacht.«

Ja, es war besser so. Er hatte eigentlich noch warten wollen, aber vielleicht war es doch an der Zeit.

Kapitel 36

Isobel

Natürlich hätte Isobel fragen können, warum er ihr von dem Haus erzählte. Das hatte sie nun davon. Jetzt rasten ihre Gedanken im Kreis und sie malte sich tausend Gründe aus. Ob er dort einziehen wollte? Oder diese Marie mit ihrem Freund? Was, wenn sie in Jean-Lucs Nähe wohnen würde, ob er da nicht in Versuchung geraten würde? Aber was ging das Isobel an. Sie waren ja kein Paar mehr. Jean-Luc war mit Isobel essen gegangen. Mehr nicht. Er hatte sie noch nicht einmal geküsst.

Das Telefon klingelte, und Isobels Herz machte einen Satz. Isobel lief hinüber und griff nach dem Hörer.

»Hallo?«, fragte sie atemlos.

»Und? Wie war's?« Colette wirkte ähnlich atemlos wie sie. »Eigentlich hatte ich gehofft, du würdest gar nicht rangehen.«

»Charmant«, sagte Isobel und lachte.

»Weil du dann mit etwas Besserem beschäftigt wärst, Dummerchen.«

»Ich weiß schon, was du meinst. Aber davon kann keine Rede sein.«

»Leider? Oder wolltest du nicht?«

»Es war seltsam«, sagte Isobel und dachte über den Abend nach. Sie erzählte Colette detailgetreu, was Jean-Luc gesagt und getan hatte und was sie darauf geantwortet hatte. »Ich komme mir vor wie in diesen merkwürdigen Fotoromanen in einer Mädchenzeitschrift.« Isobel seufzte. »Nur am Ende hat er etwas Merkwürdiges gesagt.«

»Erzähl!«

»Er hat ein Haus erwähnt, oberhalb meiner Lieblingsbucht, wo wir einmal gepicknickt haben.«

»Das legendäre Picknick.« Colette seufzte. »Dann ist die Sache ja klar: Er traut sich nicht.«

»Ach was, wir kennen uns doch!«

»Warte ab.« Colette klang, als würde sie lächeln.

Aber genau das wollte Isobel nicht: abwarten. Es war an der Zeit, etwas zu tun.

* * *

Jean-Luc

Nachdem Jean-Luc sich von Isobel verabschiedet hatte, lief er die Straße hinunter zum Hafen, direkt zum Büro von Chevalier Immobilien. Wie immer hatte er einen Schlüssel dabei und ließ sich in das dunkle Gebäude. Er machte kein Licht an, ging in sein Büro und dort zum Schlüsselkasten. Welcher Schlüssel der richtige war, wusste er, ohne hinschauen zu müssen. An jeden Haustürschlüssel hängte Jean-Luc einen Anhänger aus Olivenholz. Normalerweise war das ein Segelschiff oder eine Möwe, eine Blume oder ein Baum. Doch dieser eine Anhänger war ein Herz. Auf seine glänzende Oberfläche hatte jemand einen Buchstaben eingraviert.

Jean-Luc schloss seine Finger um das Holz und ließ den Schlüssel in seine Hosentasche rutschen. Nach einem letzten Blick auf seinen Schreibtisch schloss er sein Büro sorgfältig ab, schaltete die Alarmanlage wieder ein und ging lächelnd durch die nächtlichen Straßen von Antibes zurück zu seinem Auto. Eine Nacht würde er sich noch gedulden, damit Isobel ihre Gedanken sortieren konnte. Seine waren so geordnet wie noch nie. Die ganzen Knoten der letzten Zeit hatten ihm den Blick auf das verstellt, was ihm wichtig war. Jetzt endlich wusste er es.

Den ganzen nächsten Tag fiel Jean-Luc ständig etwas herunter, oder er legte Unterlagen irgendwohin und musste eine Weile danach suchen. Ab und zu musste er so breit lächeln, dass er alle damit ansteckte. Er hatte vier Hausbesichtigungen vereinbart, und heute Abend würde es eine weitere geben, sobald das Büro geschlossen hatte und der Mond aufgegangen war. Jean-Luc seufzte, als es endlich so weit war.

Schon als er Isobels Straße hinunterging, konnte er sie sehen. Isobel stand auf ihrem Balkon und sah hinauf zum Mond, der heute kreisrund auf sie hinunterschien. Ihre Haare bewegten sich leicht im Wind. Es war genau so, wie Jean-Luc es den ganzen Tag hundertmal vor sich gesehen hatte.

Soweit Jean-Luc es von hier unten erkennen konnte, trug Isobel heute einen grünlichen Strickmantel. Und darunter vielleicht sogar das Kleid, das sie bei ihrer ersten Begegnung getragen hatte. Das weiße Kleid mit dem grünen Muster, das so gut zu ihren Augen passte. Jean-Luc lächelte und holte tief Luft. Sein Herz tanzte in seiner Brust, und er tastete mit einer Hand nach dem Olivenholzherz in seiner Tasche, um sich etwas zu beruhigen. Gerade als er überlegte, ob er sich bemerkbar machen sollte, sah Isobel zu ihm runter. Es war nicht zu erkennen, ob sie überrascht war, aber sie gab ihm mit Handzeichen zu verstehen, dass er hinaufkommen solle. Als er an ihre Haustür trat, öffnete sie sie von innen und begrüßte ihn mit einem Kuss, den sie auf seine Lippen hauchte.

Jean-Luc schüttelte den Kopf, als sie sich umdrehte, um wieder nach oben zu gehen. »Ich muss dir etwas zeigen.«

»Jetzt?«, flüsterte Isobel zurück.

Jean-Luc nickte.

Sie zuckte die Schultern, lächelte und zog die Tür hinter sich zu. Schweigend gingen sie nebeneinanderher durch die Straße, an Andrews Buchladen vorbei, am Salon du Savon und an Jean-Lucs Lieblingsbäckerei. Geradewegs auf den Hafen zu. Isobel lief still neben ihm her.

Jean-Luc küsste sie auf die Wange und legte ihr vorsichtig einen Arm um die Schultern. Ohne zu zögern, schlang Isobel ihren Arm um seinen Rücken und küsste ihn auf die Wange. Es fühlte sich richtig an. Ein sanftes Glühen schien von Isobel auszugehen, und erst nach einer Weile merkte Jean-Luc, dass er das Glühen tief in sich trug. In seinem Herzen.

»Warst du den ganzen Abend auf dem Balkon?«, fragte Jean-Luc.

Isobel nickte. »Ich liebe Winternächte und heute ist so eine schöne Nacht.«

»Das stimmt.« Jean-Luc atmete tief durch, dann öffnete er mit der Fernbedienung seinen Wagen. »Wir müssen ein kleines Stück fahren.«

Isobel nickte und stieg ein.

Es war nicht weit, und als Jean-Luc den Wagen so auf der Auffahrt parkte, dass man das Haus nicht sehen konnte, wusste er dennoch, dass Isobel genau wusste, wo sie waren. Er lief um den Wagen, öffnete ihre Tür und bot ihr seinen Arm an. Isobel hakte sich ein und gemeinsam umrundeten sie ein riesiges Rhododendrongebüsch. Er blieb stehen und betrachtete Isobel. Ihre Augen leuchteten im Mondlicht, sie lächelte. Dieses Mal griff Jean-Luc nach ihrer Hand. Ihre Finger waren warm und schmiegten sich perfekt zwischen seine.

»Wollen wir reingehen?«, fragte er leise, um den Moment nicht zu zerstören.

»Können wir das denn?«

Er zückte den Schlüssel so, dass Isobel auch den Anhänger sehen konnte.

»Hat das Haus einen Namen?«, fragte sie und deutete auf das I.

Jean-Luc tat so, als würde er nachdenken. »Ich würde es Isobel nennen. Es passt zu dir.«

»So?«

»Ja, komm mit.«

Jean-Luc zündete in der Eingangshalle eine Kerze in einer Laterne an, die auf einem der niedrigen Fensterbretter bereitlag. Es war eine altmodische Glaslaterne. Bis jetzt war das Haus noch nicht möbliert worden, der Wagen sollte nächste Woche kommen.

»Ich komme mir vor wie in einem alten Film«, flüsterte Isobel und deutete auf die Laterne. »Sieh mal die Schatten an den Wänden.«

Jean-Luc zeigte Isobel bei Kerzenschein alle Zimmer. Die großzügige Küche mit einer Reihe Fenster, aus denen man die Oleanderbüsche und ein Stück vom Meer sehen konnte.

»Man sieht das Meer, genau wie in deinen Augen«, sagte Jean-Luc leise. Er kam sich nicht einmal seltsam dabei vor, die Worte schienen direkt aus seiner Seele zu kommen.

Sie gingen durch zwei weitere große Räume. Einer davon besaß eine Doppelflügeltür auf eine Steinterrasse, die an ein Fleckchen Wiese angrenzte. Ein Badezimmer für Gäste und ein kleineres Zimmer. Den Keller sparte Jean-Luc aus, stattdessen gingen sie nach oben. Mit jeder Stufe, die sie erklommen, pochte Jean-Lucs Herz ein wenig lauter.

Langsam öffnete er die Tür zum Schlafzimmer. Er öffnete das Fenster, um das Meeresrauschen herein zu lassen, stellte die Glaslaterne auf das Fensterbrett und drehte sich zu Isobel um.

»Es ist wunderschön«, sagte Isobel. Sie sah sich langsam um, als könne sie bereits sehen, wo die Möbel standen und die Bilder hingen. Im Raum gab es nichts außer den alten Holzdielen und den zart gelb gemusterten Tapeten, deren Farbe nur dort sanft aufleuchtete, wo die Laterne ihren Lichtschein verbreitete.

Isobel drehte sich zum offenen Fenster und sah hinaus. Jean-Luc trat hinter sie und legte seine Arme um ihre Schultern. Sie schmiegte sich an ihn und seufzte leise.

»Es ist wunderschön«, wiederholte Isobel. Es klang beinahe, als wollte sie noch mehr sagen, aber sie schwieg.

»Wenn man morgens aufwacht, kann man das Meer sehen, hören und riechen. Und wenn du dich angezogen hast, kannst du von der Terrasse über unseren kleinen Geheimpfad in deine Lieblingsbucht klettern.«

Jean-Luc drehte Isobel sanft zu sich. »Ich habe etwas für dich«, sagte er.

»Ich habe auch etwas für dich«, sagte Isobel und sah gebannt auf die kleine, dunkelblaue Schachtel, die er aus seiner Anzugtasche holte. Isobel blieb ganz still und sah Jean-Luc tief in die Augen.

»Willst du hier mit mir wohnen? Als meine Frau?«, fragte Jean-Luc ernst. Die Kerze flackerte und draußen rief ein Käuzchen.

»Ja. Das würde ich sehr gerne«, sagte Isobel und holte ebenfalls eine kleine Schachtel aus ihrer Handtasche. Ihre Schachtel war weiß. Sie klappte sie auf und hielt Jean-Luc einen schlichten silberfarbenen Ring hin. Er passte haargenau zu dem Ring, den Jean-Luc für Isobel ausgesucht hatte, nur dass seiner etwas breiter war und keine drei eingelassenen Diamanten hatte.

»Platin«, sagten Isobel und Jean-Luc gleichzeitig und mussten lachen.

Epilog

Isobel hielt ein schimmerndes Kuvert in der Hand, als sie die Geschäftsräume von Diamond Love betrat. Monique saß hinter dem Empfangstisch und sah besorgt zu der verschlossenen Tür, hinter der früher Isobels Büro gewesen war. Jetzt hörte auch Isobel die erhobenen Stimmen. Ein Mann brüllte etwas, und eine Frauenstimme antwortete. Es klang verdächtig nach Tante Vivienne.

Die Tür flog auf, bevor Isobel oder Monique auch nur ein Wort hatten sagen können.

»So ist's recht!«, schrie Tante Vivienne. »Sie haben sowieso kein Händchen für die Liebe! Wie Sie überhaupt jemals auf diese Idee gekommen sind, ist mir völlig schleierhaft! Sie gehören in eine Bank oder ein Versicherungsbüro, vielleicht in eine Kanzlei, aber doch nicht in eine Agentur wie diese!«

Ein großer Mann in einem grauen Anzug, dessen Haare an den Schläfen bereits weiß wurden, machte eine wegwerfende Handbewegung. »Das lasse ich mir nicht länger bieten! Ich kündige! Wenn ich mein letztes Gehalt habe, will ich nie wieder etwas von Ihnen hören!« Er stampfte an Isobel vorbei und knallte die Tür hinter sich zu.

»Isobel, Liebes!«, rief Tante Vivienne, und Isobel staunte wie immer darüber, dass Tante Vivienne in zwei Sekunden ihren Gesichtsausdruck von sauer zu herzlich wandeln konnte.

»Tante Vivienne, wie schön.« Isobel begrüßte ihre Tante mit Küsschen und ließ sich von ihr drücken. »Hätte ich gewusst, dass du hier bist, hätte ich deine Einladung auch mitgebracht.«

»Was für eine Einladung? Oje, habe ich noch genug Zeit, ein Geschenk zu besorgen? Moment mal, du hast doch erst in zehn Monaten Geburtstag.«

Isobel nickte und überreichte Monique ihren Umschlag. »Ich heirate. In einem halben Jahr.«

»Was? Oh, warum weiß ich davon nichts, Liebes? Wer ist denn der Glückliche? Doch Andrew? Das ist ja perfekt! Deine frühere Stelle ist auch gerade wieder frei geworden, du kannst sofort anfangen, wenn du möchtest.«

»Nein danke«, sagte Isobel. »Ich habe den Job geliebt, aber die Zeiten sind vorbei. Mein neuer Job macht mich genauso glücklich.« Sie untertrieb natürlich absichtlich, damit Tante Vivienne sich nicht schlecht fühlte. »Aber wenn ihr möchtet, könnte ich genau die Richtige für den Job finden. Jetzt gehen wir aber erst mal ins Le Café Jardin und ich erzähle euch alles.«

* * *

Ein halbes Jahr später

Zur Hochzeit brachte Tante Vivienne natürlich ihren neuen Mann mit. Jerôme war Isobel auf Anhieb sympathisch, und die beiden wirkten sehr glücklich miteinander. Auch Marie kam mit ihrem Freund, Benoît und Marie-Claire und auch Colette mit ihrem neuen Anhang. Am allermeisten jedoch freute sich Isobel darüber, dass Andrew seinen François mitgebracht hatte. Er hatte ihr bereits verraten, dass dieser sich von seiner Frau getrennt hatte, aber zusammen gesehen hatte Isobel die beiden noch nicht. Man sah förmlich die Liebe zwischen ihnen.

Auf der Hochzeit wurde getanzt, gelacht, gut gespeist und

schließlich auch noch die neue Geschäftsführerin von Diamond Love gefunden und provisorisch eingestellt. Es handelte sich um Amélie Perlé, die Isobel sofort vor Augen gehabt hatte, als sie erfahren hatte, dass der Job frei war.

»Sie sind wirklich ein Engel, begabt, andere Menschen glücklich zu machen«, sagte Amélie Perlé und schmiegte sich an ihren Mann, den Isobel vor noch gar nicht so langer Zeit in der Agentur für sie ausgewählt hatte.

Jean-Luc legte einen Arm um Isobels Schultern. »Da haben Sie völlig recht. Mich macht Isobel auch jeden Tag wahnsinnig glücklich.«